SEXWORKER

Cornelia Jönsson | Silke Maschinger | Tanja Steinlechner

SEXWORKER

33 Frauen, die mit Lust arbeiten –
Porträts und Interviews

SCHWARZKOPF & SCHWARZKOPF

INHALT

Für alle Frauen, die den Mut haben,
zu sich zu stehen

Prostituierte Domina Sklavia Callgirl Escortlady Model Schauspielerin Regisseurin Künstlerin Designerin Geschäftsfrau Therapeutin Beraterin Vermittlerin Autorin Journalistin Darstellerin Tänzerin Coach Aktivistin Masseurin Agentin Lobbyistin Geschäftsführerin Verkäuferin Managerin Schriftstellerin Körperforscherin Verführerin Bodyworker Veranstalterin Begleiterin Gastgeberin

VORWORT

Warum machen die das? Sie machen das sicher nicht freiwillig. Sie werden arm dran sein, gestrauchelt, missbraucht. Wir sollten ihnen helfen. Wir sollten sie retten. Wir sollten sie vor sich selbst schützen. Wir sollten sie auf den rechten Weg der Tugend zurückführen. Oder wir gebrauchen sie zuweilen, in verschwiegenen Zimmern, ohne ihnen je Platz in unserer Mitte einzuräumen. Wir könnten das Bett mit ihnen teilen, nicht aber den Tisch. Wir sollten ihnen die Arbeit verbieten, sofern man Arbeit nennen kann, was sie tun. Sie tun, was sie tun, weil sie nichts anderes können. Sie zerstören unsere Beziehungen, unsere Ehen und Familien. Sie werden missbraucht, ob sie es verstehen oder nicht. Sie werden von kriminellen Männern selbst zu Kriminellen gemacht, auch wenn sie das nicht begreifen. Wir müssen sie rausholen aus diesem Sumpf.

So und ähnlich denken viele über die Damen, die sich professionell der Erotik widmen. Erst jüngst wurde gefordert, die Prostitution in Deutschland zu verbieten.

Wir haben bewusst ausschließlich mit Frauen gesprochen, die selbstbestimmt und freiwillig ihrer Tätigkeit nachgehen. Die sogenannte »Zwangsprostitution« findet in unserem Buch keinen Raum, weil sie unserer Ansicht nach nichts mit Sexualität als Akt gegenseitigen Einvernehmens zu tun hat, sondern vielmehr ein Konglomerat verschiedener Straftaten darstellt, wie etwa Entführung, Menschenhandel, Freiheitsentzug, Schwarzarbeit, Steuerhinterziehung, Körperverletzung, sexueller Missbrauch, Vergewaltigung etc. Sexarbeit ist in unseren Augen eine wichtige, eine anspruchsvolle und eine wertvolle Arbeit.

Wir glauben, Sexarbeit ist nicht bloß die Arbeit derer, die Orgasmen anbieten. Es gibt Künstlerinnen, Therapeutinnen, Beraterinnen, Geschäftsfrauen und einige andere mehr, die mit Sexualität arbeiten. Der enge, einengende Blick, der Sex bloß da sieht, wo abgespritzt wird, mag mit Schuld tragen an der verklemmten Haltung, mit der hierzulande zuweilen über Sexarbeit diskutiert wird.

Wir wollten wissen, was das für Frauen sind, die sich beruflich mit der schönsten Sache der Welt beschäftigen. Die die Führungssessel in dieser Domäne nicht den Männern und somit dem männlichen Begehren überlassen, sondern die selbst, mit weiblichem Blick und weiblicher Lust, aktiv und kreativ Sexualität prägen und gestalten.

33 von ihnen lassen wir in diesem Buch zu Wort kommen. 33 selbstbewusste, erfolgreiche Frauen jeglichen Alters mit ganz unterschiedlichen Berufen, deren Gemeinsamkeit die Beschäftigung mit Sexualität ist.

Werden diese Frauen missbraucht? Müssen wir sie retten? Sind sie kriminell? Ganz und gar nicht.

Und warum machen sie das? Zunächst einmal, weil sie es können. Sexarbeit erschöpft sich nicht im Öffnen der Beine. Die Damen, mit denen wir sprachen, sind hochqualifizierte Spezialistinnen ihres jeweiligen Fachs.

Und dann machen sie es, weil sie es wollen. Und weil wir es wollen. Als Gesellschaft. Weil wir doch alle Sexualität leben wollen. In angenehmer, beglückender Weise. Weil wir froh sind, wenn uns jemand dabei hilft, in welcher Form auch immer.

Natürlich kann dieses Buch bloß ein Ausschnitt sein. Natürlich gibt es noch viel mehr spannende Formen von Sexarbeit, bilden wir längst nicht alle hiermit zusammenhängenden Berufe ab und konnten wir viele interessante Frauen leider nicht treffen. Weil ein Buch immer beschränkt ist auf einen gewissen Umfang, wohingegen das Leben so reichhaltig ist und in ständiger Veränderung. Und das ist auch gut so.

Cornelia Jönsson,
Silke Maschinger
und Tanja Steinlechner

EINS

DIESER BLICK VOLL VERTRAUEN

Sabine, 52 Jahre, Domina, Studioleiterin, Eventmanagerin

Du bewegst dich Richtung Stadtrand, nah ans Wasser. Du durchquerst einen Hof und steigst in den zweiten Stock. Wer dir öffnet, ist Zufall. Die, die dir öffnet, ist dein Schicksal. Für eine Stunde oder den halben Tag, je nachdem, was Portemonnaie und Terminplan, vielleicht auch Nerven, dir erlauben.

Vor dir liegt ein langer Gang, von dem viele Türen zu vielen Geheimnissen abgehen. Die Dame deines Tages führt dich jedoch zuerst in ein Besucherzimmer. Ihr sitzt euch gegenüber, trinkt Kaffee oder Wasser und redet. Darüber, was dir gefällt. Sie freut sich, wenn du das weißt und auch kommunizieren kannst. Andernfalls muss sie sich durchs Dunkel deiner Wünsche tasten und ihrem Instinkt vertrauen auf der Suche nach dem, was dich berührt.

Du kannst nebenan duschen und deine Kleidung in einem Spind einschließen.

Danach will sie dich nackt.

Vielleicht zieht sie dir auch wieder etwas an. Aber sicher nicht dein Jackett, deine Jeans. Eher einen Latexanzug vielleicht, in dem du ganz verschwindest, vom Scheitel bis zur Sohle. Oder ein

Dienstmädchen-Kostüm, mit Pagenkopf-Perücke und künstlichen Wimpern. Oder ein OP-Hemdchen. Oder bloß Seile, Fesseln, ein Halsband.

Sabine leitet seit 15 Jahren das Studio Avalon in Berlin-Spandau gemeinsam mit einer Kollegin. Sie hat um die 20 dominante und submissive Mitarbeiterinnen, die im Wechsel täglich von 12 bis 22 Uhr im Studio ihre Gäste erwarten. Die, die als Erste kommt, darf als Erste die Tür öffnen und den jeweiligen Gast übernehmen. Außer er wünscht sich ausdrücklich eine jüngere, ältere, blondere, dunklere, submissivere, dominantere Dame. Oder die Chemie scheint überhaupt nicht zu stimmen, was aber selten vorkommt.

Die, die keinen Gast haben, sitzen zusammen im Aufenthaltsraum am Ende des Ganges, vor dem Büro der beiden Chefinnen. Wickeln Seile auf, ziehen ihren Lippenstift nach, plaudern und trinken Kaffee.

Wenn laut Sabine etwas quälend an diesem Beruf werden kann, dann das Warten. Es ist wie überall, sagt sie, es gibt Alphatiere und es gibt das Rudel. Manche Frauen sind ständig ausgebucht, andere warten auf Laufkundschaft. Und die gibt sich mal die Klinke in die Hand und bleibt mal gänzlich aus.

Angefangen hat das alles vor gut 20 Jahren. Da war Sabine mit einem Mann zusammen, der eine submissiv-devote Neigung hatte und sich ihre Dominanz wünschte.

Sabine erklärte sich bereit. Wenn sie aber etwas tut, dann tut sie es in der Regel richtig. Und so ließ sie sich in einem Studio zur Domina ausbilden und begann, in diesem Beruf zu arbeiten.

Sie war begeistert. Der Horizont weitete sich. Diese Dinge, die sie sich plötzlich kaufen konnte. Das hatte sie schon immer fasziniert: Kleidungsstücke wie Lederhosen und das Ausüben von Kontrolle. Beides fiel ihr jetzt zu.

Und sie konnte sich austoben. Ihre Dominanz an unterschiedlichsten Männern testen, die dafür zahlten, was den Reiz deutlich erhöhte.

Ihr damaliger Freund war nicht so angetan von ihrer Wendung ins Professionelle, er hatte ihre Dominanz doch ganz für sich haben wollen.

Den Preis zahlte Sabine. Es war in dieser Richtung auch der einzige. Keine weitere Beziehung, nicht die zur Familie, nicht zu Freunden, litt übermäßig unter ihrem Beruf. Sabines heutiger Ehemann weiß, was sie tut, hört sich abends an, was sie vom Tag berichtet, und ist zufrieden darüber, dass sie keinen Geschlechtsverkehr mit anderen Männern hat. Wie viel intensiver das ist, was Sabine zuweilen mit ihren Kunden erlebt, kann sich, wer es nicht kennt, schwer vorstellen.

Für Sabine ist ihr Beruf in sexueller Hinsicht eine gute Ergänzung zu ihrem Privatleben. Sie würde nicht auf das Spiel mit Dominanz und Unterwerfung verzichten wollen. Sie würde aber auch nicht dauerhaft mit einem eingefleischten Masochisten und/ oder Fetischisten zusammenleben können. »Das wird doch schnell anstrengend«, sagt sie, »vorm Sex Klammern an seinen Brustwarzen befestigen zu müssen, sonst geht nichts, oder du darfst nie nackt sein, weil er auf diese Klamotten steht – wer will das ständig?«

Die bizarre Welt der düsteren Leidenschaft hat Sabine sofort fasziniert, als sie ihre Dominanz zu erforschen begann. »Diese ganz andere Welt, dieses dunkle, dieses Geheimnisvolle, die Intensität –

ein ganz wunderbarer Abgrund war das, in dem ich mich gefunden habe.«

Heute ist SM ein bisschen anders, findet Sabine. Die Macht des Tabus fällt, der öffentliche Blick entspannt sich, die virtuellen Medien schaffen Möglichkeiten und stiften Wissen.

Das Exklusive, der Reiz des ganz und gar Andersartigen, des Verbotenen, des Abnormen vielleicht schwindet mit zunehmender Freizügigkeit.

Hinzu kommen die stetig voranschreitende Emanzipierung der Frau und die damit einhergehende Veränderung von zwischengeschlechtlichen Beziehungen.

»Früher«, erzählt Sabine, »gab es noch den Gentleman der alten Schule. Der hatte daheim seine Hausfrau und kam ins Studio, um mal eine starke Frau verehren zu dürfen. Der wollte ein bisschen Fußerotik, den Po verhauen haben, ganz klassische Demütigungen. Das gibt es heute kaum noch. Heute haben wir die Fetischisten.«

Heute sind starke Frauen in Beziehungen keine Seltenheit mehr und lässt sich relativ softer SM relativ leicht haben.

Heute sind es in der Regel stärkere Reize, die die Männer im Studio Avalon suchen. Eine Latexsession beispielsweise. Kostet 250 Euro für eine Stunde, 450 für zwei, 650 für drei.

Erst hüllt sich die Domina in ansprechende Latexkostüme, dann kleidet sie ihren Gast in Latex, und zwar vom Scheitel bis zur Sohle. Das führt zu einer Deprivatisierung von der Außenwelt, der Gast kann nichts mehr sehen, hört nur noch schlecht und seine Haut ist bloß an den empfindlichsten Stellen, Brüsten und Gemächt, noch zugänglich. Hier spürt er dann umso intensiver jeden Lufthauch und die gelegentlichen Berührungen seiner Herrinnen. Das und ein paar geflüsterte Worte, ein paar Schritte auf High Heels, sind alles, was der Gast jetzt noch mitbekommt. Der Rest seiner Empfindung ist er selbst. Der Schweißfilm, der sich unter dem Latex auf seiner Haut bildet, und wie das Latex sich auf dem Schweiß bewegt, bewegt er sich. Wie Haut auf Haut, aber ohne Fremdkontakt.

Vielleicht passiert noch etwas mehr. Vielleicht wird der Gast in seinem Latexkokon in die Badewanne gesteckt und untergetaucht. Oder mit bipolarem Strom gereizt. Oder mit Klammern. Oder der Reißverschluss zwischen seinen Beinen wird geöffnet, um sein Glied quälen und stimulieren zu können oder ihn zu penetrieren.

Es gibt diese seltsamen Tage, erzählt Sabine, da wollen alle das Gleiche. Gestern wollten sie alle in einen Latexanzug gesteckt werden, ihre Termine für morgen möchten beide in die Klinik.

Es ist ein in seiner Düsternis bunter Ort der Kuriositäten, in dem Sabine ihrer Arbeit nachgeht. Ein Lustland voller Seltsamkeiten.

Ein verspielt eingerichtetes Zimmer bietet Raum für Crossdressing-Fantasien: Frauen-, Mädchen-, Zofen-Kleider, Perücken, Schminktisch.

Das Herrinnenzimmer ganz am Anfang des Ganges ermöglicht Fußerotik, englische Erziehung, kleinere Spanking- und Demütigungsszenen im angenehmen Ambiente.

Es gibt das romantische Mädchenzimmer der Sklavias, zur Sicherheit genau neben dem Aufenthaltsraum, damit die anderen gut hören können, was hier passiert. Ein Bett, ein Sessel, eine Liebesschaukel und Spielzeug, das ein bisschen sanfter schmerzt als das in den anderen Zimmern.

Kleines und großes Studio, mit Käfig, Latexbett, Restriktionssarg, Lustschaukel, Andreaskreuz, mit Dildos, Peitschen, Klammern, Fesseln, Halsbänden, Gerten, Masken in allen möglichen Ausführungen.

Es gibt einen Elektroraum, in welchem Hoden, After und Brustwarzen des Gastes mit Stromschlägen stimuliert werden.

In einem Raum steht eine Fickmaschine. Daran kann man verschiedene Dildos schrauben und unterschiedliche Intensitäten und Geschwindigkeiten einstellen, um den Gast in Fahrt zu bringen.

Etwas, das von außen wirkt wie ein Wandschrank mit Schiebetür, erweist sich als Lebendtoilette: In dem weiß gekachelten Raum mit Fußbodenheizung darf sich der geneigte Gast auf den Boden legen, um sämtlichen Damen des Studios als Klosett zu dienen. Das kostet 80 Euro und es passiert nicht mehr.

In einem dunkel gekachelten Raum steht eine Badewanne, in der untergehen kann, wer möchte.

Im ziemlich authentisch eingerichteten Klinikzimmer geben Dominas mit medizinischer Berufserfahrung die fürsorgliche, aber strenge Ärztin, die Katheder setzt, Blasen spült, die Brüste und Hoden mit Kochsalzlösung aufspritzt, Nadeln injiziert, Analdehnungen und Darmentleerungen vornimmt oder Schwänze zur Seite näht.

Männer ab Mitte 30 ungefähr, die nicht ganz arm sind, frequentieren diesen Ort. Berliner, Geschäftsreisende, internationale Kunden, die allein zu diesem Zweck anreisen.

Manche sind verheiratet, manche einsam. Manche haben Schwierigkeiten, eine Frau kennenzulernen oder ihre Wünsche zu äußern. Die meisten aber entscheiden sich für den Gang ins Studio, weil es einfach und gut ist. Alles ist sauber und safe, die Räume, die Spielzeuge, das Spiel selbst. Die Damen sind attraktiv, angenehm und gepflegt. Es gibt einen klaren Zeitrahmen, in dem der Gast genau das erleben kann, was er möchte, ohne Rücksicht auf die Wünsche, Bedürfnisse, Ängste, Launen eines Gegenübers nehmen zu müssen. Kein Risiko von plötzlicher Migräne, Stimmungsschwankungen, Streit oder sexueller Unlust. Keine unerwünschten Anrufe und Mails danach. Kein Gefühl von Verantwortung. Keine Frau, die ihm auf der Straße um den Hals fällt, wenn er mit seiner Frau unterwegs ist.

Bei all dem ist Sabine sanft, freundlich, psychologisch. Es geht ihr um das Streicheln der Seele, das Erfüllen von Herzenswünschen. Jeder ist in ihrem Studio gewollt gewollt. Aussehen spielt keine Rolle. Das Wesen zählt. Und sie sind angenehm, ihre Gäste.

Was Sabine am meisten schätzt an ihrem Beruf: Diesen Blick voll Vertrauen, das Geschenk der Hingabe. Wow.

Sie kennt aus ihrem Privatleben auch die submissive Seite. Einmal hatte sie zwei Jahre eine Beziehung, in der sie sexuell passiv war.

Sie hat es genossen, aber sie wollte es nicht wiederholen. Die andere Seite liegt ihr definitiv mehr.

Einmal hat sie sich sogar in einen Gast verliebt. Für zwei heiße Jahre. Den Männern passiert das erstaunlich selten. Sie scheinen wirklich gut trennen zu können zwischen Lust und mehr. Sie scheinen zu verstehen, was ihnen im Studio geboten werden kann und was nicht. Aber befreundet ist Sabine inzwischen mit ein paar Stammgästen. Die trifft sie zum Essen, zum Kaffeetrinken. Die rufen an, wenn es ihnen schlecht geht, oder überarbeiten ihre Website.

Man macht als Domina verschiedene Phasen durch, sagt sie. »Am Anfang ist man ein Heißsporn, der sich austoben möchte. Man sieht in jedem Mann den eigenen Vater, den man verprügeln will. Aber das ändert sich. Inzwischen bin ich ruhiger, entspannt. Ich brauche auch diesen Befehlston nicht mehr oder dass der Sklave bloß spricht, wenn ich es ihm erlaube. Ich bin inzwischen eher der Typ Freundin.«

Übrigens: Es sind nicht nur Männer und Paare, die das Studio Avalon aufsuchen. Mindestens zweimal im Monat kommt auch eine Frau. Immerhin.

www.avalon-residenz.de

Text verfasst von Cornelia Jönsson.

ZWEI

AUCH ICH BEKOMME AB UND AN NOCH ROTE OHREN

Berit Brockhausen, 51 Jahre, Paar- und Sexualtherapeutin, Berlin

Sich mit seinen intimsten Sorgen an einen anderen Menschen zu wenden, ist für die meisten eine große Hürde. Doch in Berlin-Mitte überwinden jede Woche einige mutige Menschen diese Scheu und suchen die Paar- und Sexualtherapeutin Berit Brockhausen auf. Auch ich besuche sie in ihrer Praxis. Das geschäftige Straßenleben bleibt außen vor, eine kleine, sehr warmherzige Frau begrüßt mich. Sie bietet mir einen Tee an und ich lasse den Raum auf mich wirken. Schlicht, aber doch auch gemütlich ist er eingerichtet. Ich stelle mir vor, wie sie hier mit den Paaren gemeinsam deren Probleme bespricht. Sonst ist sie diejenige, die hier die Fragen stellt, doch diesmal ist es ihre Aufgabe, zu erzählen.

Seit wann interessieren Sie sich für das Thema Sexualität?
Mit 17 habe ich Bücher über die Emanzipation der Frauen gelesen. Mich hat damals die Frage sehr umgetrieben, warum Frauen und

Männer nicht gleich behandelt werden. Ich habe mich mit ganz kleinen Verästelungen und Details beschäftigt, zum Beispiel: Warum gibt es Ampelmännchen, aber keine Ampelfrauchen? Das fand ich damals wie heute noch sehr spannend, es hat sich ja nicht so furchtbar viel verändert. Frauengesundheit, Verhütung und Sexualität war in den Büchern natürlich auch immer ein Thema.

Wie hat sich das Interesse weiterentwickelt?
In meinem Psychologie-Studium bin ich in eine Arbeitsgruppe gekommen, in der es um die Frage ging, welche Ursachen psychosomatische gynäkologische Störungen haben. In dem Zusammenhang haben wir uns viel mit dem Thema Sexualität beschäftigt. Schon damals war mir wichtig herauszufinden, was für Normen und Mythen kursieren. Ich habe mich gefragt: Was machen die mit uns? Wer bestimmt eigentlich, was normal, richtig oder gesund ist?

Wie ging es nach dem Studium weiter?
Nach meinem Studium habe ich im Landkreis Marburg in einer Schwangerschafts-Konfliktberatungsstelle gearbeitet. Nach einigen Jahren bin ich aber nach Berlin gezogen, dort habe ich ein Kind bekommen. Später bin ich zu Pro Familia gegangen und habe gefragt, ob es in Berlin auch ein Familienplanungszentrum gäbe, da wollte ich nämlich gerne arbeiten. Anfangs schien es gar keinen Bedarf zu geben, aber dann bekam ich Kontakt zu Ostberliner Frauen, die im Ostteil der Stadt ein solches Zentrum entwickeln wollten. Das habe ich mit aufgebaut und bis 2007 dort gearbeitet. Mit der Zeit haben sich die Strukturen dort verändert, daher waren die Arbeitsbedingungen für mich nicht mehr optimal. Da ich gerne selbst entscheide und denke, habe ich mich damals entschlossen, mein eigenes Ding zu machen, und habe meine eigene Praxis eröffnet.

Wie viele Gespräche führen Sie in der Woche?
Ich führe in der Woche zehn bis zwölf Gespräche mit Paaren, das

mache ich sehr gerne. Mehr Gespräche zu führen wäre gar nicht so gut, denn die Arbeit ist auch anstrengend. Ich arbeite nur mit Paaren, das finde ich spannender als mit Einzelnen. Einzelpersonen leite ich an Kollegen oder Kolleginnen weiter. Jedes Gespräch mit dem Paar dauert 90 Minuten. Dazu kommt jeweils bis zu einer Stunde Vor- und Nachbereitungszeit.

Mit welchen Themen kommen die Paare zu Ihnen?
Das häufigste Problem – wenn es um Sexualität geht – ist, dass einer von beiden weniger Lust hat oder die Lust bei beiden eingeschlafen ist. Danach kommen dann bei den Männern sowohl Erektionsprobleme als auch vorzeitiger Samenerguss als Thema oder bei den Frauen Schmerzen beim Geschlechtsverkehr. Unterschiedliche Vorlieben oder dass einer etwas möchte, was der andere nicht möchte, begegnen mir eher selten.

Ich glaube aber nicht, dass das repräsentativ ist. Das hat etwas damit zu tun, wer zu mir kommt also wer meine Webseiten liest und sich davon angesprochen fühlt.

Ich versuche die Paare ernst zu nehmen, darin zu unterstützen, dass sie klarer spüren, was sie brauchen und wollen. Ich helfe ihnen, auf eine Art und Weise dafür einzutreten, die die Chance erhöht, dass sie es auch bekommen.

Wissen Sie immer, ob Sie helfen konnten?
So ganz genau weiß ich das nicht immer. Manchmal kommen Menschen nicht wieder oder sagen nach dem Urlaub den Termin ab. Nicht unbedingt weil etwas Schlimmes passiert ist oder weil es ihnen nicht geholfen hätte. Dadurch dass ich das schon so lange mache, habe ich durchaus auch die Erfahrung gemacht, dass sie nach Jahren wiederkommen. Dann erzählen sie, dass es damals erst mal wieder ging, oder es gab etwas Äußeres, was sie als Paar so zusammengeschweißt hat, dass sie das Thema Sexualität gar nicht mehr so schwierig fanden oder gut damit leben konnten. Manchmal weiß ich nicht, ob meine Beratung geholfen hat oder nicht. Aber ich merke natürlich bei den Paaren, die mehrfach zu mir kommen, was sich verändert hat, oder ich bekomme konkret positives Feedback.

Ihre Erfahrungen haben Sie ja auch in mehreren Büchern veröffentlicht?
Ja, ich habe bereits drei Bücher veröffentlicht. Außerdem schreibe ich regelmäßig eine Kolumne in der Frauenzeitschrift *Emotion*. Mir macht es dabei besonders Spaß, die üblichen Erwartungen zu enttäuschen. Die beiden letzten Bücher habe ich in sehr kurzer Zeit geschrieben, das war zu viel. Ich konnte zum Schluss gar nicht mehr formulieren und ich hatte keinen Spaß mehr dran. Ich wollte auch gar nicht mehr weiter schreiben, aber dann habe ich doch wieder eine Anfrage bekommen, ein Buch zum Thema Sexualität zu schreiben. Nach einigem Zögern habe ich mich dafür entschieden. Es ist eine Überarbeitung meines Online-Seminars »Die sieben Geheimnisse guter Liebhaber« und heißt *Guter Sex geht anders*. Da geht es jedoch nicht um Sex-Techniken, sondern um die Ermutigung, zu sich selbst zu stehen und sich treu zu bleiben. Das ist tatsächlich das Einzige, was es ermöglicht, guten Sex zu haben.

Ist Ihnen überhaupt noch etwas peinlich?
Es gibt Themen oder Arten, mir etwas zu erzählen, bei denen ich heute noch rote Ohren bekomme, aber dann denke ich mir: Okay,

das ist so. Scham ist vielleicht auch nicht das Verkehrteste. Früher habe ich gedacht, das müsste man ablegen. Die meisten denken heute immer noch, sie müssten ihre Scham überwinden. Inzwischen finde ich: Nö, warum eigentlich? Ist doch nicht schlecht zu merken, dass man da eine Grenze hat. Man kann ja immer noch überlegen, was man mit der Grenze macht.

Wie laufen die Gespräche konkret ab?
Es gibt Gespräche, die laufen einfach. Bei denen bin ich auch ganz erstaunt, aber auch erfreut, weil da wirklich sehr detailliert über Sexualität gesprochen wird und es sich irgendwie rein anfühlt. Wir sind dann Verbündete in dem Versuch, die Situation zu verstehen.

Es gibt aber auch andere Gespräche. Bei manchen Frauen, die sehr häufig mit dem Problem Schmerzen beim Sex oder Vaginismus zu tun haben, habe ich schon bei ganz harmlosen Fragen das Gefühl, sie massiv zu bedrängen. Ich bekomme dann auch entsprechend karge Antworten. Wenn ich noch mal nachfrage, merke ich, eigentlich mag ich das gar nicht, ich fühle mich wie ein Aggressor. Dann hole ich mir die Erlaubnis, weiterzufragen. Manchmal ist es auch Teil des Problems, dass die Frauen wenig sagen können, weil sie sich selbst sehr wenig spüren. Da läuft es auch mal etwas zäh.

Wie gehen Sie mit Ihren eigenen Grenzen um?
Selten gibt es Situationen, wo jemand sehr leicht und viel erzählt, zugleich aber damit meine Grenzen überschreitet. Wenn vor mir ein Paar sitzt und der Mann ein Beispiel aus seiner Beziehung erzählt und sagt: »Das wäre so, als ob ich mit Ihnen …« Das geht mir zu weit. Allein dass das Bild im Raum entsteht, wie er mit mir etwas Sexuelles macht, das geht nicht. Wenn das ein Mal passiert, lasse ich es durchlaufen, wenn das mehrfach passiert, sage ich, dass ich das so nicht möchte. Ich gucke dabei sehr genau, ob seine Art zu reden etwas mit seinem Problem zu tun hat. Es kann ja sein, dass er Schwierigkeiten damit hat, Grenzen zu erkennen, und sie

überschreitet, ohne das zu merken. Oder dass sich jemand von ihm aggressiv belästigt fühlt, er das aber nicht versteht. Das kann ich dann natürlich wunderbar als Beispiel nehmen.

Haben Sie als Sexualtherapeutin eigentlich auch mal Probleme?
Ich glaube, dass ich eine gute Beratung mache und sehr viel Verständnis für die Menschen aufbringe, einfach weil ich weiß, wie schwierig es sein kann. Das würde ihnen gar nichts bringen, wenn ich sage: »Ich verstehe nicht, was Sie haben, es ist doch alles ganz einfach.« Meine Beziehung ist jetzt 20 Jahre alt und wenn ich eins gelernt habe, dann, dass es meine Entscheidung ist, ob sich etwas ändert oder nicht. Es ist meine Entscheidung, ob ich jetzt schmolle oder auf meinen Partner zugehe und es besser machen möchte. Wer in einer festen Beziehung darauf wartet, dass beide voller Lust aufeinandertreffen, kann lange warten. Doch wir können die Lust auch gemeinsam einladen. Das ist das Eine, dass ich selbst auch eine Menge über Beziehung und Sexualität (und Beziehungssexualität) gelernt habe, das andere ist, dass ich mir leider selbst nichts vormachen kann.

Was hat sich in Sachen Sexualität in den letzten Jahren verändert?
In den 50er-Jahren hatten die Leute das Problem, dass sie dachten, mit ihnen stimmt etwas nicht, weil sie Lust auf Oralsex hatten. Heute ist es so, dass sie denken, mit ihnen stimmt etwas nicht, weil sie im Jahr nur dreimal Lust auf Oralsex haben. Das, was die größten Schwierigkeiten schafft, ist also immer noch, dass die Leute denken, sie müssten anders sein, als sie sind. Ich finde das ganz schwer.

Ich glaube, das drückt auch aus, wie viel Normierungsdruck in den Köpfen herrscht. Ich denke, das ist wirklich etwas, das wir lernen müssen, während wir erwachsen werden. Eben nicht mehr den Erwartungen der Gesellschaft gerecht werden zu müssen.

Es ist eine wichtige Entscheidung, auch mal zu sagen, dass man jetzt keine Lust hat, sich um seinen Sex zu kümmern. Ich kriege die Krise, wenn in den Zeitschriften immer steht, Sex hält jung oder Sex ist gesund. Ich denke, die Menschen sollten selbst entscheiden, was sie wollen. Es ist auch okay, zu sagen, dass man im Alter keinen Sex mehr haben möchte, irgendwann ist Schluss. Und es ist auch okay, das schon in jungen Jahren zu entscheiden, dass es nichts für einen ist. Wichtig ist, dass es die eigene Entscheidung ist.

Gibt es Generationenunterschiede in Sachen Sex?
Es ist mir aufgefallen, dass die Generation um die 30 oder darunter mit einer ganz bestimmten Art der Aufklärung und einer ganz bestimmten gesellschaftlichen Diskussion von Sexualität in den Medien groß geworden sind. Nehmen wir als Beispiel eine Frau, die darüber klagt, dass sie immer noch keinen Orgasmus beim Geschlechtsverkehr bekommen kann. Ich sage ihr: »Da sind Sie in bester Gesellschaft. Das ist bei zwei Drittel aller Frauen so. Wir können gerne gucken, wie Sie Ihren Sex gestalten, damit Sie möglichst viel Genuss dabei haben. Aber erst einmal ist das, was Sie plagt, überhaupt keine Störung.« Für eine Frau um die 40 oder älter ist das okay, die glaubt mir das. Frauen um die 30 oder darunter glauben das nicht. Es könne nicht sein, weil doch alle einen kriegten, nur sie nicht. Das ist für mich der spannendste Wandel.

Was macht Ihnen an Ihrer Arbeit am meisten Freude?
Mir macht das Detektivische am meisten Spaß. Herauszufinden, wie die beiden funktionieren, wie sie ticken, warum sie das so schwer miteinander haben, das finde ich sehr spannend. Wie kommen sie aus ihren Teufelskreisen wieder heraus? Ich zeichne die gerne auf oder male Grafiken, da ist meistens auch ein Totenkopf mit drin, um dem Paar klarzumachen, dass ihre Situation wirklich ernst ist.

Ich entwickele auch gerne immer neue Ideen. Durch die digitalen Mitschriften etwa hat sich die Idee einer App ergeben: Wie kann ich Paaren helfen, die kein Geld für eine Beratung haben oder woanders wohnen oder gar nicht so große Schwierigkeiten haben, dass sie in Beratung müssen? Was kann ich dafür entwickeln, das wirklich seriös ist und den Leuten hilft? Ich bin damit schon recht weit, an der technischen Umsetzung durch den Programmierer arbeiten wir derzeit noch. Aber zurück zum Inhaltlichen: Eine Beziehung braucht so viel Erwachsenwerden, so viel Selbstsicherheit und Selbstvertrauen, davon haben die meisten zu wenig gelernt. Ich glaube, das ist es, woran ich mit meinen Klienten hauptsächlich arbeite. Und das macht die Arbeit für mich auch so spannend. www.desafinado.de

Das Interview führte Silke Maschinger.

DREI

WARUM MUSKELBEPACKTE NACKTE FEUERWEHRMÄNNER AN BERGSEEN LANGWEILIG SIND

Elke Kuhlen, 36 Jahre, Herausgeberin vom »Jungsheft« und »Giddyheft«, Köln

Das *Jungsheft* ist eine Schnapsidee, nicht weil das Pornomagazin für Mädchen keine Resonanz fände und auch nicht, weil das Konzept hinter dem Magazin seltsam wäre. Vielmehr weil es aus einer Laune heraus geboren wurde.

Im Jahr 2005 sitzt Elke mit ihrer Freundin Nicole zusammen. Sie trinken: Ob Kaffee, Cocktails oder tatsächlich Schnaps, verrät sie nicht. Die Stimmung ist ausgelassen. Sie lachen und vertrauen sich ihre Geschichten an. Wie das so ist, nichts Außergewöhnliches.

Irgendwann sagt Elke: »Ist doch schade, oder? Für uns Mädels gibt es keine coolen Pornobilder. Wenn überhaupt müssen wir uns zum x-ten Mal den muskelbepackten Feuerwehrmann am Bergsee angucken. Darauf habe ich aber einfach keine Lust. Ich will die normalen Jungs nackt sehen können.«

Aus diesem Geprächsfetzen entspinnt sich eine Idee. Die beiden wollen ihr eigenes Pornoheft machen.

»Muss ja nicht aufwendig werden«, sagt Elke.

Geld möchten die beiden für den einmaligen Spaß nicht bezahlen. Sie bequatschen einfach ihre Freunde. Die werden das Magazin schon kaufen. Von einmal und nie wieder ist die Rede. Am Anfang.

Genauso unkompliziert wie diese Geschichte wirkt auch Elke. Es macht Spaß, sich mit ihr zu unterhalten, und die Ideen sprudeln nur so aus ihr heraus. Wir kichern. So muss das damals auch gewesen sein, im Gespräch mit Nicole.

»Wir haben es eben einfach mal gemacht, gar nicht so viel darüber nachgedacht. Dabei sind wir weder Fotografen noch Journalisten noch Grafiker. Wir gehen ganz normalen Brotjobs nach.« Elke organisiert und plant Konzerte, Nicole arbeitet in der Administration.

»Wir sind bis heute auf Hilfe von außen angewiesen«, erzählt Elke weiter. »Da sind die Fotografen, die für uns shooten. Ganz tolle Leute, die aber kein Geld bei uns verdienen, weil wir selbst keinen Gewinn mit dem Heft machen. Das ist eben unser Hobby.«

»Eines«, frage ich, »das viel Zeit einnimmt?«

Elke lacht. »Ja, unsere Wochenenden gehen dabei drauf. Aber wir finden das toll, begleiten die Fotografen oft auf die Shootings, lernen die Modelle persönlich kennen und können die Jungs und Mädels von nebenan nackt sehen. Kann ja nicht jede von sich behaupten.«

Die nackten Mädels sind dazugekommen, damit auch die Jungs was zu schauen haben. Sie erscheinen im *Giddyheft*. Auch diese Modelle arbeiten ohne Honorar, einfach für den Spaß, um tolle Aufnahmen von sich zu haben oder in der Hoffnung, bekannt zu werden.

Gelegentlich fotografieren Elke und Nicole auch selbst: »Aber das ist die Ausnahme, wenn ein Fotograf wegbricht.«

Sich mit dem *Jungsheft* und dem *Giddyheft* eine Existenz aufzubauen, sich ganz für die Sache zu engagieren, davon träumen die beide schon manchmal, aber dann fehlt es doch am Mut.

»Da spielt so vieles rein«, erklärt Elke. »Es ist eben etwas anderes, wenn du richtig Geld in die Hand nimmst. Da gilt es, ein Risiko zu tragen. Noch ist der Verlagsprinz auf dem weißen Pferd nicht erschienen, um uns unser Startkapital in die Hand zu drücken. Unsere Dailyjobs einfach zu kündigen, dafür sind wir zu schissig«, gesteht sie. »Obwohl die Strategie schon jetzt klar wäre: Wir müssten auf Englisch produzieren, für England und alle englischaffinen Länder, zum Beispiel für den skandinavischen Markt. Das würde wahrscheinlich vier oder fünf Leute ernähren. Wir könnten eine richtige Redaktion aufbauen.«

Ganz ausschließen will Elke nicht, dass sie irgendwann den Schritt tun und ihre wunderbare Idee professionalisieren. Das Heft immerhin, das einmalig erscheinen sollte, gibt es jetzt seit 2005 und das *Giddyheft* ist dazugekommen. Beide erscheinen zweimal im Jahr: einmal im Mai und einmal im Dezember.

»Du darfst dir das jetzt aber nicht nur cool vorstellen«, sagt Elke. »Den größten Teil unserer Arbeit macht der Versand aus, und das ist auch das Nervige daran: Hefte eintüten, Umschläge beschriften, eben stumpf *Meine kleine Post* spielen.«

Praktikanten, die die beiden unterstützen, gibt es auch keine, denn dafür bräuchte es ja erst einmal ein Büro.

»Die Leute wundern sich manchmal, dass es so lange dauert, bis sie unser Heft in Händen halten. Klar, die erwarten eine professionelle Struktur. Die haben wir aber einfach nicht. Unsere Hefte lagern in diversen Kellern. Wenn du also eines willst, das gerade nicht mehr im Wohnzimmer vorrätig ist, müssen wir erst einmal drei Keller durchforsten. Neben dem Alltag, den wir ja auch bewältigen, dauert es dann manchmal länger als eine Woche. Die Post braucht schließlich auch ihre Zeit.«

Dass Elke und Nicole nicht in derselben Stadt leben, erschwert ihr Herzensprojekt. Ohne die Fotografen, Modelle und Autoren ginge nichts. Auch weil die Produktion relativ teuer ist. Die Hefte lassen Elke und Nicole noch immer in Deutschland drucken, nicht im günstigeren Tschechien, und auch die Auflage von 5.000 Stück sichert keine enormen Rabatte.

Was es mit den Modellen auf sich hat, interessiert mich.

»Anfangs«, gesteht Elke, »war das schon schwer. Wir mussten die Jungs richtiggehend bequatschen. Du musst dir das so vorstellen: Da sagst du aus einer Laune heraus, dass du so etwas schon machen würdest, aber rechnest nicht damit, dass daraus wirklich was wird. Bei den Jungs ist es manchmal eine Art Männlichkeitsprobe. Die beweisen mit einer solchen Aktion auch vor ihren Kumpels, was für tolle Hechte sie sind. Aber es gibt auch die Schüchternen. Denen hat der beste Freund von uns erzählt und uns die Nummer gegeben. Da müssen wir echte Arbeit leisten.«

Die gängigsten Ängste sind: die Mutter, der Körper, die Freundin und die Karriere. Die gilt es dann zu entkräften. Elke sagt, es sei leichter, die Männer zu überzeugen. Auch wenn sie sagt, dass sie das eigentlich doof findet, diese Geschlechterrollentrennung. Aber die Lebenswirklichkeit sieht eben anders aus.

»Was für einen Mann Anerkennung bedeutet, ist bei Frauen schnell rufschädigend. Sie haben Angst, als Schlampe dazustehen, und wir sind ja auch nicht der *Playboy*, können also nicht für eine Supernachbearbeitung und wahnsinnig gute Lichtsettings sorgen.

Genau darin liegt aber auch der Reiz unserer Bilder. Sie sind echt und wirken dabei ganz nah und nicht Lichtjahre entfernt.«

Elke will ihren Modellen keinen Schaden zufügen und nicht zu Schwierigkeiten beitragen, die Nacktaufnahmen nach sich ziehen könnten. Sie weiß aber, dass ihr Heft einen selbstbewussten Style hat, modern und flippig wirkt. Das trägt sie auch weiter.

»Wir sind schon etwas Besonderes auf dem Markt und mit keinem gängigen Pornoheft zu vergleichen. Allerdings erfüllen wir die gesetzlichen Vorschriften für Pornografie. Deshalb müssen wir unser Magazin als ein solches behandeln, es zum Beispiel eintüten, auch wenn wir denken, dass wir etwas gänzlich anderes sind. Irgendwo zwischen Aktfotografie und Porno würde ich uns ansiedeln, Erotik wäre vielleicht das bessere Wort.«

Die Modelle sind bisher zwischen 19 und 48 Jahren alt. Aber außer der Volljährigkeit gibt es keine Kriterien, die sie erfüllen müssen. »Wir haben kein Problem mit Älteren.«

Bei den Shootings vor Ort sind die Unterschiede augenfällig.

»Da gibt es die Jungs, bei denen wir stundenlang zu Hause sitzen und einen Kaffee nach dem anderen trinken, um dann irgendwann zu sagen: »Ja, Markus, du weißt ja, warum wir hier sind. Es wäre schön, wenn du dich jetzt so langsam ausziehen würdest.« Aber da sind auch die Typen, bei denen bist du in fünf Minuten raus, weil der Typ sich auszieht, sich einen runterholt und das wars dann. Da sind die Fotos eben schneller im Kasten, ist ja klar. Wir haben meist weibliche Fotografen, weil die Männer das oft anregender finden und die Frauen sich bei einer weiblichen Fotografin wohler fühlen.«

In Köln, Berlin und Frankfurt gibt es mittlerweile ein Netzwerk an Fotografen. Da wird unter semiprofessionellen Voraussetzungen geshootet. Aber überall in Deutschland ist das nicht möglich. Wenn jemand in Karlsruhe Modell werden will, dann kann Elke nur sagen: »Wäre toll, wenn deine Freundin die Bilder machen würde, oder du fotografierst selbst.«

»Wir können da eben keinen hinschicken, leider. Wer aber nicht total seltsam rüberkommt, ist im Heft«, verspricht Elke. »Ist ja auch nicht so, dass wir überrannt werden mit Anfragen.«

Das *Jungsheft* ist eine bunte Mischung aus Nackten, Männern mit Latte, Porträts über Themen wie zum Beispiel Erektionsangst, Musik, neuen Bands und der Rubrik »Jungs erklären«.

Bei ihrer No-Money-Politik sind Elke und Nicole abhängig von den Themenvorschlägen, die von den Autoren kommen.

»Solche Beiträge müssen ja auch ordentlich recherchiert sein und nur manchmal haben wir den Luxus, dass jemand über ein Thema schreibt, das uns selbst gerade brennend interessiert. Wir beide waren aber von Anfang an sehr offen gegenüber sexuellen Themen und Nacktheit. Sonst hätten wir das Projekt gar nicht erst gestartet. Wir sind jedoch keine Freaks, die in jedem Sexforum abhängen und jede noch so kleine Bizarrheit beleuchten.«

Wenn Themenvorschläge für das Heft kommen, wundert sich Elke manchmal noch immer: »Echt, so etwas gibt es auch?«

Vielleicht ist das Magazin auch deshalb so beliebt, weil bei den Herausgeberinnen die Liebe zu ihrer Tätigkeit zu spüren ist, weil sie eben nicht davon leben müssen und deshalb im Rahmen der Möglichkeiten frei sind, das zu tun, was ihr ureigenstes Interesse und die Initialzündung für die Entstehung war: Die Jungs von nebenan nackt sehen, ganz unverstellt, einen Blick ins Intime wagen.

Zwischen 18 und 35 ist die durchschnittliche Leserin. Der Klassiker ist die coole Mädchen-WG in Bremen, in der alle zwischen 26 und 32 Jahre sind. Alt genug also, um nicht mehr verschämt zu kichern, wenn es um Jungs geht, und jung genug, um ohne Scham, vielmehr angekommen in den 10er-Jahren, zu lesen und zu schauen, wonach ihnen der Sinn steht.

www.jungsheft.de

Text verfasst von Tanja Steinlechner.

VIER

58 GESCHLECHTER

Patricia Metzer, Anfang 60, Vorsitzende der Deutschen Gesellschaft für Transidentität und Intersexualität, Berlin

Sie leiten die Deutsche Gesellschaft für Transidentität und Intersexualität. Wo liegt der Unterschied zwischen Transsexualität und Intersexualität?
Transsexuell zu sein bedeutet, dass man physisch ein eindeutiges Geschlecht hat, welches aber nicht mit dem empfundenen Geschlecht übereinstimmt. Darunter leidet fast jede_r Betroffene stark. Man reagiert dann in der Regel damit, dass man durch eine geschlechtsangleichende Operation und Hormongaben den Körper seinem eigentlichen Geschlecht anpasst. Es gibt aber auch immer mehr transsexuelle Menschen, die auf die Operation, deren Folgen nie ganz abzusehen sind, verzichten. Das sind dann beispielsweise Männer, auch vom Hormonstatus her, deren primäre und sekundäre Geschlechtsmerkmale aber nach wie vor weiblich sind. Damit hat heute nicht mehr jede_r ein Problem.

Intersexuell zu sein bedeutet, auch physisch geschlechtlich uneindeutig zu sein. Das kommt in über 20 verschiedenen Varianten vor. Manchmal ist man optisch und gefühlt eindeutig, beispielsweise männlich, hat aber einen weiblichen Genpool. Das weiß man dann im Zweifel gar nicht. Oder körperliches Erscheinungsbild und Hormonstatus passen nicht zusammen. Oder Sie weisen als Baby tatsächlich Merkmale beider Geschlechter auf. Dann wird in der Regel immer noch operiert, meist in Richtung Weiblichkeit. Ein Arzt hat mir mal erklärt, es sei leichter, einen Baum zu fällen, als ein Loch zu graben.

Für die Betroffenen ist es in der Regel dramatisch, im Babyalter, bevor sie selbst entscheiden konnten, von den Ärzten fremdbestimmt ein Geschlecht zugewiesen bekommen zu haben.

Wenn ich beispielsweise intersexuell bin und mich weder als Mann noch als Frau definiere – wie komme ich denn dann durch unser zweigeschlechtlich organisiertes Leben?
Bei Formularen kann man sowohl »Herr« als auch »Frau« offen lassen. Auf eine geschlechtsdefinierende Eintragung im Personenstandsregister kann seit dem 1. November 2013 verzichtet werden.

Inzwischen gibt es einen Ergänzungsausweis, den gerade Transmenschen in der Phase der Geschlechtsangleichung mit sich tragen können, wenn sie laut Ausweis beispielsweise schon weiblich sind, obwohl sie auf Zollbeamte noch männlich wirken. Der Ergänzungsausweis bestätigt – auf deutsch, französisch und englisch –, dass die betreffende Person gerade dabei ist, von einem Geschlecht zum anderen zu gleiten.

Wenn ich Rundmails formuliere, richte ich sie geschlechtsneutral an »Liebe Menschen«. Das könnten andere übernehmen.

Das eigentliche Problem ist die Reaktion der Mitmenschen. Aber ich glaube, da tut sich langsam was.

Wie kam es, dass Sie eine Frau wurden, Frau Metzer?
Ich war 20 Jahre als Mann verheiratet, habe fünf Töchter, inzwischen auch Enkelkinder. Ich war beruflich immer sehr eingebunden, in den verschiedensten Bereichen, habe Baustellen geleitet, war Ausbildungslehrer, bin Eisenbahn gefahren, wurde Seelsorger – al-

les Mögliche. Mein Leben war schön. Aber ich lebte im falschen Geschlecht.

Wie machte sich das bemerkbar?
Das ist wie ein Krieg, der in dir drin zwischen deiner Psyche und deinen Hormonen stattfindet. Das ist furchtbar. Es führt erst zu Depressionen und dann zu psychosomatischen Symptomen. Bei mir war es, als würde mein Körper brennen. Das ist nicht zum Aushalten. Deshalb ist es auch nicht so, dass man abwägen könnte: Welche Vorteile hat es für mich, Mann zu bleiben, und welche hätte es, Frau zu werden. So ist das nicht. Man muss einfach den Krieg in sich beenden, weil man sonst draufgeht. Es gibt Studien, denen zufolge um die 50 Prozent aller transidenten Menschen Suizidversuche unternehmen.

Woran merkten Sie konkret, dass Sie im falschen Körper steckten?
Als Kind hätte ich nicht benennen können, welchem Geschlecht ich zugehöre. Ich habe aber auch nicht darüber nachgedacht. Ich war eben einfach Kind. Irgendwann fängt man an, sich mit Sexualität zu beschäftigen. Als ich ungefähr 17 war, trieb ich mich in diesen Beate-Uhse-Shops herum und habe mir die Heftchen angesehen. Da gab es Frauen, die es mit Männern machten. Und Männer, die es mit Männern machten. Und dann waren da plötzlich Frauen, die es mit Frauen machten. Da hat sich was in mir getan. Das fand ich anregend.

Aber ich habe aus diesem Gefühl erst mal keine Schlüsse gezogen, außer den, dass mir Frauen gefielen. Ich hatte ja zu der Zeit auch überhaupt keine transsexuellen Vorbilder.

Ich war damals sehr schüchtern. Deshalb probierte ich Sexualität erst einmal mit einer käuflichen Frau aus. Das war langweilig. Später versuchte ich es mit BDSM. Das war spannender. Dann lernte ich meine Frau kennen. Beim dritten Date machte ich ihr einen Heiratsantrag.

War das eine Ehe zwischen Mann und Frau oder zwischen Frau und Frau?
Das hatte sie mich nach der Trennung auch gefragt. Ich denke, die ersten zehn Jahre waren wir Mann und Frau. Dann wechselte es. Aber das war keine stringente Entwicklung. Das Gefühl, doch eigentlich eine Frau zu sein, kam wellenartig. Es war eine Weile sehr präsent, dann verschwand es aber auch wieder. Ich schüttelte mich wie ein nasser Hund und wusste nicht mehr, was das denn gerade für eine seltsame Phase gewesen war.

Ich arbeitete in der Zeit wahnsinnig viel, war ständig beschäftigt, hatte zwei Jobs gleichzeitig, fuhr Motorrad und machte den Lokomotivführerschein. Das lenkte mich eine Weile ab, aber die Zyklen wurden stärker und damit auch der Leidensdruck. Schließlich habe ich mich in psychologische Beratung begeben. Dort wurde erstmals das Thema Transsexualität benannt. Doch es dauerte immer noch Jahre bis zu meiner Geschlechtsangleichung.

Sie sind christlich, arbeiten sogar als Seelsorgerin. Wie passt die heteronormative Kirche zu Ihrer homosexuellen Transsexualität?
Das sind ja nur die Kirchenbosse, die sich nach wie vor gegen die Vielfalt der Liebe und Geschlechtlichkeit stemmen. Unter den ganz gewöhnlichen Christen erlebe ich das nicht so massiv.

Ich habe mit 16, 17 zum christlich-jüdischen Glauben gefunden, weil ich ganz klassisch auf der Suche nach dem Sinn des Lebens war. Gott war für mich eine gute Antwort. Meiner Lesart nach liebt Gott den Menschen als Ganzes, so wie er ist, mit seiner gesamten Individualität. Das finde ich beruhigend und sehr tolerant.

Aber gleichzeitig hat das sehr konservative christliche Umfeld, in dem meine erste Frau und ich uns bewegten, es ihr und den Kindern natürlich nicht gerade leichter gemacht, sich mit meiner Transsexualität anzufreunden.

Was hielt Ihre Familie von Ihrem neuen Geschlecht?
Wie haben in einem freikirchlichen Umfeld gelebt. Meine Frau definierte sich als strikt heterosexuell und konnte sich insofern nicht vorstellen, mit mir zusammenzubleiben, wenn ich eine Frau bin. Ich fand das sehr schade, der Mensch bleibt ja schließlich derselbe, in welchem Geschlecht auch immer, aber ich akzeptiere ihre Entscheidung natürlich. Inzwischen bin ich mit meiner neuen Frau glücklich, seit 14 Jahren.

Wie haben Ihre Töchter reagiert?
Für meine Töchter war es auch eine schwierige Situation. Es kam stellenweise zu Streits und Kontaktabbrüchen, die sich inzwischen größtenteils wieder gelegt haben. Meine jüngste Tochter hat mich gefragt, wie sie mich denn jetzt nennen soll. »Wie möchtest du mich denn nennen?«, hab ich sie gefragt. Und sie sagte: »Na, Papa. Ich hab doch sonst keinen Papa.« Da habe ich gesagt: »Dann nennst du mich eben Papa.« Das ist doch in Ordnung, das kostet mich nichts.

Ist es prinzipiell schwierig für Kinder, mit der Transsexualität ihrer Eltern zurande zu kommen?
Generell lässt sich sagen, dass es einfacher ist, je jünger die Kinder sind. Sind sie bereits in der Pubertät, wird es schwierig, dann haben sie sowieso so viel zu tun mit ihrer eigenen Identitätssuche.

Es hängt natürlich auch davon ab, wie die Eltern das vermitteln. Wenn beide kein großes Ding aus der neuen Situation machen, ist es für die Kinder auch leichter.

Kommt es auch vor, dass man bereits im Kindesalter realisiert, dass man sich im falschen Körper befindet?
Ja, das kommt vor. Mit fünf bis sieben Jahren weiß man in der Regel, welches Geschlecht man hat. Und eben auch, wenn es das falsche ist. Ich kenne ein intersexuelles Kind, das seine Mutter gefragt hat: »Mama, warum hast du zugelassen, dass ich das falsche

Geschlecht bekommen habe? Hast du denn nicht mein Herzchen gesehen?« Es gibt eine Gruppe namens TransKinderNetz, die sich explizit an inter-und transidente Kinder und ihre Eltern richtet.

Kinder können viel leichter damit umgehen, anders zu sein, als sie wirken. Problematisch wird ihre Welt bloß durch die Erwachsenen und ihre normativen Zuschreibungen.

Geht die herrschende Annahme der Zweigeschlechtlichkeit an der Realität vorbei?
Ja. Das ist der Versuch, die menschliche Vielfalt in sehr enge Schubladen zu pressen. Bei Facebook hingegen soll es inzwischen wohl 58 Geschlechter geben, von denen man sich eins aussuchen kann. »Mann« und »Frau« sind doch nur zwei Extreme auf einer langen Linie. Dazwischen kann ich mich einsortieren. Als Frau meinetwegen, die keine Röcke mag und sich nicht schminkt, oder als Mann, der mit klassischer Männlichkeit nichts anfangen kann, oder am Wochenende manchmal gern Kleider trägt und so weiter.

Nach wie vor gibt es aber viele Menschen, die Transsexuellen mit extremer Abneigung begegnen, gerade Männer. Warum ist das so?
Ich denke, der Transsexuelle hält der Gesellschaft einen Spiegel vor. Transsexuelle sind Menschen, die sich intensiv mit der Frage »Wer bin ich?« auseinandergesetzt haben und dabei nicht den vordergründig leichtesten Weg einschlagen. Das fordert natürlich andere heraus.

Männer haben meiner Ansicht nach noch mal ein besonderes Problem mit Transfrauen, weil sie das als Verrat an der Männlichkeit empfinden. Wir leben ja offiziell inzwischen in einer gleichberechtigten Gesellschaft, aber ich bin mir sicher, dass sich Männer immer noch für das bessere Geschlecht halten. An dieser Hybris kratzt natürlich jemand, der seinen männlichen Körper gegen einen weiblichen eintauscht, ganz gewaltig.

Manche Transfrauen – Sie nun gerade nicht – neigen ja dazu, sich ganz besonders weiblich zurechtzumachen, in fast übertriebener Weise. Woher kommt das?
Wenn man sich endlich dazu durchringt, in einem neuen Geschlecht aufzutreten, ist man sehr unsicher. Für einen selbst ist es das richtige Geschlecht und das, das man schon immer hatte. Aber für die Umwelt nicht. Um sich sicher in der neuen Körperlichkeit zu fühlen, ist es aber entscheidend, Anerkennung von außen zu bekommen, also tatsächlich als Frau gelesen zu werden. Deshalb malt man sich Lippen und Fingernägel an und trägt hohe Schuhe, weil das dann einfach besser funktioniert. Nach einer Weile kann man sich wieder entspannen und einfach man selbst sein. Ich habe das auch schon probiert – Röcke tragen und so weiter –, aber das ist einfach nicht meins.

Es wird viel über Probleme gesprochen – aber was ist der Vorteil davon, transsexuell zu sein?
Du kennst beide Geschlechter aus der Innen-Perspektive. Das ist bereichernd. Du bist sensibel für Menschen, die anders sind als die gängige Norm. Du hast dich intensiv mit der Frage beschäftigt, wer du eigentlich bist. Das tut nicht jeder. Du hast Erfahrung damit, behauptete Grenzen heil zu überschreiten. Das ist von großem Wert.

www.dgti.org

Das Interview führte Cornelia Jönsson.

FÜNF

SEXTOYS RETTEN KEINE BEZIEHUNG

Gundula Schildhauer, 52 Jahre,
Inhaberin eines Erotikgeschäfts, Hannover

Ganz Deutschland ist überzogen von Sexshops, die von großen Unternehmen wie Beate Uhse oder Orion betrieben werden. Früher gab es diese Läden meist in der Nähe von Bahnhöfen und den dazugehörigen Rotlichtbezirken. Die Fenster sind blickdicht verklebt, neben den Videokabinen gibt es Wände voll mit Pornos, regalweise Sextoys in billigen Plastikverpackungen mit ordinären Bildern.

Ganz Deutschland? Nein, seit 1995 das erste Erotikgeschäft für Frauen eröffnet hat, haben sich mittlerweile mindestens 15 Frauen getraut, der Großmacht der billigen Sexshops eine Alternative entgegenzusetzen – und es werden stetig mehr. Anfangs waren die Läden reine Frauengeschäfte, doch das hat sich in den letzten Jahren geändert. Manchmal dürfen Männer nur an bestimmten Tagen oder in Begleitung von Frauen hinein, aber meistens ist es doch so, dass die Shops für alle Geschlechter offen sind. Diese Trennung sollte damals dazu dienen, den Frauen einen Raum zu eröffnen, an dem sie frei von eventueller männlicher Belästigung sich mit Sextoys auseinandersetzen können.

Auch das Großunternehmen Beate Uhse hatte 2005 festgestellt, dass seine Kunden hauptsächlich Männer waren, und wollte mit der Frauen-Erotikshop-Kette »Mae B« die Damenwelt ansprechen. Ziel war es, deutschlandweit 40 solcher Geschäfte zu eröffnen. Aber nach drei Jahren schlossen sie die drei bis dahin existierenden Läden wieder. Der Umsatz entsprach nicht den Erwartungen.

Dass sich ein Erotikshop doch lohnen kann, beweist die Geschichte von Gundula Schildhauer. Sie hat 2003 in Hannover das Geschäft »Liebhabereien« eröffnet.

Was hast du vorher gemacht?
Ich habe vorher Diplom-Pädagogik studiert und war fast fertig mit dem Studium. Damals hatte ich auch schon als Dozentin gearbeitet, wusste aber nicht so genau, wo ich hinwollte. Es gab zwar Angebote, unter anderem Lehraufträge in der Uni. Aber irgendwie habe ich mir gedacht: »Will ich das wirklich?«. Ich war mir nicht sicher.

Wie kamst du auf die Idee, einen Erotikshop zu eröffnen?
Die Idee hatte sich ursprünglich aus einer Frauengruppe heraus entwickelt, bei der ich mitmachte. Wir waren eine Selbsterfahrungsgruppe, die sich regelmäßig alle 14 Tage traf. Ziel war es, sich gegenseitig Unterstützung zu geben, bei allen Themen des Lebens, Beziehung, Kinder, Beruf, Identität und auch Sexualität. Wir Frauen haben uns darüber ausgetauscht, mit kreativen Methoden und auch durch praktisches Ausprobieren. Aber wir waren dabei nicht körperlich intim, sondern eher auf der emotionalen, geistigen Ebene.

Einmal gab es ein ganzes Wochenende zum Thema Erotik und dann kam von Silke, meiner späteren Geschäftspartnerin, der Satz: »Oh, ich mache mal einen Sex-Laden für Frauen auf, so etwas gibt es gar nicht.« Ich habe mir das angehört und mir dachte: Was soll ich mit so einem Laden? Da klingelte bei mir noch nichts.

Wie ging es weiter?
Dann haben wir Frauen in der Gruppe von dem Erotikshop »For Ladies« in Bremen gehört. Weil wir alle so neugierig waren, sind wir kegelclubartig dorthin gefahren. Wir hatten alle kleine Kinder, die bis nachmittags um drei in der Krabbelgruppe waren, also sind wir am Morgen los und mussten um drei wieder zurück sein. Wir haben zwei bis drei Stunden in dem Geschäft verbracht. Ich habe diesen Laden betreten und wusste nach einer halben Stunde gewusst: Das ist es, was ich machen will. Mehr kann ich dazu nicht sagen. Das war ein Aha-Erlebnis in meinem Leben, das ich auch schon mit anderen Sachen hatte, und dann ist es klar. Es gab innerlich einen »Gong« – hier ist etwas.

Später sprach ich mit Silke darüber, ob es ihr ernst war mit dem Shop, und nach ihrer Bestätigung sind wir in die Planung gegangen. Ich hatte zu der Zeit noch ein wenig Erbe, da mein Vater verstorben war, sodass Startkapital da war – denn ohne Geld geht es nicht. Wir haben es sehr ernsthaft geplant, wir sind beide Menschen, die Dinge gerne gründlich machen.

Wir haben also ein Mentoring vom Unternehmerzentrum mitgemacht und haben die ganze Geschichte auch prüfen lassen von »Alt hilft Jung – Wirtschaftssenioren«, also von erfahrenen Unternehmerinnen. Wir haben uns coachen lassen und hatten das große Glück, dass wir von Anfang an die Medien auf unserer Seite hatten. Die Presse hat bei uns angeklopft nach dem Motto: »Hallo, wir haben gehört, Sie möchten was machen – können wir über Sie berichten?« Das war natürlich perfekt. Die Regionalpresse kam, und auch das Fernsehen, SAT.1 und NDR. Einmal kam im NDR sogar ein Bericht an einem Samstag um 18.15 Uhr, zu einer Zeit, wo die Leute auch mit ihren Kindern vor dem Fernseher sitzen. Wir waren etwas nervös und dachten: Oh Gott, was werden die zeigen?! Aber es war ein sehr schöner Bericht. Es gab damals nur sechs Läden in Deutschland. Wir haben sicher nicht zur ersten Rutsche gehört, das war ja Bremen, München, Frankfurt, Berlin und Köln. Sie fingen

alle so um 1995/1996 herum an, wir starteten 2003. Nach uns kam noch mal ein ganzer Schwung von Läden, von denen einige schon wieder zugemacht haben.

Meine Partnerin Silke ist übrigens 2007 wieder ausgestiegen. Mit ihrem dritten Kind, das sie damals bekam, wurde es ihr mit dem Geschäft doch zu viel.

Dein Laden besteht jetzt schon länger als zehn Jahre. Was ist dein Erfolgsgeheimnis?

Eigentlich ist es ja gar kein Geheimnis. Wir bemühen uns um ein angenehmes, sinnliches und entspanntes Ambiente, in dem sich die Kundinnen wohl fühlen, das Team sind einfach ganz durchschnittliche Frauen, die sich auskennen und gut beraten können.

Unser Laden ist von außen einsehbar und man kann sofort das schöne Ambiente erkennen. Manche Menschen gehen zwar genau deswegen nicht rein, weil sie befürchten, gesehen zu werden. Aber die meisten kommen zu uns, weil es wie ein ganz normaler Laden aussieht und nicht wie ein schmuddeliger Erotikshop.

Und sicherlich hat unsere intensive unternehmerische Vorbereitung geholfen. Es gab früher ein Geschäft mit einem ähnlichen Konzept in einem anderen Stadtteil, der nach einem halben Jahr wieder geschlossen hat. Vielleicht lag es am Standort, zu wenig finanziellem Puffer oder zu wenig unternehmerischem Denken. Ich denke auch unternehmerisch. Ich verkaufe in einem Laden auch Dinge, die ich persönlich nicht mag, schließlich geht es nicht nur um meinen Geschmack. Nach meinen Erfahrungen verkaufen sich zum Beispiel die Dildos in Gemüseform nicht. Sie liegen da, alle lachen drüber, kaufen tut sie keiner. Das kann ich mir nicht leisten. So trenne ich mich von manchen Produkten. Am Ende gelten Einzelhandelsregeln. Wenn etwas nicht läuft, muss es raus aus dem Regal. Deshalb habe ich mich auch schon von qualitativ hochwertigen Sachen getrennt, die ich gut finde, die aber von Kunden nicht angenommen werden – trotz bester Werbung.

Inwiefern haben sich in den letzten 10 bis 15 Jahren die Sextoys geändert?
Früher gab es bei Dildos ja fast nur Penis-Formen, danach gab es eine Zeitlang viele putzige Formen, wie Maulwürfe oder Delfine, in der letzten Zeit wurden die Formen immer abstrakter. Jetzt haben wir insgesamt eine viel größere Auswahl von schönen und hochwertigen Produkten. Als wir angefangen haben, war es schwer, schöne Sachen zu finden. Damals war ich schon happy, etwas zu entdecken, was in einer nicht ganz so abstoßenden Verpackung steckte. Das meiste war mit Abbildungen von geöffneten Mündern und Silikontitten eingepackt … das übliche eben. Das hat sich total verändert. In den letzten Jahren haben uns die Hersteller_innen von Toys gefragt, was sich die Kundinnen in Sachen Form und Design wünschen. Unsere Eindrücke haben wir an die Produzent_innen weitergegeben. Es hat sich viel verändert, auch wenn die Qualität nicht immer stimmig ist. Das meiste kommt immer noch aus China. Ich versuche bis heute, Produkte zu finden, die nicht nur schön, sondern auch qualitativ hochwertig sind – das ist nach wie vor eine Herausforderung.

Ist es mittlerweile ganz normal, sich einen Vibrator zu kaufen?
Insgesamt ist es normaler und selbstverständlicher für Frauen geworden. Frauen um die 50 äußern manchmal Unwohlsein bei dem

Wunsch, sich den ersten Vibrator zu kaufen, es scheint ihnen peinlich zu sein in ihrem Alter. Ich frage dann: »Warum nicht?« Ist ja nichts, was man vorher schon gemacht haben muss. Ich habe nicht wie viele andere diese Erwartung, dass man so etwas heute schon mit 20 gemacht haben müsste. Mit 20 ist man noch damit beschäftigt, seinen Körper kennenzulernen. Die meisten sind im Schnitt mindestens 30, wenn sie sagen, dass es noch was anderes geben muss, oder mit dem Partner etwas Neues entdecken wollen, die Partnerschaft (noch) mehr beleben wollen.

Alle Welt will es wissen: Was wollen Frauen wirklich?
Was mir auffällt: Viele Frauen wissen gar nicht, wie sie gerne stimuliert werden, sie können es nicht so gut sagen oder trauen sich nicht, es auszusprechen. Männer wissen das besser, das sind Kunden, die reinkommen, wissen, was sie wollen, einkaufen und happy sind. Frauen sind eher so: »Ich wollte mir vielleicht … Was gibt es denn da … Können Sie mir das mal erklären …«. Da denke ich mir: Wie, das ganze Regal erklären? Ich bitte sie dann, mir zu sagen , was sie ungefähr möchten. Lieber klein, groß, außen, innen usw. Ich taste mich an die Kundinnen ran. Bei manchen klingelt es dann, andere gucken mich weiter an wie die Kuh, wenn's donnert. Männer wissen häufig genauer, was die Frau mag, ob G-Punkt oder äußerliche Stimuli. Aber es gibt natürlich auch die Frauen, die sich gut kennen und genau wissen, was sie brauchen.

Viele Fragen nach einem Vibrator für Anfängerinnen – ich berate locker, ohne den Frauen auf den Schlips zu treten so nach dem Motto: »Sie hatten doch schon mal Sex, oder?« Dann kann ich anfangen mit Fragen danach, was sie mögen. Jeder Mensch ist anders, einige nehmen es mit Humor, andere sind sensibel. Bei manchen reicht die Optik und dann erzähle ich noch etwas zu dem Produkt. Das ist wie bei der Männerwahl – da muss der Funke überspringen, das dicke Bankkonto allein reicht nicht. Beim Vibrator ist es auch so: Intervalle oder Wasserdichtigkeit nützen nichts, wenn man ihn nicht schön findet.

Wie sieht deine Kundschaft aus?
Die Kundschaft ist gemischt, zwischen 16 und 86 Jahre. Mit 16 darf man im vorderen Bereich stöbern, der jugendfrei ist. Im hinteren Bereich liegen die Filme, die man erst ab 18 Jahren anschauen darf. Die meisten Leute sind zwischen 30 und 65. Es kommen etwas mehr Frauen als Männer, aber auch viele Paare. Die Männer sind oft in Beziehungen. Der Single-Mann kommt nicht, für den habe ich keine Produkte, wie Mainstream-Pornos oder Taschenmuschis. Die Frauen sind sowohl in Beziehung als auch ohne Beziehung. Ich habe auch viele lesbische Kundinnen oder Bisexuelle. Ich habe versierte Swingerclub-Besucher_innen und SMer_innen im Laden, aber auch Frauen, die noch nie in ihrem Leben in so einem Laden waren. Bei manchen merkt man eine gewisse Nervosität und Zurückhaltung. Sie nehmen die Vibratoren nicht einmal in die Hand, auch das gibt es.

Meine Wahrnehmung ist, dass manche Menschen, die in den Laden kommen, auch Probleme haben: mit sich, ihrem Körper, ihrer Sexualität – mehr oder weniger. Sie empfinden es selbst nicht immer als behandlungsbedürftig, aber es ist schon mein Eindruck.

Es gibt auch Menschen, die denken, sie könnten mit Sextoys ihre Beziehung retten. Aber das ist eine fatale Erwartung. Es kann Spaß und Abwechslung bringen, aber der Sex muss auch so stimmen. Wo nichts geht, hilft auch das Toy nicht mehr.

Mir macht der Umgang mit so unterschiedlichen Kunden Spaß. Ich berate gerne Menschen, egal ob es um den BH oder den Dildo geht. Ich freue mich, wenn sie sich öffnen, und unterstütze Menschen mit Vergnügen, sich selbst Freude in ihr Leben zu holen.

Das klingt ja gar nicht so einfach …
Das Wichtigste ist für mich die offene, freundliche Atmosphäre und die kompetente persönliche Beratung. Damit unterscheide ich mich nach wie vor von anderen Geschäften, die eher Discount-Charakter haben. Da gibt es häufig wenig Beratung, wie meine Erfahrung ge-

zeigt hat bzw. was mir auch immer mal wieder von meiner Kundschaft berichtet wird.

Bei mir ist es so, dass meine Mitarbeiterinnen erst einmal ausgebildet werden. Ich habe immer eine Einarbeitungszeit von mindestens drei Monaten, bis die Frauen in der Lage sind, die meisten Fragen zu beantworten. Im Moment habe ich ein ziemlich stabiles und tolles Team. Mit drei Aushilfen auf 400-Euro-Basis geht es ganz gut, so kann ich auch Urlaubszeiten überbrücken.

Eine weitere Veränderung in diesem Jahrtausend ist, dass die Internetnutzung wesentlich gestiegen ist und damit auch die Anzahl der Online-Sexshops. Welche Rolle spielt das für dein Geschäft?
Es gibt internetaffine Menschen, die gerne online einkaufen. Diese kaufen nicht mehr bei mir ein. Es kommen natürlich auch Kunden, die meinen Laden sozusagen als Showroom benutzen. Dieses Problem kennen alle Einzelhändler. Die Kunden informieren sich oberflächlich im Internet, kommen in den Laden, lassen es sich erklären, schauen es an, fassen es an und kaufen aber im Internet, da es dort oft 10 bis 20 Euro günstiger ist. Ich könnte allerdings nicht sagen, wie viele das sind; vielleicht einige, aber es bringt mich nicht um.

Zu mir kommen Menschen, die Beratung schätzen und damit leben können, dass es bei mir in manchen Fällen etwas teurer ist. Die haben gerne ein Einkaufserlebnis, probieren gerne etwas an oder möchten eine Meinung zu Produkten hören. Außerdem verkaufe ich auch Dinge, die es schlichtweg im Internet nicht gibt: kleine Manufakturprodukte oder Einzelanfertigungen.

Warum hast du keinen Onlineshop als Ergänzung zum Laden?
Anfangs hatten wir einen Onlineshop, doch nach dem Ausstieg meiner Geschäftspartnerin Silke konnte ich den nicht alleine pflegen. Ich war im Laden voll ausgelastet, habe es einschlafen lassen und irgendwann komplett geschlossen. Jetzt müsste ich einen richtig bombastischen Onlineladen öffnen – wenn ich es wollte.

Das kostet viel Geld, das jedoch nicht so einfach wieder reingewirtschaftet werden kann. Natürlich ist es auch ein Trend, die Zuwächse im Onlinegeschäft sind jedes Jahr zweistellig. Aber noch ist es so, dass 80 Prozent des Umsatzes im Einzelhandel stationär gemacht werden und nur 20 Prozent im Versandhandel. Ich bin noch bei den 80 Prozent. Ob ich damit auf Dauer überleben kann, weiß ich nicht, momentan ist es aber noch so.

In den Medien nimmt Sexualität sehr viel Raum ein. Aber welche Rolle spielt Sex wirklich im Leben?
Ich glaube, es sind nur circa 10 Prozent der Erwachsenen, die Sex wirklich als Hobby in ihrer Freizeit betreiben, wie zum Beispiel in den Swingerclub zu gehen oder alle möglichen Sexsachen mit ihrem Partner oder mit wechselnden Partnern auszuprobieren. Die meisten Menschen interessiert es eben nicht die Bohne. Ich würde nicht wagen, Prozentzahlen zu nennen, man kann komplett danebenliegen. Vielleicht sind es nur 3 Prozent, vielleicht sogar 15 Prozent – ich habe keine Ahnung, aber es ist definitiv eine kleine Zahl, nicht einmal die Hälfte der Menschheit.

Die anderen haben einfach Sex mit ihrem Partner auf ihre eigene Art und Weise, aber es ist kein Hobby oder so. Vielleicht hat es eher einen Stellenwert wie Zähneputzen. Man macht es und es ist auch gut so, aber es ist eigentlich nicht so wichtig. Wahrscheinlich ist Zähneputzen noch wichtiger, sonst würden die Zähne weggammeln. Ich weiß gar nicht, womit ich es vergleichen soll. Es ist nicht so essentiell wie Essen, man kann es auch lassen. Wenn man Freude daran hat – schön. Aber wenn nicht, kann man sich auch total daran gewöhnen. Eigentlich braucht man ja auch nichts dafür. Man kann etwas benutzen, muss aber nicht. Ich frage mich selbst manchmal, woher mein Laden die Berechtigung nimmt. Im Grunde vielleicht auch nur daher, dass es sonst keine Läden mehr gibt. In Hannover gibt es nur vier Geschäfte von den großen Erotikketten, dann hört es, glaube ich, auch schon auf. Das ist wenig Konkurrenz.

Die ganzen anderen kleinen unabhängigen Läden hier haben einer nach dem anderen geschlossen. Aber ganz so unwichtig kann es nicht sein, sonst gäbe es meinen Laden nicht schon zehn Jahre!

Hat sich deine eigene Sexualität durch deine Tätigkeit im Laden verändert?
Mein Laden hat insofern einen Einfluss auf mich, als dass es für mich völlig selbstverständlich geworden ist, über Erotik und Sex zu sprechen. Hinzu kommt, dass ich mir viel Fachwissen angeeignet habe. Und ich habe auch noch zusätzlich eine sexualtherapeutische Fortbildung besucht, um meine Kundschaft besser beraten zu können. In der Praxis habe ich natürlich einige Produkte ausprobiert, auch mit meinem Mann zusammen, aber nicht alles und nicht ständig. Ich empfinde es manchmal als lästig, mir neue Filme anzuschauen – keine Lust, das können gerne meine Mitarbeiterinnen machen. Filme können mich schon anmachen, aber mir macht keinen Spaß, es deswegen zu tun, um zu entscheiden, ob sie ins Sortiment aufgenommen werden.

Andererseits konnte ich meine intimen Wünsche auch schon früher mitteilen, da hat sich nichts verbessert oder geändert. Mein Mann und ich sind auch begrenzte Menschen, in Teilen verklemmt durch unsere Erziehung. Nicht immer ist es easy. Wir sind seit 22 Jahren zusammen, haben Höhen und Tiefen erlebt. Die Sexualität ist ein Teil davon, sie hängt von der Qualität unserer Beziehung ab, bewegt und verändert sich damit. Ist die Beziehung distanzierter, so kann es der Sex auch sein. Ist es leichter und verbundener, macht mir auch der Sex mehr Freude.

Was hält deine Familie von deinem Beruf?
Mein Mann hat mich schon vom ersten Moment an unterstützt. Meine Familie steht hinter mir. Nur meinem Sohn war es zu Beginn der Pubertät unangenehm. Das hat mir damals auch leid getan, aber mittlerweile ist es okay für ihn.

Zehn Jahre sind eine lange Zeit. Wird es dein Geschäft in 20 Jahren immer noch geben?
Der Laden macht mir viel Freude, aber ich sorge auch dafür, dass ich den Fuß noch in andere Türen reinbekomme. Ich bin ja Erwachsenenbildnerin und Dozentin und habe wieder mal zwei kleine Honorarjobs übernommen. In der Altenpflegeausbildung gibt es auch den Bereich Sexualität, da habe ich mal sechs Stunden unterrichtet. Das hat Spaß gemacht, ist aber auch arbeitsintensiv, weil ich mich in die Inhalte einarbeiten muss. Und ich arbeite auch noch nebenbei als Sexualtherapeutin, mache Einzelberatung für Frauen, auch zunehmend Paare.

Ich hatte immer im Kopf, dass ich den Laden für die nächsten zehn Jahre mache. Irgendwie habe ich mir selbst eine Fixierung eingeredet, zehn Jahre und dann mal gucken. Plötzlich rückte die Zehn-Jahres-Feier näher. Der Laden hat sich verändert, ich habe ihn neu aufgebaut und komplett renoviert. Es gibt immer wieder Neues zu entdecken. Ich bin meine eigene Chefin und kann selbst entscheiden, was ich in welche Richtung machen will. Letztendlich liegt es natürlich an den Kundinnen, wie lange der Laden weiterlaufen wird. Aber für mich ist es auf jeden Fall stimmig weiterzumachen!

www.liebhabereien.com

Das Interview führte Silke Maschinger.

SECHS

ICH SCHREIBE FÜR DIE LIEBENDEN DIESER WELT

Maria Eilers, 54 Jahre, Verfasserin von biografischen LiebesBüchern, Hannover

Das lächelnde Gesicht einer Frau, im Hintergrund das Rauschen des Ozeans, die Wellen spülen Gischt an den Strand, der Wind weht durch ihr langes Haar. Sie trägt eine Kette mit bunten Perlen um den Hals. Jede davon sieht anders aus, jede hat eine Geschichte zu erzählen. Es ist nur ein Foto auf einer Homepage, aber es weckt Assoziationen.

»Ich schreibe die Geschichte der gemeinsamen Liebe als Buch«, sagt Maria Eilers in unserem Gespräch. »Zu mir kommen Kunden aller Altersklassen. Zwischen 18 und 90 Jahren.«

So verschieden die Menschen, die ihr ihre intimen Geschichten anvertrauen, so facettenreich sind auch die Ausschnitte ihrer Erzählungen. Das hängt zum einen mit dem Alter und dem Temperament des Kunden zusammen, zum anderen aber auch mit dem gewünschten Effekt des Vorhabens Liebesbuch.

»Es macht schon einen Unterschied, ob ein Mensch auf seine langjährige Liebesgeschichte mit dem Partner zurückschaut, mit all den Höhen und Tiefen, die zu so einem Leben dazugehören, oder ob ein junger und heiß verliebter Mann vor mir sitzt.«

Das Thema Erotik taucht aber bei allen Erzählenden als wichtiger Punkt auf. Während der eine sich aber in allen Details an die erste Liebesnacht erinnert und sie schillernd und mit leuchtenden Augen wiedergibt, zeichnet ein anderer die erste erotische Begegnung mit zarteren Strichen. Nicht jedes Kunstwerk ist gleich, nicht jede Geschichte hat denselben Fokus.

»Das ist gut so«, sagt Maria Eilers. »Denn das Leben und das Lieben sind bunt.«

Für die Biografin ist das eine Botschaft, die sie der Welt gerne mitteilen möchte. Etwas, das sich im Laufe ihres Berufslebens immer wieder bestätigt hat und ihre Tätigkeit auszeichnet. Sie ist Impulsgeberin für die Erzählenden, Zuhörerin zuallererst. Denn nur, wenn sie den Tönen und Stimmungen der höchst persönlichen Erinnerungen lauscht und sie in sich aufnimmt, kann sie sie später auf Papier bannen.

»Stellen Sie sich vor«, sagt Frau Eilers, »Sie hätten die Liebesgeschichte Ihrer Großeltern im Bücherregal stehen, Sie würden sie hüten wie Ihren Augapfel.«

Solche Liebesgeschichten wären dann Teil einer großen Historie, die, einmal aufgeschrieben, nicht mehr verloren geht.

»Deshalb kommen auch Brauteltern zu mir, oder Trauzeugen, die dem Brautpaar etwas Besonderes schenken möchten, etwas von bleibendem Wert.«

Brautpaare erzählen ihre Liebesgeschichte oft einzeln. Dann gibt es zwei Erinnerungen, aus denen ein gemeinsames Projekt, das LiebesBuch, geschrieben wird. Solche Erzählungen geben dem Partner tiefe Einblicke in die eigene Erinnerungswelt. Was hat dich an mir angezogen? Warum hast du mich erwählt? Was macht mich zu diesem einzigartigen Menschen für dich?

LiebesBücher sind also Bekenntnisse. Sie legen Zeugnis von der gemeinsamen Liebe ab und versichern sie dem anderen.

Warum aber wünschen sich die Menschen, die zu Maria Eilers kommen, oft höchste Diskretion? Warum posaunen sie ihr Bekenntnis nicht in die Welt hinaus und erzählen ihren Freunden von dem wunderbaren Angebot, das die LiebesBücher eröffnen?

»Die eigene Liebesgeschichte ist etwas hoch Privates, das nur den Partner angeht«, sagt Frau Eilers.

Auch die Kunden selbst rechnen nicht unbedingt mit der Wucht ihrer Emotionen, die sie während des Erzählens treffen können. Die Biografin erlebt immer wieder solche Situationen.

»Man kennt sich ja fast nicht. Wenn dann die Dämme und Fassaden brechen, ist es den Auftraggebern zuerst oft unangenehm. Aber weinen, lachen und hochrote Ohren gehören unweigerlich dazu, wenn Gefühle aufgewirbelt werden. Ich versuche dann über solche Irritationen hinwegzuhelfen.«

Vor dem eigentlichen Termin gibt es ein Vorgespräch, in dem Maria Eilers das Setting erklärt und Anregungen zur Einstimmung gibt. Die Kunden kommen zu ihr oder sie fährt auf Wunsch auch zu ihnen. Eine oder eineinhalb Stunden dauert das Erzählgespräch in der Regel. Aber dies sind lediglich Durchschnittswerte.

Oft braucht es nur wenige Fragen und Impulse, bis die Erzählwilligen in den Fluss ihrer eigenen Geschichte geraten. Am Ende bleibt die Botschaft an den Beschenkten, die noch einmal bekräftigt, was der geliebte Mensch dem anderen ist: das Herzstück des eigenen Seins.

Die LiebesBücher sind Unikate und unterscheiden sich nicht nur im Umfang. Manchmal finden sich gemeinsame Fotos oder andere Bebilderungen wie zum Beispiel Postkarten von den Orten, die das Paar zusammen besucht hat.

»Einmal«, erzählt Maria Eilers, »hat ein Auftraggeber extra Zeichnungen anfertigen lassen.«

Individuell sind auch Format, Bindung und Einband. Der kann in Seidenpapier gehüllt sein, zart wie ein Schmetterling, oder kommt im hochwertigen Lederschuber daher. Auch hier setzt die

Biografin auf Vielfalt und Einzigartigkeit, die jede Liebesbeziehung ausmachen. Sie berechnet ihre Leistung nach Erzählzeit. Ab 350 Euro kostet solch ein Kleinod, nach oben hin ist alles möglich. Maria Eilers Name steht klein und dezent im Impressum zu lesen. So sollen beide Rechteinhaber berücksichtigt werden, der Kunde und die Verfasserin.

Ob Akademiker oder Nicht-Akademiker, Prominente oder der Mensch von nebenan, es gibt keine Cluster von Kunden, die zu ihr kommen. Einmal nimmt sogar ein Schüler ihre Dienste in Anspruch. Festhalten kann Maria Eilers aber, dass deutlich mehr Männer als Frauen den Weg zu ihr finden. Darüber ist sie selbst erstaunt.

»Frauen denken vielleicht, sie können so ein LiebesBuch auch selbst herstellen. Männer, gerade Geschäftsmänner, leiden aber oft an Zeitknappheit. Sie freuen sich, dass ein so hochwertiges und persönliches Geschenk in einer Stunde zu bekommen ist. Die Schreibarbeit und die Organisation übernehme schließlich ich für sie.«

Die Kunden stolpern oftmals über ihre Website, einen Zeitungsartikel oder ein Interview. Das liegt an der Singularität ihres Angebots, vermutet sie.

»So werde ich im gesamten deutschsprachigen Raum auch wahrgenommen und angefragt. Oft wissen die Menschen gar nicht, dass es eine Dienstleistung wie meine überhaupt gibt. Sie stoßen quasi zufällig auf mich.«

Maria Eilers ist im Erstberuf Erzieherin. Der Wunsch, sich mit Menschen auseinanderzusetzen, sie zu begleiten, war also schon früh da. Ihre Heimat in der Sprache auch. Deshalb studierte sie nach der Elternzeit Germanistik und ging danach sofort in die Freiberuflichkeit.

»Ich wusste schnell, dass ich im biografischen und autobiografischen Bereich Dienstleistungen anbieten will. Begonnen habe ich mit Künstlerbiografien, Lebensmemoiren und Firmengeschichten. Dieses Standbein ist mir bis heute geblieben. Mir war aber wichtig, noch eine Besonderheit anzubieten. Aus diesem Wunsch heraus sind die LiebesBücher entstanden.«

Damals, vor gut zehn Jahren, wusste sie aber noch nicht, dass daraus mal ein eigener Geschäftszweig erwachsen würde. Heute machen die LiebesBücher zwischen 25 und 35 Prozent ihrer Aufträge aus, ein gutes Drittel also.

Wie viele Liebesgeschichten sie im Laufe der Zeit geschrieben hat, weiß Maria Eilers nicht mehr. Aber einige Erinnerungen sind hängen geblieben, so zum Beispiel die Erzählung eines Mannes Mitte 30, der vom ersten Schäferstündchen mit seiner Liebsten berichtet hat, welches in einem Bauwagen neben dem Dom stattfand. Die Anziehung war so groß, die beiden wollten einfach nicht mehr warten. Oder die über 90-jährige Dame, die von ihrer Affäre berichtete. Als es mal gekracht hat, hat sie sich einfach nackt auf dem Bett drapiert und auf die Rückkehr des Geliebten gewartet. Die haben die beiden dann gebührend gefeiert.

»Meine Dienste biete ich allen Liebenden an, egal ob hetero- oder homosexuell, losgelöst vom Alter oder der Art ihrer Beziehung. Die Liebe steht im Zentrum, das ist das einzig verbindende Element. Ich liebe meine Arbeit jeden Tag und gehe ihr mir viel Herzblut nach, weil mich die Verbindung von Sprache, Emotion und Erinnerung fasziniert.«

Wer so viel über Erotik und Sexualität hört und niederschreibt, ist Experte und damit auch Botschafter. Deshalb frage ich Maria

Eilers, was sie von einem Verbot von Sexarbeit hält und was sie sich – bezogen auf das Thema Sexualität – von der Gesellschaft wünscht.

»Es ist Unsinn, Prostitution verbieten zu wollen«, sagt sie. »Das führt zu nichts. Es ist aber mein Wunsch, dass Frauen und Männer, die in dieser Branche arbeiten, geschützt ihrem Beruf nachgehen können. So weit wie möglich sollten Politik und Gesellschaft ihnen den Rücken stärken und ihnen ermöglichen, menschenwürdig zu arbeiten. Ich wünsche mir insgesamt im Themenfeld Erotik und Sexualität eine Balance zwischen entspanntem Genuss und vitaler Wertschätzung. Die ›schönste Sache der Welt‹ sollte mit viel Spielspaß, aber auch mit gegenseitigem Respekt verbunden sein. Schließlich geht es bei Erotik und Sex um Menschen. Da liegt menschlicher, wertschätzender Umgang nahe – bei zauberhafter Lust und feuriger Leidenschaft!« www.mariaeilers.de

Text verfasst von Tanja Steinlechner.

SIEBEN

RUF MICH AN

Anja, 29 Jahre, Theaterwissenschaftlerin und Telefonistin, Berlin

Man sagt immer: Sex sells, aber Anja bezweifelt, dass das so ist. Wenn eine Domina 200 Euro die Stunde bekommt, dann geht davon ein großer Teil an das Studio. Von dem Rest muss sie Steuern zahlen und ihre Krankenversicherung, ihren Urlaub, ihre Krankheitstage. Die Klamotten, die sie trägt, kosten sicher ein Heidengeld, und man muss ständig zum Friseur, zur Maniküre, zur Pediküre, zur Kosmetikerin. Da bleibt so viel nicht übrig, vor allen Dingen, weil doch klar ist, dass man diese Art von Job nicht täglich acht Stunden machen kann, wenn man dabei heil bleiben will.

Was den Telefonsex anbelangt: Anja glaubt nicht, dass sie so viel mehr verdient als jemand, der in einem Callcenter Meinungsforschung oder Technik-Support macht. Der Unterschied ist für sie bloß, dass Telefonsex mehr Spaß bringt. Und natürlich, dass es psychisch weniger belastend ist. Sie hat auch schon in einem Callcenter gearbeitet, wo sie so und so viele Interviews schaffen musste, weil der Stundenlohn sich zu einem großen Teil aus Zahlungen pro Interview zusammengesetzt hat. Das ist psychischer Stress. »Dann legen die Leute mitten im Gespräch auf oder verstehen die Frage einfach nicht, du darfst sie aber auch nicht erklären, um da nichts zu verfälschen, dann sind die genervt, wenn du anrufst, drücken dich weg, kaum dass du deinen Namen gesagt hast – das war hart. Und das Ganze in so einem nüchternen, kahlen Raum mit lauter gefrusteten Menschen, die gezwungen sind, sich hier ihren Lebensunterhalt zu verdienen. Ich war damals Anfang 20 – aber zu sehen, dass auch 40-Jährige auf so etwas angewiesen sind, hat mich echt schockiert.«

Jetzt ist Anja Ende 20 und dabei, ihr Studium der Theaterwissenschaft zu beenden. Sie arbeitet zwischendurch viel im Theater, als Dramaturgin, Produktionsleiterin, Regieassistentin, Öffentlichkeitsarbeiterin. Dann geht sie wieder zurück an die Uni und verdient nebenbei Geld mit Telefonsex.

Anja telefoniert von zu Hause aus. »Ganz klassisch, wie man sich das als Klischee vorstellt, während ich Wäsche aufhänge, Zeitung lese, Kartoffeln schäle. Und ich finde mich selbst zwar attraktiv, aber dem Traum vieler Anrufer entspreche ich nicht mit meinen kurzen braunen Haaren, den Jeans und dem flachen Oberkörper. Die stellen sich was anderes vor.«

Es werden Rollen vergeben. Susi, 18, langweilt sich nach der Schule. Oder Anna, 29, Hausfrau mit Tagesfreizeit. Und dann gibt es die Spezialgebiete: ältere Frauen. Das gibt Anjas Stimme nicht her. Jugendliche bieten sie nicht an, erst Frauen ab 18, und das hat Anja einmal gemacht, aber das war ihr zu heftig. »Natürlich ist man mit 18 dem Gesetz nach erwachsen und meistens ja auch sexuell durchaus aktiv. Trotzdem finde es einfach ekelig, wenn sich ein 40-Jähriger einen runterholt, während er sich eine 18-Jährige vorstellt, die gerade ihre Hausaufgaben prokrastiniert. Ich verurteile ihn nicht, weil ihn das antörnt, ich weiß, dass Jugend ihren ganz speziellen Reiz hat, aber ich kann das nicht unterstützen, da nicht mitspielen, das kommt mir missbräuchlich vor.« Genauso könnte sie keine Sklavia am Telefon geben. Sie hat Sorge, sich dabei real missbraucht zu fühlen, das nicht trennen zu können.

Dominanz hingegen gefällt Anja. Sie macht es wie die Anrufer selbst: Die denken, sie hätte wirklich eine lange, dunkle Mähne, riesige Titten und rote Nägel, wie es in der Anzeige steht. Und Anja stellt sich junge, muskulöse Typen vor. Mit richtig breiten Schultern und Waschbrettbäuchen. Sie weiß natürlich, dass das ganz andere sind, die sie anrufen, aber sie stellt sich solche vor. Und dann sagt Anja denen, was sie machen sollen und was nicht. Dass sie ihnen zum Beispiel verbiete, sich anzufassen. Und sie machen das! Das findet Anja irre und auch so interessant, dass die Männer am Telefon ihr gehorchen, obwohl sie sie ja gar nicht sieht. Wenn Anja will, dass sie sich ausziehen und nackt vor den Spiegel knien, dann tun sie das. Sie habe nicht die geringste Kontrollmöglichkeit und auch nicht wirklich Sanktionswege, außer eben aufzulegen, was sie nicht tut, weil sie schließlich Geld verdienen will. Die Männer machen aber trotzdem, was Anja sagt, einfach, weil sie es wollen. Sie erlangt ihre Macht durch nichts anderes als durch den Willen des anderen. Das findet sie faszinierend, wie sehr Macht also von dem abhängt, der sie empfängt. Oder auch, wie leichtgläubig die Anrufer sind. Anja sagt: Glaube mir, ich merke, wenn du nicht gehorchst. Sie merkt das natürlich überhaupt nicht, aber sie glauben ihr das. Macht ist etwas, was gespielt wird. Anja hat einmal bei einem Stück mitgewirkt, bei dem der Regisseur einem Schauspieler, der die mächtigste Person im Stück gespielt hat, versucht hat, beizubringen, dass er die Rolle bei den Proben ohne das Schwert spielen solle. Das ginge nicht, sagte der Schauspieler, dann verliere er seine Macht. »Nein,« widersprach der Regisseur, »deine Macht transportierst du doch ganz anders.« Der Schauspieler hat das nicht kapiert, sie damals auch nicht. Aber heute schon.

Sie mag die dominante Rolle am Telefon auch deshalb, weil sie dann alles besser steuern kann. Bei normalen Gesprächen ist es anders. Anja glaubt, dass man am Telefon weniger Respekt gegenüber der anderen Person hat. »Weil man sie ja nicht so konkret als tatsächlichen Menschen, als Gegenüber erfährt. Erst recht, wenn man schnallt, dass zwischen dem, was über einen behauptet wird – lange, blonde Locken, großer runder Kussmund –, und der Realität ein gewisses Gefälle besteht. Dann weiß man gar nicht, wer ich bin, und dann muss man auch weniger Hemmungen haben.« Das versteht sie und irgendwie findet sie es ja auch gut, wenn es einen Raum gibt, wo man sagen kann, was man wirklich sagen will. »Aber es ist auf der anderen Seite schon heftig, wenn jemand das Gespräch beginnt, indem er sagt: ›Zeig mir deine geile Muschi, du Schlampe.‹« Anja reagiert dann unterschiedlich, je nach Laune. Manchmal weist sie den Anrufer in seine Schranken und sagt: »Schön langsam, mein Lieber, so schnell ziehe ich mein rotes Minikleid nicht aus, sag mir erst mal, wie du aussiehst. Und dann will ich, dass du mir den Reißverschluss aufmachst. Und die Träger runterschiebst, aber ganz langsam. Ganz langsam.« Und so weiter. Sie verdiene ihr Geld auch mit dem Verlangsamen. Sie hat nichts davon, wenn der Anrufer nach drei Minuten abspritzt. Der Anrufer wiederum will aber vielleicht Geld sparen. »Da muss man ihm das Heft aus der Hand nehmen. Ihn so heiß machen, dass er das vergisst. Ich habe ja schon einen gewissen Anspruch an mich. Ich bin ein fantasievoller Mensch. Ich habe keine Lust, einfach nur eine passive Anlaufstelle für die Träume des anderen zu sein, sondern ich will die Regie übernehmen. Ich will seiner Fantasie eine Wendung geben, sie bereichern, verändern, ihm was Neues schenken. Sonst kann er doch genauso gut ohne mich wichsen.«

Manchmal machen sie die harten Sprüche der Anrufer aber auch selbst an. Das würde sie niemals im realen Leben zulassen. Aber so, am Telefon, völlig anonym und auch noch bezahlt, höre sie sich zuweilen ganz gerne an, wie sie jemand richtig hart durchficken will. Anja kann Analsex in der Realität zum Beispiel nicht gut ab, weil es ihr weh tut, aber am Telefon findet sie es heiß. »Wenn ich aber mit meinem Freund am Telefon über Analsex spreche, denkt er gleich, ich will das wirklich haben, und versucht es wieder und wir müssen wieder diskutieren. Ich mag Analsex auch andersrum, selbst diejenige zu sein, die jemanden fickt. Aber das geht mit meinem Freund auch nicht.«

Er weiß, dass sie Telefonsex anbietet. Allerdings weiß er nicht, dass sie es zurzeit dreimal die Woche macht. Er denkt, es sind eher dreimal im Monat. Aber eigentlich findet er es ganz witzig. Er findet toll, dass sie sich so inszenieren kann, dass sie mit ihrer Stimme zaubert, und es ist ja alles nur Fake, sagt er. Anja selbst ist sich gar nicht so sicher, ob Telefonsex wirklich so irreal ist. Man hat doch ziemlich reale Orgasmen dabei. Und manchmal, wenn jemand eine schöne Stimme hat und ein cooler Typ ist, entsteht auch Nähe. Wenn jemand nicht nur Sex mit ihr macht, sondern auch von sich erzählt. Und sie das interessiert, wovon er redet. Und wenn er auch nach ihr fragt. Wobei sie ihm natürlich nicht die Wahrheit erzählt. »Manche durchschauen das aber auch und benutzen das ganz offensichtlich. Die spielen dann selbst mit den Illusionen, die ich ihnen auftische.«

Grundsätzlich würde Anja sagen, die Anrufer kommen aus sämtlichen Schichten und sind eher jung als alt. Oft auch wirklich noch richtig jung. »Klar gibt es diese Gruppen von Jungs, die das so ein bisschen als Mutprobe machen oder um sich gegenseitig zu zeigen, wie cool sie sind. Da rufen dann vier Jungs an und immer abwechselnd versucht einer, ein in deren Augen möglichst krasses Gespräch mit mir zu führen: ›Hey, ich will dich in den Arsch ficken, stehst du da drauf? Mein Schwanz ist aber 30 Zentimeter lang und richtig dick, stehst du trotzdem drauf?‹ Im Hintergrund feixen und kichern die anderen, dann reißt ihm jemand den Hörer aus der Hand und fragt: ›Hallo Schöne, darf ich dir auf die Titten wichsen?‹ Und dann gibt er den Hörer sofort an jemand anders weiter, weil er sich vor sich selbst schämt. Ich bleibe dann extrem ruhig. Manchmal werde ich ein bisschen spöttisch, das finden die anderen natürlich auch gut. Überhaupt muss ich sagen, dass der Telefonsex für mein Selbstbewusstsein eine extrem gute Erfahrung ist. Ich merke, was ich bewirken kann, bloß durch meine Stimme, meine Worte. Ich lerne, wie wichtig es ist, Ruhe und Gelassenheit zu transportieren. Ich erfahre mich selbst in Situationen, wo ich die Kontrolle, aber damit auch die Verantwortung für jemanden habe.«

Anja findet die Existenz von sexuellen Dienstleistungen durchaus wichtig. Sie glaubt, unterdrückte Sexualität sei ungesund, seelisch und körperlich. »Sex entspannt nun mal einfach, auch wenn er nur am Telefon stattfindet. Das gefällt mir sowieso, Fantasien zu inszenieren, Nebenwelten, die nur in unseren Köpfen existieren, in seinem und meinem. Und die ja aber trotzdem reale Empfindungen auslösen, zu realen Orgasmen führen. Manche kommen ja sogar, ohne sich anzufassen.«

Wirklich realen, körperlichen Sex für Geld anzubieten – ob sie das könnte, weiß sie nicht. Kommt auf den Mann an. »Das wäre dann natürlich auch deutlich anstrengender. Ich müsste mich hübsch machen, mich verabreden, vielleicht kommt der Klient dann nicht und ich warte umsonst … Ich müsste einen Raum haben, Klamotten, Knowhow … Das wäre etwas ganz anderes. Wer weiß, vielleicht probiere ich es irgendwann mal aus.«

Anjas Eltern wissen nicht, womit sie ihr Studium finanziert. Müssen sie auch nicht. »Die haben ein ganz anderes Verständnis. Ich binde es auch nicht gleich jedem auf die Nase, den ich kennenlerne. Es gibt so viele, komische Vorurteile gegenüber Sexarbeit, die von einer kruden Moral geprägt sind, die ich nicht ganz verstehe, wo ich nicht weiß, woher das kommt. Ob das noch etwas Klerikal-Verklemmtes ist oder Angst vor den eigenen animalischen Anteilen? Die Leute denken oft, das macht irgendwas ganz Schlimmes mit einem, wenn man für Geld Sex anbietet, das sei Missbrauch. Dabei missbraucht mich kein Mensch. Ich steuere die Situation und ich kann jederzeit auflegen – und ich bin außerdem als stabile, erwachsene Person durchaus in der Lage, mich seelisch von dem, was verbal am Telefon passiert, zu distanzieren, sofern ich das möchte. Im Callcenter zu sitzen und Meinungsumfragen über Duschgels zu machen, ist, glaube ich, für die Psyche nicht gerade besser. Oder putzen zu gehen oder irgendeinen anderen fantasielosen Quatsch zu machen. Natürlich ist es manchmal auch anstrengend und ich würde lieber mit einer Freundin telefonieren statt mit einem Kunden. Oder aber auch mit gar niemandem – man ist ja nicht immer in Plauderlaune, und das finde ich mit am schwierigsten, auf Befehl kommunikativ sein zu müssen. Aber das ist ja in vielen Berufen so, das ist eben das Leben. Eine gute Alternative wäre ein Lottogewinn … Mal sehen, vielleicht kaufe ich mir nachher ein Los …«

Text verfasst von Cornelia Jönsson.

ACHT

MEINE TRAUMATA SIND MEINE STÄRKSTEN LEHRERINNEN

Ilan Stephani, 28 Jahre, Körperforscherin, Berlin

Ein zarter Körper, das ist der erste äußere Eindruck, den man von Ilan Stephani bekommt. Wie kraftvoll sie letztendlich ist, würde man zuerst nicht vermuten. Wer sie näher kennenlernt, erlebt sie als eine sicherlich sensible, aber sehr in sich ruhende junge Frau.

Man kommt aus dem Staunen kaum heraus: Diese fast schon ätherisch wirkende Frau hat in den letzten zehn Jahren so viel erfahren und erlebt wie manch andere in ihrem ganzen Leben nicht. Dabei vereint sie in sich viele scheinbare Gegensätze. Sie redet über Weichheit und Brutalität, über Vergewaltigung und Lust, über Freiheit und Bindung.

Vieles hat sie ausprobiert, mit einem großen Hunger auf das Leben, den Sex und die Freiheit. Jetzt ist sie seit vier Jahren verheiratet und arbeitet als Körperforscherin. Ihre Gebiete sind Körpertherapie, Trauma-Heilung und Sexualität.

Seit wann interessiert dich das Thema Sex?
Ehrlich gesagt schon seit ich denken kann. Dabei hatte ich eigentlich eine ganz normale Erziehung und Aufklärung, was das Thema Sexualität angeht, mit den üblichen Unklarheiten, die diese Gesellschaft so mitschleppt ... Die Frage, woher mein tiefes Interesse an diesem Thema kommt, hat mich selbst aber nie wirklich beschäftigt. Vielleicht habe ich einfach gespürt, dass mir etwas ganz Zentrales über das Leben und unsere Lebendigkeit vorenthalten bleibt, wenn ich der Sache mit dem Sex nicht auf den Grund gehe.

Was hast du denn alles ausprobiert?
Ich hatte in dieser Experimentierphase ein klares Commitment mit mir: Ich gehe immer nur so weit, wie ich gehen möchte – bis ich ein Stopp in mir spüre. Auf diese Weise habe ich im Bereich der Sexualität viel erlebt und erforscht, zum Beispiel Aktfotografie, Sexpartys und Sexarbeit. Später kam noch Tantra hinzu.

Wie waren deine Erfahrungen in der Prostitution?
Der Oberbegriff Prostitution funktioniert nicht. Darunter verbergen sich so viele verschiedene Arbeitswelten, die zum Teil sogar gegensätzlich zueinander sind. Jedenfalls wurde für mich deutlich, dass die Trennung von offizieller gesellschaftlicher Sexualität und dem sogenannten »Rotlichtmilieu« eine künstliche Trennung ist, die in Wirklichkeit nicht existiert. Zum Beispiel habe ich weder einen »Einstieg« in die Sexarbeit erlebt noch einen »Ausstieg«. Das sind nur Worte, die in unserem Denken zu dem Thema dann eine riesige Schwelle oder Hürde suggerieren. So etwas existiert aber einfach nicht. Schließlich kannte ich Sex schon vorher und Geld schon vorher ... und irgendwann fiel dann der Bluff in sich zusammen, so nach dem Motto: Was soll denn jetzt schon anders sein? Jetzt liegt das Geld eben auf dem Tisch neben dem Bett. Es fühlt sich dadurch aber auch nicht anders an. Ich habe dabei keine schlechteren Erfahrungen gemacht als mit meinen damaligen Ge-

liebten. Das Geheimnis der Prostitution ist, dass sie kein Geheimnis hat.

Wie hast du die Frauen in der Szene erlebt?
Es gibt in Berlin wirklich faire Bordelle, die von solidarischen und erfahrenen Frauen geleitet werden. Dort wird wirklich aufgepasst, dass es den Frauen gut geht. Mich hat beeindruckt, mit welcher Bewusstheit und Individualität viele Kolleginnen ihren Job machen. Bis heute werde ich zu Polizei-Schulungen zum Thema eingeladen, um mit meinem Vortrag auf diesen Punkt hinzuweisen. Es ist so verführerisch, naiv über Prostitution zu denken und sie einfach nur für skandalträchtig und kriminell zu halten. Du hast Realitäten, das sind Menschenrechtsverletzungen, und du hast Fälle, in denen die Frauen aufblühen und sich nicht länger von gesellschaftlichen Mustern gefangen fühlen. Den Kontakt zu diesen Frauen habe ich sehr geliebt.

Wie kam es dazu, dass du bei Petra Joy in einem Porno mitgemacht hast?
Petra habe ich mit Anfang 20 kennengelernt und dann begeistert bei ihrem nächsten Filmprojekt mitgemacht. Manche finden das vielleicht mutig, so etwas zu machen. Aber Petra macht einfach ganz klar, dass man bei ihr nichts tun muss, was man nicht möchte. Sie sagt: Du bist das Drehbuch, du bist die Regisseurin. Wer bin ich, dir zu sagen, wie du zu vögeln hast? Es gibt ein so großes Commitment, dass ICH wichtig bin, mit meiner Lust und meinen Bedürfnissen. Das war ja auch kein normaler Mainstream-Film, sondern hatte viel mehr mit wirklicher Lust und Lebendigkeit zu tun. Eigentlich haben wir vier Tage lang gefeiert und das wurde gefilmt.

Hat sich mit dem Film etwas für dich verändert?
Auf jeden Fall. Ich habe Petra danach zu einer Porno-Award-Verleihung begleitet. Da habe ich viele Einblicke in die klassische

Erotik-Branche bekommen und mich entschieden, in dieser Branche keine weiteren Experimente zu machen. Da wäre ich vielleicht wirklich unter die Räder gekommen. Der Film war wie eine Zäsur, ich ging danach noch bewusster und sozusagen feierlicher mit meiner Sexualität um. Ab dieser Zeit bewegte ich mich mehr und mehr in Richtung sexueller Energie- und Körperarbeit und in Richtung Heilung.

Was hat sich noch geändert?
Viele Dinge sehe ich seit all diesen Erfahrungen noch deutlicher: Wir wissen kulturell sehr wenig über lebendige Sexualität, und mir scheint, dass der Schmerz darüber wächst, wie viel eigentlich missverstanden wird, speziell unter uns Frauen. Was mich heute interessiert und mir am Herzen liegt, könnte man unter dem Oberbegriff »Sexuelle Freiheit« fassen. Und das ist natürlich nicht dasselbe für zwei Frauen und hat nicht mehr viel mit dem zu tun, was ich in bestimmten Szenen erlebt habe. Das ist eben nicht unbedingt, dass alle mit allen können und keine mehr ein Problem damit hat. Das können sehr verschiedene und auch widersprüchliche Dinge sein. Es ist großartig, wenn wir damit aufhören, dieses oder jenes Bild von uns zu haben, und einfach dem eigenen Körper lauschen.

Du hast ein sehr buntes Angebot, was machst du alles?
Neben meiner körpertherapeutischen Einzelberatung für Frauen biete ich unterschiedliche Seminare an. Die Themen dafür entstehen im Rahmen meiner Arbeit, wie Selbstliebe, Embodiment, Wut

und Würde, Yoniversum, Grenzen-Setzen, Heilung sexueller Traumata, um nur einige zu nennen. Oder auch mal etwas Verspieltes, Fruchtiges wie den Brüstebrunch, wo es bei einem Brunch unter Frauen um unsere Brüste und unsere Themen mit ihnen geht … Es gibt Workshops für Yoni-Selbstmassagen, den Furien-Samstag und unterschiedliche Formen von Frauengruppen. Mal ist es eine wöchentliche Reihe, mal ein Wochenseminar. Ich habe keine starren Konzepte oder Formate, sondern schaue einfach immer wieder, welche Themen gerade die größte Energie freisetzen.

Worum geht es bei deiner Arbeit?
Wichtig ist mir, dass es eben nicht darum geht, über die eigenen Grenzen hinwegzugehen, um über sie hinwegzukommen! Sondern diese Grenzen erst einmal kennenzulernen und sie dann vielleicht Stück für Stück aufzulösen. Was für die jeweilige Frau gerade ein Prozess ist, kann man nicht von außen und im Vorhinein wissen. Das können auch ganz stille Dinge sein, die erst einmal mit Sexualität nicht viel zu tun haben, und die genau deshalb aber die Wertschätzung, den Umgang mit der eigenen sexuellen Kraft verändern. Den Weg in die eigene sexuelle Freiheit kann insofern niemand abkürzen. Um mal ein Beispiel zu nennen: In Tantrakreisen ist man schnell versucht, mit all den kulturellen Tabus und so weiter kein Problem mehr zu haben. Und wenn ich mir dann gewohnheitsmäßig immer als Erste die Kleider vom Leib reiße, kann es der mutigste und freieste Schritt sein, heute mal angezogen zu bleiben …

Warum arbeitest du körpertherapeutisch?
Ich ziehe die Sprache des Körpers jeder anderen Sprache vor, die uns möglich ist. Nicht nur in unseren Gedanken, sondern auch in den Gefühlen können wir uns verheddern und ewig im Kreis laufen. Unser Kopf kann uns zu einem bestimmten Punkt hundert verschiedene Versionen einreden. Aber der Körper lügt nicht. Wenn unser Körper einen Raum bekommt, in dem er sich sicher fühlt und

in dem er sich frei bewegen darf, ist seine Heilung – unsere Heilung nur noch eine Frage der Zeit. Darum, solche Räume gemeinsam zu kreieren, geht es in meiner Arbeit mit Frauen. Früher hatte ich dafür einen Rucksack voller Übungen, aber im Laufe der Zeit wurde all das immer unwichtiger. Wenn der Raum stimmt, kommen die Dinge ohnehin hoch. Unsere sozialen Ängste, unsere sexuellen Wunden, unsere heimliche Befürchtung, die Einzige zu sein, für die es keine Hoffnung mehr gibt, unsere Verwirrung, was wir denn nun tun sollen, um uns endlich mal nicht so verwirrt zu fühlen, und all das. In Bezug auf Sex vor allem auch die Angst vor dem Neuland, die Angst davor, unsere alten Muster wirklich aufzugeben. Weil sich das Alte vielleicht nicht mehr gut anfühlt, aber immerhin besser zu sein scheint als gar nichts … Das taucht richtig körperlich auf, als eine Art Abspaltung oder Taubheit. Ich moderiere dann diesen Prozess: Wenn du nichts spürst, spüre das Nichtspüren! Bleib bei der Taubheit, spüre das Nichts. Ich glaube, dass unser Sex hektisch bleibt oder konsumorientiert oder unverbunden, weil wir Angst haben vor dieser Todeszone, in der wir nicht spüren.

Kennst du dieses Gefühl auch?
Ja, klar. Ich habe eine Zeitlang selbst mit ziemlich viel Taubheit im Becken gelebt und dann die stille Vereinigung (nach Diana Richardson) ausprobiert. Da führt man den Penis in die Vagina ein, bewegt sich aber nicht dabei, sondern nimmt nur wahr, was geschieht. Mein damaliger Partner hatte keine Erektion und ich lag da und habe nichts gespürt. Grauenhaft! Ich habe wirklich gelitten. Ich dachte, alle Ekstase der Welt wird an mir vorübergehen. Er dachte über sich übrigens dasselbe. Aber wir sind still geblieben. Wir haben es sozusagen ausgehalten, in diesem Stillstand einfach loszulassen, was wir jetzt alles an Feuerwerk so gerne hätten … Und dann kam etwas! Sogar mehr als nur etwas. Es war unglaublich viel, was sich geöffnet hat. Aber vorher musste ich aushalten zu sterben, aushalten, dass da nichts passiert. Diese

Angst vor dem Nichtspüren, Nichtfunktionieren, Nichtkönnen, Nicht-sexy-Sein, die hält uns sehr davon ab, dem Körper wirklich zu folgen.

Deine Webseite nennt sich »Kalis Kuss«. Was hat Kali, die indische Göttin der Zerstörung, mit weiblicher Sexualität zu tun?
Die Reaktion des Körpers auf ein Trauma ist meist ein Erstarren, der sogenannte Freeze. Wenn sich diese Erstarrung wieder auflöst, beginnt der Körper in der freigesetzten Energie zu vibrieren und man erlebt die damalige Angst, den Schmerz oder die Wut, die unterdrückt worden waren. Das ist zwar eine große Schwelle, aber tausendmal besser als im Freeze zu bleiben. Alles ist besser, als nichts zu spüren. Zu zittern vor Angst oder Wut ist wie ein Tor in eine Lebendigkeit, die so viel größer ist als alles, was wir vorher von uns kennen können. Und dahinter wiederum warten dann die Lust, die Ekstase, der Orgasmus auf uns … Ich glaube, wir müssen dem Körper einfach nur erlauben, Angst zu haben und Wut zu haben, vor dem Schmerz nicht wegzulaufen, der Rest kommt dann von alleine. Das ist eine Frage der Zeit. Frauen sollen den Mut finden, auch die Wut zu spüren, die Energie, die in der Zerstörung liegen kann. Denn Kali ist nicht nur die Göttin der Zerstörung, sondern vor allem auch der Erneuerung.

Das widerspricht einigen gängigen Tantra-Vorstellungen, nach denen die Frauen sich in Hingabe üben sollen, um in ihre Weiblichkeit und Lust zu kommen.
Wenn man das vermittelt, gibt es in den Köpfen der Frauen ganz schnell ein neues »Du sollst« und ein neues »Dieses und jenes ist falsch«. Dabei ist das Problem nicht, dass der weibliche Körper nicht JA sagt. Der weibliche Körper sagt nicht NEIN, das ist das Problem. Wir haben zwar viele Freiheiten erkämpft und gewonnen, aber von der großen körperlichen Kraft in unseren Instinkten sind wir immer noch weit entfernt. Kulturell gesehen ist diese Kraft der

Kali weiterhin tabuisiert. Wir wissen nicht, wie es ist, einem Mann, der uns vergewaltigen will, in die Eier zu treten oder, wenn es sein muss, die Augäpfel zu zerquetschen. Die meisten Frauen sind in einer realen Situation von dieser Brutalität des Angreifers überwältigt und zu keiner Reaktion mehr fähig. Dieser Freeze wurde ihnen erst antrainiert, und deshalb kann man ihn auch wieder abtrainieren. Jedes Tier kann das, bei einer existenziellen Bedrohung dableiben. Wir können das wieder lernen. Eine Methode der Selbstverteidigung zum Beispiel, das Model Mugging, habe ich selbst gelernt und lasse mich darin auch gerade als Trainerin ausbilden. Bei diesem Ansatz übt man mit einem voll gepolsterten Partner, hart zuzutreten und notfalls wirklich in die Augen reinzugehen. In diesem Training wird deutlich, wie gedankenlos wir heutzutage von weiblicher Hingabe und dieser großen, großen Kraft in unserer Verletzlichkeit reden können, ohne die wirkliche Power in unserem Körper auch nur annähernd zu berühren. Obwohl es ein Fakt ist, dass mindestens jede zweite Frau sexuelle Belästigungen oder Schlimmeres abgekriegt hat.

Aber widerspricht das nicht dem Prinzip vom Weichwerden?
Nein, eben nicht! Denn erst in dem Moment, in dem mein Körper begriffen hat, dass ich mich in einer Situation wehren und Grenzen setzen kann, erst in dem Moment ist mein Körper instinktiv bereit, wirklich weich zu werden. Ich muss wieder spüren, das ist mein Körper, mein Revier. Im Tantra sagt man, der Körper ist der Tempel meiner Seele. Dann sollten wir lernen, diesen Tempel zu pflegen. Wenn ich das gelernt habe, gibt es ein Begehren, jemanden auf Augenhöhe wirklich zu wollen – damit weich zu sein, zu empfangen. Das ist wunderschön.

Je besser ich mich wehren kann, umso leichter kann ich zärtlich sein. Mit mir, mit dem Gegenüber. Härte, Zickentum, typische weibliche Launen und Unlust kommen daher, dass wir unglaublich wütend sind und niemand uns beibringt, wie wir diese Energie zulassen und nutzen können. Frauen denken, sie möchten sich nicht wehren oder wütend sein, weil sie nicht hart werden wollen. Diese Gefahr ist aber nur ausgedacht. Wenn eine Frau sich hingegen real auf den Prozess einlässt, zu lernen, wie man sich wehrt, dann erlebt sie das Gegenteil an sich – wie viel weicher sie nun sein kann. Mit sich, mit ihren Partnern, in ihrer Vagina und letzten Endes in so vielen Bereichen ihres Lebens.

Hast du selbst Erfahrungen diesbezüglich?
Ja, denn ich habe selbst den Schock von sexuellen Traumata erlebt. Das geschah im Rahmen der Phase, in der ich vieles ausprobiert habe und kennenlernen wollte, und lange war mir die Wucht speziell eines Erlebnisses nicht klar. Man kann darüber streiten, ob das juristisch eine Vergewaltigung war. Für meinen Körper jedenfalls war es eine unglaublich massive Grenzüberschreitung, ein Trauma, das ganz viel in Frage gestellt hat: Warum habe ich mich nicht gewehrt? Warum hat dieser Körper mich im Stich gelassen? Ich habe lange gebraucht, um zu merken, dass ich das nicht einfach weggesteckt hatte, sondern dass das Dinge sind, die sehr tief wirken. Die sich vielleicht sexuell auswirken, aber sicher auch in nichtsexuellen Bereichen. In der Art und Weise, wie ich mich auf der Straße bewege, wie ich Blicke interpretiere, wie sicher oder unsicher ich mich selbst in harmlosen Situationen fühle, und so weiter.

Glaubst du, die Vergewaltigung war ein Grund für dein Experimentieren?
Nein, das glaube ich nicht. Meine Neugier war ja schon viel früher angelegt als dieses Ereignis, das übrigens selbst in einer Situation passierte, in die ich nur durch meine Lust aufs Experiment hineingeraten war. In diesem Sinne würde ich das gar nicht als so zentral für mein Forschen und Erfahrenwollen beschreiben. Das ist grundsätzlich etwas problematisch, wenn die krassen Traumata »schuld« sein sollen an allem, was die Normen der Gesellschaft verlässt.

Pointiert gesagt: Wer heilen will, muss die Normen der Gesellschaft früher oder später ohnehin verlassen.

Wie hast du dieses Erlebnis verarbeitet?
Die Verarbeitung war und ist kein isolierter Vorgang, für den ich Methoden oder Settings buchen konnte. Das wäre zwar vielleicht bequem gewesen, aber ich glaube nicht mehr daran, dass Heilungen geschehen, wie sie uns im Lehrbuch verkauft werden oder wie unser Verstand sie gerne im Vorhinein planen und kontrollieren würde. So nach dem Ansatz, ich kann dieses Trauma einmal pro Woche in einem professionellen Setting auspacken und dazwischen dann meine Ruhe vor ihm haben. Heilung, wie ich sie kennengelernt habe, ist vielmehr ein Prozess, der in einer eigenen Intelligenz abläuft und der mich zu verschiedenen Zeiten zu verschiedenen Methoden getragen hat. All das hätte ich unmöglich planen können. Das begann sich zu bewegen, je mehr ich weich und liebevoll mit mir wurde. Ich würde sagen, diese Überwältigung war einfach so heftig, dass sie der Ausgangspunkt war für eine allgemeine Heilung. Sie war die Spitze des Eisberges meiner Masken und Panzer, und an sie konnte ich mich halten, um mich von dort aus in die Tiefe meiner Psyche vorzutasten – um von dort aus mehr und mehr meine Ideen über mich selbst wegzuschmelzen. In diesem Sinne ist »die Heilung« auch nicht heute oder überhaupt irgendwann durch und fertig. Sie ist weiterhin meine Lehrerin, so erlebe ich es, und bezüglich meiner Arbeit mit weiblicher Sexualität auch die beste, strengste, weiseste Ausbilderin, die man sich wünschen kann.

Was hat dein Trauma dich gelehrt?
Eine meiner wichtigsten Arbeitsthesen ist mittlerweile, dass die Bewältigung von Traumata und überhaupt von sexuellen Verletzungen unglaubliche Kraft geben kann. Ich habe durch mein Heilwerden so viel Kraft in mir kennengelernt, die hätte ich freiwillig nie entdeckt.

Ich habe auch eine große Ernsthaftigkeit entwickelt. Wenn beispielsweise eine Frau sagt, sie würde auch gerne langsamen Sex ausprobieren, aber ihr Typ will das nicht, dann begegne ich dem mit einer großen Radikalität, die Frauen, die nicht traumatisiert wurden, vielleicht nicht haben. Ich habe quasi den seichten Luxus im eigenen Erleben verloren. Da habe ich eine ganz klare Loyalität mit den Frauen. Ich sage: Pass auf, das ist dein Körper, es ist deine Vagina, es ist deine Lust, du kannst das alles in die Tonne treten. Das machen Milliarden von Frauen vor, das ist keine Kunst. Oder du nimmst dich ernst. Und wenn der Typ dich dann verlässt, könnte es sein, dass du danach mehr Spaß hast als je zuvor. Ich weiß, was ich mit Kalis Kuss meine: Das Alte stirbt. Und Sterben tut weh, es ist ernst damit. Zu sterben lernt ein Mensch nun mal nicht freiwillig. Aber das Sterben lehrt uns so viel. Das Sterben sexueller Masken zum Beispiel. Das hatte mir eine riesige Angst eingejagt, aber ich würde niemals auf den Sex nach diesem Sterbeprozess verzichten wollen. Wir sollten uns nicht davon abhalten lassen, weil wir Angst davor haben. Wir sollten nicht von uns erwarten, dass wir das schon können. Wir sollten einfach unser eigenes Leben auffordern, uns das Sterben zu lehren, der Rest kommt dann schon.

Du hast in der Vergangenheit sehr viel erlebt, wie sieht es jetzt bei dir aus?
Alles Mögliche auszuprobieren ist ungefähr so, wie wenn man auf der horizontalen Ebene jeden Stein umdreht. Und das ist natürlich eine Möglichkeit, sexuelle Energien oder Wissenshunger zu stillen. Ich würde sagen, in meiner Verbindung mit meinem Mann Mari geht die Energie mittlerweile eher vertikal in die Tiefe. Sie breitet sich nicht mehr überallhin aus, sondern konzentriert sich an einer Stelle, um wirkliche Tiefe miteinander zu erfahren – obwohl wir ja weiterhin viel ausprobieren. Der Spaß am Lernen hat eher noch zugenommen.

Du bist seit einigen Jahren verheiratet, bei deinem Lebenslauf hätte ich das erst mal nicht so erwartet.
Ja, in gewisser Weise ist es für mich selbst und für uns beide auch erstaunlich, dass wir geheiratet haben. Wir hatten Göttin sei Dank beide keine Lust auf eine Hochzeitsfeier oder dergleichen. Es hat etwas von einem tiefen Band, einem Commitment, das ich so noch nie erlebt habe. Für mich ist es ein Moment von großer Freiheit, mit diesem Mann, der sein Leben und seine Arbeit so der Freiheit widmet, diese Bindung zu teilen. Das ist sicherlich nicht der westliche Stil von Freiheit, dieses Ablehnen von Bindung, sondern eben genau diese Freiheit: Bindung nicht mehr meiden zu müssen. Ich habe Mari 2010 kennengelernt. So wie meine Zusammenarbeit mit Petra für mich in Bezug auf Weiblichkeit, auf sexuelle Entfaltung oder Erforschung sehr zentral war, so ist es die Begegnung mit ihm in Bezug auf Sex und Herz – auf Intimität. Echte Freiheit wird davon nicht eingeschränkt, im Gegenteil. Es ist eben ein Reifungsprozess, der sich nicht üben lässt, sondern der einfach wachsen muss. Und das braucht Zeit.

www.kalis-kuss.de

Das Interview führte Silke Maschinger.

NEUN

EIN FACHGESCHÄFT FÜR BDSM

Pia-Kathryn Nissen, 50 Jahre, Geschäftsführerin und Designerin des BDSM-Labels McHurt in Berlin

Es gibt Fachgeschäfte in denen kannst du Bettwäsche oder Herrenbekleidung oder Dessous kaufen. Aber ein Fachgeschäft für Schlagwerkzeuge, Brustklammern und Zwangsjacken, gibt es so etwas überhaupt?

Pia-Kathryn Nissen, die hochgewachsene Geschäftsführerin und Designerin des Labels McHurt, formuliert diesen Anspruch: »Wir sind genau das. Ein Fachgeschäft für SM-Spielzeug. Und hier beraten ausschließlich Verkäuferinnen, die selbst in der Szene aktiv sind.«

Darauf legt Pia großen Wert, denn nur sie können die Wünsche und Ansprüche eines Kunden erkennen und ihn kompetent beraten.

Im Laden dominiert roter Samt und schwarzes Leder. Ein Sofa, auf dem der kleine Haushund ruht und auf Streicheleinheiten von Kunden wartet, sorgt für Gemütlichkeit. Im Eingangsbereich zeigt eine Bilderwand, wie die feilgebotenen Artikel praktisch genutzt werden können, die Bolero-Armfessel zum Beispiel. Pia hat sie selbst entwickelt.

»Diese Konstruktion ist ein typisches Beispiel für eine Entwicklung aus der Praxis, die viele Freunde gefunden hat. Und dieses Augenmerk auf Funktionalität verbinden viele SMer mit dem Namen McHurt«, sagt sie zufrieden lächelnd.

Die Armfessel dient der V-förmigen Fixierung der Arme auf dem Rücken. Was sonst ein Monohandschuh leistet, übernimmt nun eine Art Mono-Bolerojäckchen aus Leder, das über den Rücken reicht und so die Praktik über einen längeren Zeitraum überhaupt erst möglich macht.

Sinn für Ästhetik hat Pia, das wird schnell klar. Details sind ihr wichtig, jedes Stück ist liebevoll ausgearbeitet. »Der Laden ist meine Passion«, sagt sie.

Schon mit 18 Jahren kennt Pia ihre Leidenschaft für BDSM. Aber in Norddeutschland, wo sie groß wird, gibt es keine Möglichkeit, ihre Neigungen auszuleben. Im Alter von 21 Jahren zieht sie nach Stuttgart, dort hat sie erste Kontakte zu Gleichgesinnten gefunden.

»Damals gab es keine Szene in diesem Sinne, kein Internet, keine selbstverständlichen Freiheiten. Wir verabredeten uns in privaten Zirkeln und reisten auch mal an einem Wochenende von Stuttgart nach Zürich, weil es dort eine private Playparty gab. Und in der Nähe von Nürnberg lebte damals ein älterer Herr, der ein kleines Schloss besaß, dessen Gewölbekeller er zu einem SM-Keller umgebaut hatte. Dort gab es alle halbe Jahre mal eine Party, aber nur mit persönlicher Einladung. Wir trafen uns im Geheimen. Was heute Freiheit ist, musste damals erst erkämpft werden.«

Pia arbeitet damals nebenbei in einem kleinen Verlag, dem Kastley Verlag, der heute nicht mehr existiert. Der bringt ein schmales Bändchen zum Thema BDSM und Fetisch heraus, was zwei Hausdurchsuchungen zur Folge hat.

»Es gab da einen Staatsanwalt in Stuttgart, der hatte sich auf die Fahnen geschrieben: Alles muss weg, wo Sex drauf steht.« Es gelingt ihm nicht, immerhin. Mit dem Aufkommen der *Schlagzeilen* Mitte der 80er-Jahre und deren öffentlichen Auftritten in Talkshows, zum

Beispiel bei Hans Meiser, ändert sich langsam etwas.

»Aber ein Phänomen wahrzunehmen ist nicht dasselbe, wie es zu tolerieren. Und es zu tolerieren ist nicht dasselbe, wie es anzuerkennen, als einen Teil des gesellschaftlichen Lebens. Wir in Berlin leben quasi auf einer Insel der Glückseligen«, sagt Pia. »In diesem Sinne sollte unsere Stadt ein Vorbild sein für ganz Deutschland. Insbesondere Bayern dürfte sich gerne ein Beispiel nehmen, und auch manch europäisches Land. In England zum Beispiel, einem Land, das traditionell dem BDSM verbunden ist, das sogar den Begriff ›englische Liebe‹ geprägt hat, ist auch das einvernehmliche Schlagen unter Strafe gestellt. Deshalb kaufen viele internationale Kunden bei McHurt.«

Pia ist glücklich mit ihrem Job und ihrem Laden. In ihren Jugendtagen wäre eine solche Geschäftsidee noch undenkbar gewesen. Umso höher schätzt sie diese Freiheit. Einem Verbot für Sexarbeit steht sie daher denkbar skeptisch gegenüber.

»Niemand will Zwangsprostitution, aber ein Verbot kann nicht der richtige Weg sein. Es gibt Frauen, die ihre Arbeit als Prostituierte gerne machen, es gibt Pin-up-Modelle und verschiedene positive Lebensentwürfe, die fast kriminalisiert werden.« Politisch sieht Pia eine Gefahr in der Übermacht der Lobbyisten. Sie könnten sich als eine Bedrohung für die Demokratie entwickeln. Folgen für Themen wie Sexualität und Freizügigkeit blieben da sicher nicht aus.

Warum es keine Schaufensterauslagen gibt, will ich wissen. Pia steht doch zu dem, was sie tut, hat nichts zu verstecken. Sie kann doch stolz auf ihren Laden sein.

»Wir legen keinen Wert auf Besucher, die nur mal staunen wollen über Bizarres. Wir sprechen Menschen an, die gezielt zu uns kommen, weil wir bieten, was sie suchen. Unser Klientel findet uns im Netz oder durch eine persönliche Empfehlung. Und möchte nicht gestört werden von Schaulustigen. Außerdem wollen wir niemandem mit bizarrer Schaufenster-Deko zur Last fallen, nicht jeder möchte etwas von diesem Thema wissen. Mit Sexualität muss man ja nicht hausieren gehen.«

Dazu passt die Geschichte eines Pärchens, das Pia im Gedächtnis geblieben ist. Sie, eine Domina, kauft für ihn eine Zwangsjacke und eine Hundeleine, an der sie ihn ankettet. So verlassen sie den Laden, marschieren raus in die große Stadt.

Pia bejaht das, einerseits. »Wie gut, dass in Berlin so etwas möglich ist.« Andererseits äußert sie auch Bedenken: »Da ist die Mutter mit ihrem Kind, die muss dieses Phänomen dann erklären. Oder der alte Mann, der die Welt nicht mehr versteht. Sexualität ist doch auch etwas Intimes. Schwierig, wenn sich Unbeteiligte dem nicht entziehen können.«

So handhabt Pia auch den Umgang mit ihrer Tätigkeit in ihrem engsten Familienkreis. »Mein Vater ist schon vor Jahren gestorben, meine Schwester weiß, was ich beruflich mache, meine Mutter aber nicht. Ich habe ihr gesagt, dass ich ein Geschäft aufbaue, aber ihr keine Details sagen werde. Ich will sie damit nicht unnötig belasten.« Ihre Mutter akzeptiert diese Haltung.

So kann Pia ihrer Leidenschaft nachgehen und das ist gut so. Gut für Pia, die ihren Traum lebt, gut für ihre Kunden, die glücklich gestimmt den Laden verlassen, weil sie so gut beraten worden sind, und gut für Berlin, weil McHurt eine Bereicherung ist im bunten Treiben der Stadt und obendrein ein Fachgeschäft, ein Fachgeschäft für BDSM.

www.McHurt.eu

Text verfasst von Tanja Steinlechner.

ZEHN

EINE LIEBE IN FREIHEIT

Anna, 33 Jahre, Tantra-Masseurin, Domina und Filmregisseurin in Hamburg, Frankfurt und Berlin

Was machst du so?
Ich habe zwei Jahre Tantra-Massagen gegeben, in Frankfurt, und habe das inzwischen ausgeweitet. Ich verbinde jetzt Tantra-Massagen mit SM-Elementen, unter anderem in Hamburg, im Studio Rex.

Aber immer in Verbindung, also SM und Tantra zusammen?
Ja, meistens. Wenn jemand eine reine SM-Session wünscht, mache ich das auch, wobei es mir bislang noch etwas schwer fällt, mehrere Stunden mit reinem SM zu füllen. Und wenn jemand wirklich darauf steht, richtig schlecht behandelt zu werden, dann ist er bei mir falsch. Tantra allein ist mir inzwischen aber auch zu wenig.

Wie bist du zum Tantra gekommen?
Ich hatte darüber gelesen und es hatte mich interessiert, aber ich habe es nicht weiterverfolgt. Dann hatte ich vor zwei Jahren eine Beziehung mit einem Mann, der mir erzählte, dass er mit seiner Exfreundin acht Jahre lang Tantra-Sex praktiziert hatte, und da sagte ich sofort: Das will ich auch! Er hat mich dann quasi eingeführt.

Und dann hast du das gleich professionell betrieben?
Ja. Ich bin eigentlich Filmregisseurin, aber damit Geld zu verdienen ist schwierig, ich war also auf der Suche nach etwas anderem. Mein damaliger Freund brachte mich auf die Idee, Tantra-Massagen anzubieten. Ich dachte: Na ja, massieren und ein bisschen was mit Federn und Öl machen, das kann ich. Allerdings hatte ich überhaupt kein Geld und die Ausbildung kostet ja immer etwas. Dann habe ich aber ein Studio gefunden, das gerade auf der Suche nach jemandem war, der für sie einen Image-Film über ihre Arbeit produziert. So kamen wir ins Geschäft.

Und dann hast du von jetzt auf gleich begonnen, nackte, fremde Körper anzufassen?
Ja, ich glaube, ich habe da relativ wenig Berührungsängste. Manche Frauen brauchen sehr lange, um sich da ranzutasten, sich zu öffnen. Ich weiß nicht, vielleicht habe ich Glück und habe einfach kaum körperlich Traumatisches erlebt – jedenfalls ist Erotik für mich immer etwas Natürliches gewesen.

Es gibt mir selbst viel, jemandem eine Tantra-Massage zu geben. Manche Frauen sind danach ganz ausgelaugt, aber ich genieße das.

Wie gehst du damit um, wenn dir ein Kunde optisch überhaupt nicht gefällt?
Das hatte ich mich am Anfang auch gefragt. Aber ich mache das ja jetzt seit zwei Jahren und mir ist noch kein einziger hässlicher Kunde untergekommen. Hinter dem Tantra steckt auch eine Philosophie, die zum Beispiel besagt, dass man den Körper als Tempel verehrt, in dem die Seele wohnt. Du verehrst diesen Tempel, ganz egal, wie er aussieht. Ich finde es total spannend, wenn einer groß oder klein oder dick oder weiß oder schwarz oder sonst was ist – diese Einzigartigkeit der Körper!

Ich glaube, meistens ist ein Gesicht hässlich oder schön, aber das Gesicht spielt bei mir gar nicht so eine Rolle, wir küssen uns ja nicht. Und der Körper – ich kann mir nicht vorstellen, dass ein Körper hässlich ist.

Gut, schön oder nicht ist die eine Sache – aber Körperlichkeit kann doch auch etwas mit Ekel zu tun haben.
Ja, aber meine Kunden duschen alle vor der Massage oder Session und sie tragen keine Kleider. Der Körper erscheint in Reinform. Außerdem bin ich die Dominante. Ich bestimme, was passiert und welche Art von Nähe es gibt. Ich habe die Kontrolle. Ich bin keinen überraschenden Berührungen ausgesetzt. Somit fällt es mir leicht, meine Grenzen zu wahren und zu spüren, was gerade gut wäre und was zu viel.

Wie funktioniert das mit der Tantra Massage rein praktisch?
Wir treffen uns erst mal angezogen zu einem Vorgespräch, wo ich dir den Ablauf erkläre und dich frage, ob du irgendwelche Vorlieben hast oder irgendetwas gar nicht magst oder Beeinträchtigungen hast. Danach gehst du duschen und wenn du in den Raum zurückkommst, trägst du nur noch ein umgebundenes Tuch, und ich auch. Man ist also wieder auf Augenhöhe.

Dann fange ich mit einem Begrüßungsritual an. Meistens mit einer kleinen Atemübung. Atmen ist sehr wichtig beim Tantra, finde ich. Durch gutes Atmen kommst du eher zu dir, zu deinen Gefühlen, und darum geht es beim Tantra. Wir fangen also im Stehen an mit dem Begrüßungsritual, dann ziehe ich dem Kunden sein Tuch aus und lege auch meines ab. Ich bitte ihn, sich auf den Bauch zu legen und massiere seine Rückseite. Die Bauchseite kommt später, weil sie emotionaler ist, ich steigere das langsam.

Dabei versuche ich, den Körper möglichst ganzheitlich zu berühren. Wenn ich einen Arm ausstreiche, dann streiche ich wirklich den ganzen Arm aus und höre nicht bei dem Handgelenk auf. So, dass du ein ganzheitliches Gefühl für deinen Körper bekommst.

Gerade bei Männern versuche ich, auch den Intimbereich immer wieder mit einzubeziehen, auf ganz natürliche Art und Weise, das also nicht auszuklammern.

Und wie kommt die Erotik ins Spiel?
Das ist unterschiedlich. Manche Männer haben schon beim Begrüßungsritual eine Erektion. Das ist auch in Ordnung. Bei manchen dauert es viel länger. Je nachdem berühre ich intensiver oder weniger intensiv den Intimbereich. Es geht aber darum, das Ganze zu steigern.

Wenn er am Ende auf dem Rücken liegt, kann ich ihn intensiv im Intimbereich berühren, aber ich versuche, dann die Energie von hier in den ganzen Körper hineinzustreichen und nicht bloß bei seinem Intimbereich hängen zu bleiben. Es geht nicht um Handbefriedigung im klassischen Sinne.

Tantra hat doch einen spirituellen Background, oder?
Für mich geht es auf jeden Fall um erotische Energie. Das ist vielleicht spirituell, aber es ist schwer zu beschreiben. So, wie man einen Orgasmus schwer beschreiben kann.

Hat Tantra deine eigene Sexualität verändert?
Ja. Meine frühere Sexualität würde ich als reibungsorientiert bezeichnen. Das hat mich aber oft nach einer gewissen Zeit gelangweilt oder einfach körperlich angestrengt. Das ist anders, seit ich Tantra praktiziere. Tantra ist nicht so zielorientiert. Es geht nicht zwingend darum, möglichst bald einen Orgasmus zu haben. Man probiert zum Beispiel stattdessen, die einzelnen Momente ganz wach wahrzunehmen. Du bewegst dich beispielsweise ganz langsam oder hältst plötzlich mitten in der Bewegung inne und spürst dem nach. Irgendwann hast du dann vielleicht oder wahrscheinlich einen Orgasmus, aber darum geht es nicht primär.

Was genau wollen die Menschen, die bei dir eine Tantra-Massage buchen, erleben?
Sagen wir mal, 98 Prozent der Kunden sind Männer und die wollen natürlich am Ende ihre Entspannung haben …

Aber warum kommen die zu dir, anstatt zu einer »herkömmlichen« Prostituierten zu gehen?
Ich denke, eine klassische Prostituierte würde etwas primär Reibungsorientiertes anbieten. Wahrscheinlich ist es eher sportlich, was sie macht. Wohingegen ich durchaus eine echte Verbindung mit dem Menschen eingehe. Es geht natürlich nicht um Liebesbeziehungen, aber um eine intensive Art der Verbundenheit in dem Moment.

Verlieben sich deine Kunden nicht reihenweise in dich?
Nicht reihenweise. Manche äußern etwas in der Richtung …

Und du? Hast du dich schon in einen Kunden verliebt?
Gar nicht. Mit einem habe ich mich jetzt auch mal privat, freundschaftlich getroffen, der macht auch Filme, aber eigentlich erzähle ich nichts von mir. Es geht um Verbindung, aber nicht um Beziehung.

Hilft Tantra gegen Impotenz?
Auf jeden Fall ist es nicht so wichtig, ob du ständig einen Ständer hast oder nicht. Es geht um den ganzen Körper. Ich weiß gar nicht, ob es wirklich medizinische Ursachen für Impotenz gibt oder ob es nicht meistens etwas ist, was sich im Kopf abspielt. Und da hilft Tantra sicher. Es hilft dabei, loszulassen. Ich würde das gerne mal erforschen. Vielleicht sollte ich speziell impotente Männer als Kunden suchen und sehen, wie weit ich mit ihnen komme.

Muss man als Tantra-Masseurin Vorkenntnisse haben, was Massage anbelangt?
Nein, ich hatte keine. Es ist ja keine medizinische Massage. Es ist aber trotzdem heilend.

Inwiefern?
Es geht um eine gewisse Art von Liebe im Sinne von Empathie. Du kennst das vielleicht: Wenn es dir schlecht geht und eine Freundin nimmt dich fest in den Arm. So ungefähr ist das, nur intensiver.

Dann versuche ich auch die einzelnen Chakren, also Energiefelder, miteinander zu verbinden, damit der jeweilige Mensch sich ganzheitlicher empfinden kann. Bei Männern sind zum Beispiel Herzchakra und Wurzel-, also Genitalchakra, oft nicht gut verbunden. Dann berühre ich Herz und Intimbereich gleichzeitig. Oder überhaupt, wenn ich deinen Kopf und deinen Fuß gleichzeitig anfasse oder deine linke Schulter und deine rechte Hüfte, dann erfährst du deinen Körper als etwas Ganzes.

Und was ist mit den wenigen Frauen, die kommen? Was möchten die von dir?
Bei Frauen spielen sexuelle Traumata öfter eine Rolle, Missbrauch, solche Themen. Sie denken dann vielleicht, dass sie aufgrund ihrer negativen Erfahrungen keinen Orgasmus mehr bekommen können. Diese Frauen empfinden es meist als sehr lösend, wenn sie achtsam berührt werden, manchmal weinen sie dann auch.

Warum kommen nur so wenige Frauen?
Das würde ich auch gern mal wissen. Ich denke, Männer sind geübt darin, zu Prostituierten zu gehen, und dann ist es naheliegender, auch eine Tantramassage zu buchen. Für Frauen ist das ein größerer Schritt. Außerdem existiert nun mal immer noch ein finanzielles Ungleichgewicht zwischen Männern und Frauen.

Gibt es auch männliche Tantra-Masseure?
Ja, aber die haben eine deutlich kleinere Zielgruppe. Schwule gehen dorthin, vielleicht ein paar Frauen – aber viele männliche Tantra-Masseure leben eher von den Seminaren, die sie anbieten.

Wie bist du auf die Idee gekommen, in deiner Arbeit BDSM und Tantra zu verbinden?
Ja, wie bin ich eigentlich darauf gekommen? Ich habe irgendwann privat angefangen, ein kleines bisschen was in diese Richtung auszuprobieren, Bondage beispielsweise – und dann war es irgendwann für mich völlig naheliegend, diese Form der Sinnlichkeit auch in meine Arbeit zu integrieren. Manche finden, SM und Tantra seien zwei komplett verschiedene Themen, aber ich glaube, es gibt sehr viele Gemeinsamkeiten.

Zum Beispiel?
Beides ist sehr rituell. Beides hat einen klar definierten Anfang und ein klares Ende. In beiden Fällen geht es um die Auslotung von emotionalen und körperlichen Grenzen. SM und Tantra leben von der Hingabe der passiven Person. Vom Abschalten, Loslassen. Sowohl beim Tantra als auch beim SM benutzte ich als gebende Person Gegenstände. Mal Federn, heiße Steine, Öle, mal auch Peitschen, Nadelräder, Seile. Und natürlich kann ich dich mit einer Feder auch foltern, wenn du kitzelig bist, und kann dich mit einer Peitsche streicheln. Irgendwann habe ich einfach angefangen, das zu verbinden. Auch, Sinne wegzunehmen, indem ich beispielsweise die Augen beim Tantra verbinde. Oder die Bewegungsfreiheit durch Fesseln stärker einschränke.

Was trägst du in dem Domina-Studio, in dem du arbeitest, im Rex in Hamburg?
Kein Lack und Leder. Einfach ein hübsches Kleid. Meistens behalte ich das auch an. Wenn es sich aber stimmig anfühlt, ziehe ich mich auch aus.

Was verändert sich für dich, wenn SM hinzukommt?
Es wird spannender. Vielfältiger. Der Ablauf beim Tantra wandelt sich ja nicht großartig. Natürlich passe ich mich den Bedürfnissen der Kunden an, massiere die Füße zum Beispiel länger, wenn ich merke, dass das gerade besonders gut ankommt. Aber für mich ist es interessanter, wenn ich noch SM-Elemente hinzunehme.

Hast du manchmal Schwierigkeiten, zwischen privat und beruflich zu unterscheiden? Dass du privat Sex mit jemandem hast und es sich nach Arbeit anfühlt?
Gar nicht. Privat ist es ganz anders. Was SM anbelangt, bin ich privat zum Beispiel eher submissiv.

Du könntest ja auch im Job submissiv sein.
Das wäre mir zu unsicher. Privat kann ich auch nein sagen, wenn ich etwas nicht will. Das kann ich im Job natürlich auch, aber es würde mir schwerer fallen, weil da ja immerhin jemand gezahlt hat und zwar nicht wenig. Eine halbe Stunde, was viel zu kurz ist, kostet 150 Euro im Studio Rex. Eine Stunde 250. Jede weitere Stunde 100 Euro. Tantra ist viel billiger, eine Stunde kostet 100 Euro.

Arbeitest du denn nur im Studio?
Ja, das wäre mir sonst zu unsicher. Einmal habe ich mich aber von einem Mann überreden lassen, mich in München mit seiner Frau in einem Hotel zu treffen. Das war ein Geschenk von ihm für sie. Da ich nun mal in München kein Studio habe, habe ich mich drauf eingelassen. Aber es war eben auch eine Frau.

Das ist der eine Aspekt der Sicherheit. Der andere ist safer Sex?
Bei mir gibt es keine Form von Sex, wo das relevant wird. Aber ich weiß, dass manche Dominas das anbieten. Da haben sie, auch wenn es nur um Handbefriedigung geht, sofort ein Kondom gezückt. Und außerdem tragen sie noch Handschuhe. Das heißt, es

gibt eine besonders intime Form von Sex, aber gleichzeitig ist durch diese Handschuhe und Kondome alles hermetisch abgeriegelt. Das finde ich für mich selbst seltsam. Ich habe lieber direkten Hautkontakt, aber wahre dabei bestimmte Grenzen.

Was ist für dich der Unterschied zwischen einer Tantra-Massage und tatsächlichem Sex?
Der Unterschied ist, ob ich penetriert werde oder nicht. Das ist eine Grenze für mich. Ich will auf der beruflichen Ebene selbst die Gebende sein und nicht die Nehmende, die ich werde, wenn jemand in mich eindringt.

Wie reagiert dein Freund auf deinen Job?
Mein Exfreund hatte mich ja überhaupt erst auf die Idee gebracht, Tantra-Masseurin zu werden. Danach hatte ich noch einen Freund, der gar kein Problem damit hatte, aber leider auch gar kein Interesse. Der wollte partout keine Tantra-Massage von mir bekommen. Das ist bei meinem jetzigen Freund genauso. Da scheint es irgendwelche Vorurteile zu geben. Oder es geht darum, dass man sich tatsächlich öffnen muss beim Tantra. Schade eigentlich.

Hattest du je moralische Bedenken, was deine Arbeit betrifft?
Mir ist nicht ganz klar, was Moral in dem Zusammenhang bedeutet. Irgendwann hatte ich privat mal eine Beziehung mit einem verheirateten Mann. Da habe ich gemerkt, dass ich das nicht will. Da ist meine moralische Grenze. Aber meine Arbeit – nein. Ich denke, es ist ganz wichtig, auf sich selbst achtzugeben. Ich mache nichts, was ich nicht will. Ich würde mich zum Beispiel nicht vögeln lassen. Das ist meine Grenze und die achte ich. Ein anderes Beispiel: Gerade habe ich eine Anfrage von jemandem, der einen Wollfetisch hat. Er steht auf so ganz groben Strick und wollte gerne, dass ich so etwas für ihn trage. Für mich geht grober Wollstrick gar nicht. Dann habe ich überlegt: Kann ich das trotzdem für Geld machen? Und ich bin

zum dem Schluss gekommen: Ja, das kann ich für Geld machen. Wobei ich mich lieber für Geld auspeitschen lassen würde. Und in meinem Privatleben ginge das gar nicht. Ich kann meinem Partner jeden Tag eine Tantra-Massage geben, sehr gern, überhaupt kein Problem. Aber bei grobem Strick hörts auf.

Hat sich dein Denken durch die Beschäftigung mit Tantra und SM gewandelt?
Ja, schon. Wenn man sich mit diesen Themen auseinandersetzt, steht auch relativ bald das Thema »Freie Liebe« im Raum. Mit wem würdest du was machen und warum bist du eifersüchtig oder auch nicht. Ich habe da noch keine konkrete Meinung. Was ich als Credo schön finde: Eine Liebe in Freiheit.

Du bist Filmregisseurin. Beschäftigt dich in diesem Bereich auch Erotik?
Ich mache nicht so regelmäßig Filme, das ist schwierig. Aber ich habe einen Film geplant, der von zwei Callboys aus gutem Hause handeln sollte. Aber daraus wird wahrscheinlich nichts. Ich habe auch mal gesagt: Ich mache als nächstes einen Porno oder gar nichts. Mal sehen.

Im Grunde geht es mir darum, dass ich in der Welt etwas bewegen will. Deshalb habe ich damals mit dem Filmemachen angefangen, um meine Message zu transportieren. Aber das ist so anstrengend! Bis ein Film geplant, gedreht und dann sogar im Kino ist – das dauert so lange und kostet so viel Zeit und Nerven und Energie! Andererseits merke ich gerade: Wenn ich eine Tantra-Massage gebe, dann bewege ich in dieser kurzen Zeit so viel und es fällt mir aber ganz leicht. Eine Tantra-Massage trägt die Klienten noch die ganze Woche, wenn es gut läuft. Was will man mehr.

Das Interview führte Cornelia Jönsson.

ELF

ICH EMPFINDE ES ALS PRIVILEG

Karolina Leppert, 69 Jahre,
Vorstandsmitglied Hydra e.V., Berlin

Pass bloß auf, dass du nicht *so eine* wirst, wurde Karolina Leppert von ihrer Mutter gewarnt. Was genau das zu bedeuten hatte, war ihr damals nicht klar. Aber ihre Mutter wäre lieber gestorben, als einen so unsäglichen Begriff wie »Prostituierte« über ihre Lippen kommen zu lassen. Trotzdem (oder gerade deswegen?) war Karolina neugierig auf das, was sich dahinter verbarg. Schon als Kind hat sie den Gesprächen der Erwachsenen zugehört und hat viel darüber nachgedacht: Jungen sollen sich austoben und Mädchen sich bewahren. Wenn es ungefähr gleich viele Jungen und Mädchen gibt, wo holen sie denn dann die Mädchen her, mit denen sie sich austoben? Und warum reden die Erwachsenen so schlecht über diese Mädchen? Die sind doch anscheinend genauso wichtig wie die, die sich bewahren. Aber es gab keinen Menschen, mit dem sie darüber sprechen konnte. Und obwohl sie keine Ahnung von dem Thema Prostitution hatte, spürte sie bereits eine innere Solidarität mit denen, die ihre Mutter *so eine* nannte.

Karolina erinnert sich an ein Schlüsselerlebnis. Es war Sommer, die Familie saß mit den Nachbarn im Garten unter einem Apfelbaum, ein Bild der heilen Welt. Sie war vielleicht zehn oder elf Jahre alt, hörte der entspannten Unterhaltung zwischen den Erwachsenen zu. Man war sich darüber einig, das Ziel der Erziehung eines Mädchens sei Sparsamkeit und ein guter Ruf. Das kleine Mädchen konnte gerade so über die Tischkante gucken und erinnert sich noch gut an die Gesichter der Männer aus der Verwandtschaft und den Nachbarn und an diese wissenden Blicke, die sie einander zuwarfen. Damals dachte sie: Klar, ein Mädchen muss lernen zu sparen, damit der Herr des Hauses sich was leisten kann. Und sie fragte sich: Wer steht eigentlich auf der besseren Seite? Und auf welcher wollte sie stehen? Auf der der hochgelobten Ehefrauen oder der der Mätressen? Was hat die ehrenvolle Ehefrau davon, dass der Angetraute ihr die dampfenden Socken vor die Füße schmeißt?

Diese Überlegungen haben Karolina zwar nicht daran gehindert, sich zu verlieben und zu heiraten. Aber irgendwo war da zeit ihres Lebens immer der Wunsch, diese andere Welt mehr zu durchschauen.

Den Wunsch hat sie sich mittlerweile erfüllt. Heute arbeitet sie ehrenamtlich als Vorstandsmitglied bei Hydra e.V., einer Beratungsstelle für Prostituierte.

Die 69-Jährige hat ein bürgerliches Leben hinter sich. Sie hat Großhandelskauffrau gelernt, war dann unter anderem im Außendienst einer Versicherung und im Marketing von verschiedenen Rundfunksendern tätig. Sie war verheiratet, hat eine Tochter und ist mittlerweile Großmutter von zwei Enkeln. Ihr zweites Leben begann, als sie nach der Scheidung im Winter 1992 nach Berlin zog. Die Wiedervereinigung war damals in vollem Gange und sie war ganz fasziniert von den Veränderungen, die dort stattfanden. Der Beginn war hart. Damals war der Winterhimmel in Berlin wegen der vielen Holzkohleöfen gefühlt viel grauer als heutzutage. Sie landete in einer untervermieteten Wohnung, in einem Viertel, das eher rau als freundlich wirkte. Als Neuling in Berlin ohne soziales Umfeld, ohne einen Freundeskreis – ein schwieriger Start in ein neues Leben. Es dauerte lange, bis sie sich einzuleben begann.

In einer Stadtteilzeitschrift las Karolina dann zufällig etwas über die Beratungsstelle Hydra. Die alte Neugier erwachte wieder in ihr. Sie ging zu einer Beratungsstunde und erklärte der Beraterin, dass sie gerne in die Welt der Prostitution hineinschnuppern würde. Noch heute amüsiert sie sich über die Reaktion. Die Beraterin fragte sie damals: Hast du Schulden? Hast du einen Mann, der dich zwingt? Beides konnte die damals 50-Jährige verneinen. Daraufhin gab die Beraterin ihr die Empfehlung, es doch erst einmal mit einer Therapie zu versuchen.

Aber Karolina blieb zäh, trotz ihrer Angst vor Zuhälterei, Drogen und Kriminalität. Sie wollte mehr wissen und suchte das Gespräch mit anderen Frauen, die sie bei Hydra kennenlernte, und bekam so einen Einblick in deren Realität, jenseits aller Vorurteile und Ängste. Etwas hielt sie davon ab, den endgültigen Schritt in die Prostitution zu tun. Was das war, wurde ihr bei einem Gespräch mit einer Frau klar, die als Domina arbeitete; diese Tätigkeit war ihr vorher unbekannt gewesen. Dominas dulden keinen Körperkontakt, sie halten den Mann auf Distanz und sind die absoluten Beherrscherinnen der Situation. Die Erkenntnis kam blitzartig – das ist ihre Welt!

Aber wie arbeitet man als Domina ohne Ausbildung und ohne private Erfahrungen mit BDSM? Sie fand ein Studio, dessen Betreiberin sie anlernte und wo sie selbstbestimmt arbeiten konnte.

Den »bürgerlichen« Job gab sie nicht gleich auf. Sie wollte herausfinden, ob es ihr nicht vielleicht genügte, in diesen Bereich hineingeschnuppert zu haben. Als sie sicher war, dass sie mehr wollte als die Befriedigung ihrer Neugierde, informierte sie nach und nach die Menschen, die ihr nahestanden. Denn das war ihr klar: Ein Doppelleben würde sie krank machen; sie wollte zu ihrer Tätigkeit stehen.

Zu ihrer Tochter hat Karolina Leppert eine herzliche Verbindung. Die damals 26-Jährige hat die Entscheidung ihrer Mutter gut aufgenommen. So wie die Mutter ihre Tochter in deren Unabhängigkeit und Freiheit unterstützt, so geschah es auch andersherum. Bei den Enkelsöhnen gestaltete sich das Erklären komplizierter. Es galt die möglichen Reaktionen von Mitschülern, deren Eltern, den Lehrern usw. sowie das richtige Alter der Kinder für ein Gespräch zu berücksichtigen. Überraschenderweise reagierten alle ganz souverän, viele fanden das ganz spannend.

Zwei Paare gibt es in ihrem Bekanntenkreis, zu denen der Kontakt abbrach. So etwas passiert. War es Zufall? Da nie über die Gründe gesprochen wurde, ist es lediglich eine Vermutung, dass sie mit Karolinas Tätigkeit als Domina nicht umgehen konnten. Andererseits gab es auch Freunde, die 600 Kilometer fuhren, um sich zu überzeugen, dass sie nicht in einem Kellerloch gelandet war.

Karolina bot immer an, über ihren Job zu sprechen oder zu diskutieren. Aber eines machte sie auch klar: So wenig nachvollziehbar ihre Entscheidung für andere Menschen auch sein mag, sie sitzt nicht auf der Anklagebank!

Als Domina arbeitet sie jetzt eigentlich – von einigen Ausnahmen abgesehen – nicht mehr, bildet aber Frauen in BDSM und auch als Domina aus. Und sie ist immer noch im Vorstand von Hydra, und das schon im zwölften Jahr. Die 69-Jährige empfindet es als Privileg, ehrenamtlich tätig sein zu dürfen. Diese Tätigkeit schärft ihren Geist und sie kommt mit interessanten Menschen zusammen. Und natürlich ist ihr das Thema ein ganz persönliches Anliegen, man könnte auch sagen ein bisschen Berufung. Karolina Leppert hält ehrenamtliche Arbeit für wichtig – es bedeutet, sich auch um die Dinge anderer zu kümmern und Arbeit nicht nur als Erwerbsarbeit zu begreifen.

Das Ziel dieses Vereins, der seit 1980 existiert, ist es, Sexarbeiterinnen in allen Bereichen zu unterstützen. Es gibt anonyme und kostenlose Beratungen für den Ein- und Ausstieg, für Steuer- und Rechtsfragen sowie Unterstützung bei einer beruflichen Umorientierung. Auch Angehörige können sich an die Beratungsstelle wenden. Es gibt einen Rechtshilfe- sowie einen Sozialfond, über die

Verteilung entscheidet ein ehrenamtlicher Beirat. Des Weiteren sind natürlich Öffentlichkeitsarbeit und politische Aktionen von großer Bedeutung.

Der Verein hat circa 35 Mitglieder mit einem Mindest-Monatsbeitrag von drei Euro. Die Beratungsstelle, die dem Verein unterstellt ist, hat derzeit sechs in Teilzeit angestellte Mitarbeiterinnen. Deren Gehälter sowie die Räumlichkeiten werden vom Senat finanziert.

Die Frauen, die in die Beratungsstelle kommen, werden nicht als Opfer betrachtet, die es zu retten gilt. Sondern es wird gemeinsam mit der jeweiligen Frau eine Lösung gesucht für ihre individuelle Probleme. Die können vielfältig sein: Gesundheit, Finanzen, Konflikte mit der Familie oder dem Vermieter oder Unsicherheit im Umgang mit Behörden.

Um immer wieder in Kontakt zu den Prostituierten zu kommen, ist aufsuchende Arbeit ein wesentlicher Bestandteil der Beraterinnen, oft in Begleitung von Dolmetscherinnen.

In ihrer Funktion als Vorstandsmitglied muss Karolina Leppert einen groben Überblick über alle Aktivitäten des Vereins behalten und mit ihrer Unterschrift auch Entscheidungen bestätigen. Ständiges Lernen ist angesagt, Arbeitsrecht, Vereinsrecht. Wenn sich die Gesetzeslage ändert, ändern sich auch die Rahmenbedingungen für die Arbeit von Prostituierten, was sich dann wiederum auf die Arbeit der Beraterinnen und die Aktivitäten des Vereins auswirkt.

Eine große rechtliche und soziale Veränderung trat in Kraft mit der Einführung des Prostitutionsgesetzes (ProstG) Anfang 2002 und der gleichzeitigen Änderung der Paragrafen 180 StGB (Ausbeutung von Prostituierten) und 181 StGB (Zuhälterei) dahingehend, dass es nicht mehr strafbar ist, Sexarbeiterinnen ein angemessenes Arbeitsumfeld zu schaffen, sofern durch selbiges nicht ihrer Ausbeutung Vorschub geleistet wird. Damit war unter anderem der Weg frei für Prostituierte, sich unter Angabe ihrer Tätigkeit in der gesamten Sozialversicherung – also Krankenkasse, Pflege-, Renten-, Arbeitslosenversicherung – anzumelden. Die Erwartungen der Sozialversicherung auf Einnahmesteigerung erfüllten sich nicht. Krankenversichert sind viele Frauen über ihre »normalen« Tätigkeiten, oft schlechte bezahlte Jobs – oder auch über ihre Ehemänner.

Steuerpflicht bestand jedoch schon viele Jahre. Oftmals werden Frauen, die sich beim Finanzamt anmelden, allerdings noch als Tänzerinnen, Masseusen, Begleitservice usw. geführt. Sehr viele Frauen wollen sich auch nicht outen, vor allem nicht den Behörden gegenüber. Sie fürchten Stigmatisierung und mangelhaften Datenschutz.

»Den Begriff ›Zwangsprostitution‹ lehnen wir bei Hydra ab«, erklärt Karolina Leppert. »Er impliziert einen zwingenden Zusammenhang, den es unserer Ansicht nach aber gar nicht gibt. In Deutschland leben schätzungsweise 880.000 Menschen in sklavenähnlichen Arbeitsverhältnissen«, argumentiert sie. Männer würden oft in der Baubranche und in den Küchen der Gastronomie landen, Frauen in privaten Haushalten (oftmals bei Diplomaten), in Putzfirmen und nur zu einem Teil in der Prostitution. Wesentlich korrekter und treffender sei der Begriff »Menschenhandel zum Zweck der sexuellen Ausbeutung«. All das ändere nichts daran, dass jede Frau, die unfreiwillig als Prostituierte arbeitet, eine zu viel sei. Zwang und Gewalt gegen Frauen gäbe es aber laut Statistik am meisten in persönlichen Beziehungen, im häuslichen Bereich und in der Ehe.

Manche Alt-Feministinnen gehen davon aus, dass es allen Prostituierten mit ihrer Tätigkeit schlecht gehe. Und diejenigen, die behaupten, es ginge ihnen gut, würden schlicht nicht merken, wie schlecht es ihnen gehe. Alle Prostituierten seien Opfer, entweder von jemand anderem oder von sich selbst. Deswegen startete im Jahr 2013 eine große Petition gegen die Prostitution, die für viel Furore in den Medien gesorgt hat. Doch Karolina Leppert sieht das gelassen. Sie glaubt an die Fähigkeit der Regierung und der Parteien, Prostitution als gesellschaftliche Realität zu akzeptieren und nur die kriminellen Begleiterscheinungen mit den Mitteln des Rechtsstaates zu bekämpfen: »Es wird immer wieder gebetsmühlenartig heruntergeleiert, dass wir das älteste Gewerbe der Welt sind, obwohl ich das sehr bezweifle. Aber angenommen, es hat seine Richtigkeit: Dann existieren wir seit mindestens 5.000 Jahren. Eigentlich eine sehr beständige Geschichte und ein Beweis für die Überlebensfähigkeit der Branche. Und so wage ich die Prophezeiung, dass unsere jeweiligen Gegner schon lange die Rübchen von unten angucken werden, während es uns immer noch gibt!« www.hydra-berlin.de

Text verfasst von Silke Maschinger.

ZWÖLF

URLAUB MAL ANDERS

Ute Freiberg, Betreiberin und Geschäftsführerin eines Erotikresorts für Paare, Allenbach-Hüttgeswasen

Ute Freiberg nennt einen Familienbetrieb ihr Eigen. Sie führt gemeinsam mit ihrem Ehemann und der Unterstützung ihrer zwei Söhne und deren Partnerinnen ein Lifestyle- und Erotik-Resort – nur für Paare.

Wenn Frau Freiberg erzählt, klingt ihr Lebenslauf – bis zur gemeinsam mit ihrem Mann erlebten Midlifecrisis – eher bürgerlich. Die beiden haben einen Kfz-Betrieb, der floriert. Ihr Leben besteht aus Kindererziehung, Arbeit, noch mal Arbeit und dann wieder Arbeit. Um sich als Paar aber zwischen der Selbstständigkeit und den Kindern nicht zu verlieren, frönen die Freibergs ihrem Hobby, dem Motorradfahren, und gönnen sich regelmäßige Auszeiten in Wellnesshotels, die sie sehr genießen. Endlich einmal Zeit für sich, endlich Paarzeit! Aber wenn sie sich im Whirlpool des Hotels ein bisschen stürmischer küssen, ernten sie die missbilligenden Blicke des Personals. Zärtlichkeiten dürfen sie nur im Hotelzimmer ausleben, müssen also immer entscheiden, ob sie entspannen und baden oder den Rückzug ins Hotelzimmer antreten wollen. Eine erotische Umgebung aber ist etwas anderes. Da kann ein TV-Bericht über einen Pärchenclub, den sie zufällig im Fernsehen sehen, ihr Interesse wecken. Frau Freiberg will es wissen und nimmt ihren Mann einfach mit in diesen Club, hinein ins Geschehen. Auch Herrn Freiberg gefällt die Location. Hier darf der Lust gefrönt werden. Aber wieder fehlt etwas. Frau Freiberg vermisst die Wellnessangebote, die im Hotel in vollem Umfang zur Verfügung stehen, das Speisenangebot ist dürftig und vor allem – nach dem Erlebnis dürfen sie sich nicht entspannt nebeneinanderkuscheln. Nein, der Club schließt zwar erst in den Morgenstunden, dann aber ist Schluss. Aus und vorbei. Urlaub ist etwas anderes.

Als die beiden Söhne aus dem Gröbsten heraus sind, geben sie ihren Eltern zu verstehen, dass sie sich mit dem Kfz-Gewerbe beileibe keinen Traum erfüllen. Zwar sind sie Familienmenschen und unterstützen die Eltern, so lange sie den Betrieb führen wollen, aber übernehmen möchten sie ihn später auf keinen Fall.

»Wozu also investieren?«, fragt sich Frau Freiberg und denkt genüsslich an den letzten Wellnessurlaub. Zwar hat sie eine Leidenschaft für Autos und Motorräder, kann sich aber durchaus auch vorstellen, etwas völlig Neues zu beginnen.

Frau Freiberg ist Geschäftsfrau und langsam braut sich eine Idee in ihr zusammen. Warum sollte sie die Einzige sein, die sich einen Ort wünscht, der sowohl Wellness als auch Paarerotik ermöglicht? Eine Oase zum Ausspannen, Träumen, in der man die Fantasie schweifen lassen darf? Frau Freiberg weiß, dass die Kunden ihre eigene Leidenschaft spüren werden. Sie erzählt ihrem Mann von ihrem Plan und dann tun sie, was alle Unternehmertypen tun würden: Sie handeln beherzt und mutig, verkaufen den Kfz-Betrieb, greifen auf all ihr Erspartes zurück und machen sich auf die Suche nach einem geeigneten Standort. Dass sie diesen ausgerechnet im Hunsrück finden würden, das wussten sie vorher nicht.

»Wir haben deutschlandweit gesucht«, sagt Frau Freiberg. »Und sind dort fündig geworden, wo wir bereits ein Ferienhaus besaßen.«

Zufall oder Fügung? Frau Freiberg weiß es nicht und letztlich ist es auch egal.

Die Phase des Kampfes beginnt. Wer einen Club eröffnen will, noch dazu einen Pärchenclub, muss einige Genehmigungsverfahren durchlaufen. Angefangen vom Bau- über das Veterinäramt bis zur Konzessionsbehörde. Danach wendet sich das Ehepaar erst an den Verbandsbürgermeister, dann an den Gemeindebürgermeister. Dort müssen sie ihr Konzept einreichen und in der Gemeinderatssitzung vorstellen. Sie stehen Rede und Antwort. Das zu Anfang kritisch beäugte Projekt erobert durch die offene Art von Frau Freiberg die Herzen. Ihre Anfrage wird einstimmig bejaht: Das heißt, sie dürfen umbauen und das ehemalige Romantikhotel einer neuen Nutzung zuführen!

»Die erste Zeit«, erzählt Frau Freiberg, »bevor die Menschen in unserer Umgebung wussten, mit wem sie es zu tun haben, war schwierig. Da hieß es dann auch mal hinter vorgehaltener Hand: ›Da oben auf Hüttgeswasen kommt ein Puff hin.‹«

Das Hotel wird zum heißen Thema, über das gemunkelt wird. Das war 2005/2006. »Heute, 2014, sind wir überall anerkannt. Die Menschen hatten natürlich Berührungsängste. Deshalb achten wir auch sehr darauf, dass alles so läuft, wie wir uns das vorgestellt haben. Prostitution oder sabbernde Männer, die zudringlich werden, gibt es bei uns nicht.«

Das Konzept und die Hausordnung erlauben ausschließlich Pärchen den Aufenthalt im Hotel. Polyamore Geflechte sind auch willkommen, jedoch nur in einer Konstellation mit mehr Frauen als Männern, wegen des Herrenüberschusses. Auch gelten für diese Gespanne die gleichen Regeln wie für andere Paare. Niemand soll allein auf die Suche nach einem Abenteuer gehen. Die Pärchen haben entweder allein ihr Vergnügen an sich oder suchen nach anderen Paaren. Darauf achtet die Familie Freiberg. Da werden auch schon mal klare Worte gesprochen, im Interesse der Paare. Spanner müssen draußen bleiben, die Damen aus dem horizontalen Gewerbe auch.

Das Erotik-Resort ist aber für all diejenigen ein Mekka, die erotische Freizeit in entspannter und angenehmer Atmosphäre suchen. Denn sinnliches Ambiente und diverse Spielräume, fernab vom Alltag, hat das Clubhotel allemal zu bieten.

Die visuell Veranlagten unter den Paaren gehen zum Anheizen ins Kino. Dort kann man sich auch erst mal vorsichtig beschnuppern. Später ist genug Zeit, um im Weltraumzimmer mit Liebesschaukel, auf der großflächigen Spielwiese mit angenehmer Beleuchtung oder im Altarraum abzutauchen. Natürlich fehlt auch nicht das klassische BDSM-Zimmer mit Fesselvorrichtungen und dem berühmt-berüchtigten Gynäkologie-Stuhl.

Wer erst mal zurückhaltender ist, genießt die anderen Resort-Bereiche: speist fürstlich im Restaurant, beobachtet das Treiben in der Cafébar oder der Musiklounge oder lässt im Wellnessbereich mit Pool, Dampfbad und Sauna die Seele baumeln. Auch der FKK-Außenbereich verspricht Vergnügen. Wenn Paare diese Entspannung für sich allein genießen wollen, können sie einen kleinen, separaten Spabereich buchen. Dort gibt es eine Whirlwanne mit Farblicht- und Aromatherapie. Der Masseur oder die Masseurin ist auch vor Ort und gibt auf Wunsch Wellness-, Akkupressur-, Ganzkörper- oder klassische Rücken-Nacken-Massagen.

»Unser Clubhotel ist für alle Paare ab 18 Jahren buchbar. Wir leisten hier Pionierarbeit«, sagt Frau Freiberg, »weil wir den Paaren etwas Gutes tun. Wir tun unser Bestes, damit sich das Prickeln in den Beziehungen unserer Gäste wieder neu einstellt oder erhalten bleibt.«

Wer sich in einem familiär geführten Haus wohlfühlt und das gewisse Etwas sucht, trifft bei Familie Freiberg die richtige Wahl. Wenn das 22-Zimmer-Hotel ausgebucht ist, empfehlen die Freibergs Hotels in der Nähe und bieten einen Hol- und Bringservice an.

Für Paare, die die erotische Zweisamkeit suchen oder gemeinsam mit Freunden der Lust frönen möchten, vermieten sie ihr einstiges Ferienhaus. Heute ist es umgebaut, verfügt über einen eigenen Wellness- und Erotikbereich mit Sauna, Whirlpool und Liebesschaukel. Bis zu drei Paare kann das Haus beherbergen.

Das Durchschnittsalter im Club liegt zwischen 30 und 50 Jahren. Seit der ersten Stunde gibt es Stammgäste, die den Freibergs bis heute die Treue halten. »Wir kommen als Gast und gehen als Freund«, sagen sie. Das erklärt vielleicht auch die hohe Dichte an internationalen Gästen, die sich mittlerweile im Hunsrück heimisch fühlen.

»Wir haben Besucher aus Israel, den USA., sogar aus Dubai, Japan, China, Vietnam, Kambodscha, Südafrika, Mauritius, Zypern und Brasilien. Vielleicht weil es ein Angebot wie das unsere sonst nicht gibt. Zwar existiert zum Beispiel in Mexiko ein wunderbares Fünf-Sterne-Erotik-Resort, aber erstens ist das sehr teuer und zweitens scheinen unsere Gäste zu schätzen, dass wir stets präsent sind und für ihre Sorgen und Wünsche ein offenes Ohr haben.«

Was denn dieses Besondere noch ausmacht, will ich wissen.

»Wir paaren klassische Unterhaltung mit erotischen Möglichkeiten«, bringt es Frau Freiberg auf den Punkt. »Es gibt zum Beispiel Großevents. Da wird ein Festzelt aufgebaut, ganz normal eben, wie bei anderen Veranstaltungen auch. Bei uns ist aber zusätzlich die Clubanbindung da.«

Die jährliche Großveranstaltung zum Beispiel »Die WASN« auf Hüttgeswasen, nach Manier eines Oktoberfestes mit Live-Band zieht Paare aus aller Welt an.

Zum ersten Mal fand kürzlich die »Swingbreak« statt, ein Electro- und Technoevent, mit bekannten DJs. Klar, dass hier auch die Nachkommen begeistert mitziehen und im Gegensatz zur Kfz-Werkstatt mit dem Herzen bei der Sache sind.

»Unsere beiden Söhne mit ihren Partnerinnen werden unser Erotik-Resort weiterführen«, sagt Frau Freiberg stolz. Schon allein deshalb würde sie das Unterfangen jederzeit wieder wagen.

»Nur die eigene Sexualität kommt mitunter etwas zu kurz«, gesteht sie lächelnd. »Als Gastgeber sind wir natürlich nicht involviert und haben lange Arbeitszeiten. Aber wir sind Workaholics, wir lieben unseren Job. Und der Sex macht immer noch Spaß. Nur in Clubs gehen wir seltener. Aber wir tun es und unsere Kinder auch.«

Frau Freiberg erzählt, dass die Eröffnung des Clubhotels einen weiteren positiven Effekt nach sich gezogen hat: »Die Familie ist enger zusammengewachsen. Ein Sohn wohnt mit seiner Familie im Hotel, der andere nur wenige Kilometer entfernt in einem kleinen Häuschen.«

Als Familie unternehmen sie fast alles zusammen. Die Kinder schätzen die Offenheit ihrer Eltern und vertrauen aufeinander. Als die Mutter von Frau Freiberg mit 83 Jahren zum Schwerstpflegefall wird und auch im Hotel wohnen will, geht das nur mit der Unterstützung der ganzen Familie. Also zieht auch sie in die Clubanlage und strahlt darüber.

»Ach«, soll sie einst gesagt haben, »wenn der Vati nicht so früh gestorben wäre und es hätte so was Schönes gegeben, wären wir auch hingegangen.«

»Die reiferen Leute haben weniger Vorbehalte als die 40- oder 50-Jährigen«, sagt Frau Freiberg. »Das mag daran liegen, wie sich viele Clubs präsentieren. Es ist eben nicht jedermanns oder jederfraus Sache, den erotischen Kitzel an einem Ort zuzulassen, der von einer Klientel in alltäglicher Unterwäsche bevölkert wird.«

Frau Freiberg und ihr Hotel wollen sich vom Schmuddelimage, das solchen Lokalitäten oft anhaftet, deutlich abheben. Das gelingt schon beim Viergang-Candlelight-Dinner, das im erotischen Outfit genossen werden darf. Für jeden Fetisch ist etwas dabei: Lack oder Leder, beobachten und beobachtet werden, heiße Blicke mit dem gleichen Geschlecht tauschen. Im Club gestatten sich die Paare, ihre Fantasien auszuleben.

»Das ist dann kein Vertrauensbruch, wenn man Sehnsüchte mit einem anderen Paar gemeinsam genießt. Niemand hintergeht ja den anderen«, kommentiert Frau Freiberg.

Wer jetzt neugierig geworden ist, kann als Tagesgast zur Clubparty kommen oder auch gleich über Nacht bleiben. Ab 110 Euro kostet der Eintritt für ein Paar. Dafür dürfen alle Clubbereiche genutzt werden. Hygieneartikel und Handtücher, alle Getränke – außer Cocktails und Champagner – und sogar Kaffee und Kuchen, eine Nachmittagssuppe und abends ein kalt-warmes Buffet sind im Preis enthalten. Die Übernachtung mit Frühstücksbuffet ist für ein Paar ab 80 Euro möglich und richtet sich nach der Zimmerkategorie.

Wer sich erst einmal umtun will, ohne sich gleich ins Getümmel zu stürzen, ist herzlich zum Club-Info-Kaffeetreff eingeladen. Diese Veranstaltung richtet sich an Newcomer in der Szene. Ein Pärchen, das auch die »Fun and Joy«-Gruppe im Joyclub leitet, erzählt dort bei Kaffee und Kuchen von seinem ersten Mal im Pärchenclub und beantwortet alle offenen Fragen rund um diffuse Befürchtungen und Ängste. Danach geht es in kleinen Gruppen zu einer Führung durch das Erotik-Resort. Auch hier können noch einmal Fragen gestellt werden. Das alles findet außerhalb der Öffnungszeit an bestimmten Sonntagen ab 14.30 Uhr statt. Aber bitte vorher anmelden, maximal 25 Paare sind vorgesehen. »Ein Paar kam sogar einmal aus Tirol und ein anderes von der Insel Rügen. Sie gingen mit leuchtenden Augen. »So haben wir es uns nicht vorgestellt!« Solche Sätze sind Ute Freibergs liebste Komplimente.

www.das-erotische-ferienhaus.de

Text verfasst von Tanja Steinlechner.

DREIZEHN

DER ZAUBER DER NACHT

Jana Förster, 31 Jahre, Berlin, Autorin und ehemalige Striptease-Tänzerin

Du hast ein Buch mit dem bezeichnenden Titel Ausgezogen *über deine Zeit als Stripperin geschrieben. Wie kamst du zu diesem Job?*
Damals war ich 18 und habe noch bei meinen Eltern gewohnt und die Schule besucht. Mein Vater wollte, dass ich Kostgeld nach Hause bringe, wofür ich ihm heute dankbar bin, weil es mich gelehrt hat, dass man nun mal arbeiten muss im Leben. Wörtlich hat er gesagt: »Beweg deinen Arsch.«

Nicht wirklich!
Doch. Aber ich habe dann erst in einer Eisdiele gearbeitet. Bloß war das natürlich anstrengend und wenig lukrativ.

Und dann?
Dann hab ich in einer Zeitung eine Anzeige entdeckt. Da wurden Tänzerinnen gesucht.

Stripperinnen oder Tänzerinnen?
Na ja, Tänzerinnen, aber man hätte sich schon denken können, was dahintersteckt – bloß war ich damals schrecklich naiv. Deshalb bin

ich mit einer Freundin zusammen hingefahren, zum Vorstellungsgespräch. Die haben uns dann eröffnet, dass es um Go-go-Tanzen geht. Meine Freundin ist nach zwei Sätzen aufgestanden und gegangen. Ich bin geblieben.

Beim Go-go-Tanzen zieht man sich aber nicht aus, oder?
Nein, man behält seinen BH und seinen Slip an oder trägt sehr knappe Outfits. Kurze Hotpants oder bauchfrei etwa. Das sind die, die in den Clubs zum Beispiel auf einer Bühne oder in einem Käfig tanzen und anheizen.

Und du hast den Job gleich bekommen?
Ich musste vortanzen. Mir hat gar nicht gefallen, was ich gezeigt habe, aber der Chef war begeistert. Ich habe ja prinzipiell eine sinnliche Art, mich zu bewegen. Danach sollte ich eine entsprechende Ausbildung anfangen. Über zwei Jahre hinweg sind wir einmal die Woche zu einem Choreografen gefahren, den die engagiert hatten. Er hat uns alles Mögliche zu Blicken, Gesten, Erotik und so weiter beigebracht.

Aber nebenbei hast du schon getanzt?
Ja, genau. Der Rest kam einfach von selbst.

Und was war mit der Schule?
In die Schule bin ich auch noch gegangen. Was Schlaf angeht, war ich zum Glück schon immer relativ schmerzfrei. Ich war also wirklich Montagvormittag in der Schule, bin danach nach Hause, habe mich geduscht, bin nachmittags mit meinem Leuten von Berlin nach Kassel gefahren, habe da die ganze Nacht Table-Dance gemacht bis um fünf – und um acht war ich wieder in Berlin in der Schule. Das könnte ich heute wahrscheinlich nicht mehr. Wenn ich mal bis zwei oder drei Uhr nachts schreibe, bin ich am nächsten Tag fertig.

Wo in Kassel habt ihr getanzt?
Das war in der Nähe einer Kaserne, vor Soldaten.

Was haben deine Eltern dazu gesagt?
Die waren ein bisschen in der Zwickmühle. Einerseits fanden sie es gut, dass ich weiß, was ich will, auch beruflich, und Erfahrungen sammeln kann. Und sie wussten ja auch immer, wo ich gerade bin. Andererseits habe ich ihnen dann doch ziemlich bald erzählt, dass die Sache mit dem Go-go inzwischen vorbei ist und ich jetzt Striptease mache.

Hart für Eltern, oder?
Sie haben mir vertraut. Sie wussten, dass ich selbstbewusst bin und mich zum Beispiel niemals anfassen lassen würde.

Stimmte das denn?
Ja. Darum gehts für mich ja beim Striptease – dass man jemanden anheizt und ihm die Illusion gibt: Das kannst du alles haben. Aber es bleibt eben eine Illusion. Es spielt sich alles in der Fantasie ab.

Wenn deine eigene Tochter irgendwann strippen würde, wie fändest du das?
Ich würde es ihr nicht verbieten, Kinder machen ja sowieso genau das, was man ihnen verbietet. Aber ich würde versuchen, das Ganze zu kontrollieren und sie vor allen Dingen so zu erziehen, dass sie selbstbewusst genug ist, um über gewisse Dinge gar nicht nachzudenken.

Striptease bedeutet aber schon, sich komplett auszuziehen, oder?
Ja. Früher, als ich getanzt habe, hat man manchmal noch einen Tanga anbehalten, aber eigentlich zieht man sich aus. Der Trick der Stripperin besteht aber darin, trotzdem nichts Bedeutendes zu zeigen.

Wo hast du gestrippt?
In Clubs, Discotheken, auf privaten Parys. Auf der Reeperbahn war ich auch mal.

Und dann trägt man so Glitzerzeug?
Zum Beispiel. Ich hatte damals aber auch viele Kostüme. Sekretärin, Polizistin, Krankenschwester – die Klassiker.

Was ist der Unterschied zwischen Burlesque und Striptease?
Burlesque kommt noch aus einer anderen Zeit und wird auch immer noch so getanzt wie damals. Es ist, glaube ich, die noch leidenschaftlichere Form von Striptease. Du vermittelst beim Striptease dem Mann ja schon die Illusion, dass er dich haben könnte. Genau das tust du beim Burlesque nicht. Da transportierst du, dass du weit über dem Mann stehst und er dich niemals wird erreichen können. Dafür hat man all diese Details und Gesten, Fächer zum Beispiel.

Wo war dein erstes Mal?
Mein erstes Mal war ein krasser Einstieg. Das war in Sachsen in einer Rocker-Kneipe. Und Rocker sind ja schon ziemlich laut – und auch zahlreich. Und dunkel gekleidet und bärtig … Wir haben damals einen Contest inszeniert. Alle drei Frauen haben eine Vorstellungsrunde als Go-go-Tanz gezeigt und dann sollten die Jungs durch Klatschen eine Siegerin auswählen, die dann einen richtigen Strip hinlegt. Wir hatten das aber so abgesprochen, das die Erfahrenste von uns gewinnt – und das hat auch geklappt.

Dann musstest du selbst dich gar nicht richtig ausziehen?
Nicht richtig. Oben ohne war ich am Ende. Das war schon heftig genug.

Hattest du niemals Angst?
Nicht wirklich. Wir waren ja immer zu mehreren und hatten Bodyguards dabei. Damals in der Rockerkneipe war ich hauptsächlich

damit beschäftigt, mich um meine Bewegungen zu kümmern, wie sehe ich aus, was mache ich als Nächstes, wie wirke ich besonders erotisch?

Geht das denn, auf Knopfdruck erotisch zu wirken?
Ja.

Und ist das dann auch für dich erotisch?
Ich glaube, mir ist es wichtig, dass ich so wirken kann, wie ich möchte. Wenn ich will, dass mich jemand sexy findet, dann möchte ich das schon erreichen. Diese Bestätigung zu bekommen war mir damals sehr wichtig, glaube ich.

Geht es denn überhaupt ums Tanzen beim Striptease oder steht das Ausziehen komplett im Vordergrund?
Für mich ging es immer ums Tanzen. Darum wie ich mich bewege, was mein Körper kann und wie ich damit Stimmungen erzeuge. Ich habe den Eindruck, Tanz ist meistens irgendwie erotisch. Weil man zeigt, was der Körper alles kann. Bei Ballett geht es aber zum Beispiel darum, Unnahbarkeit zu demonstrieren. Das ist nun gar nicht mein Ding.

Wurden dir denn Scheine in den Slip gesteckt wie im Film?
Nicht wirklich. Wir waren ja gebucht. Doch es gab eine Veranstaltung, da hatte eine Disco uns engagiert – und auch bezahlt. Dann haben aber die Gäste mit jedem Getränk, was sie bestellt haben, Spieldollar bekommen – und für soundsoviel Dollar konnten sie sich einen eigenen Tanz kaufen – und uns dann auch Geld zustecken, was wir später umgetauscht haben.

Das klingt ja sehr intim.
Ja, schon. Strumpfbänder haben wir dafür getragen. Am Slip wurden nur Dollar in die Seite – also an die Hüfte – gesteckt.

Beängstigend?
Weniger. Einmal hat mich einer angefasst, das hat sich tatsächlich schlecht angefühlt. Um den hat sich dann der Bodyguard gekümmert. Das war aber das einzige Mal. Ich weiß nicht, ich bin ein positiver Mensch, ich glaube an das Gute in den anderen – und das erlebe ich dann auch.

Was hast du im Schnitt pro Auftritt verdient?
Damals so 150 bis 200 Euro für einen Strip oder für eine Abendshow 250 Euro.

Besser als in der Eisdiele.
Ja. Aber auch nicht mehr zeitgemäß. Man verdient viel weniger heute.

Warum?
Unter anderem weil inzwischen viele Osteuropäerinnen hier arbeiten. Das war auch der Grund, warum ich aufgehört habe. Wenn eine Polin kommt und einen Strip für 30 Euro hinlegt, und sich dann auch noch auf dem Boden räkelt und Spagat ohne String macht – da kann und möchte ich nicht mithalten.

Es wird also direkter?
Ja, und das bedeutet, die Qualität lässt nach. Heute finde ich von 20 Strips, die ich sehe, vielleicht einen noch gut.

Macht es so auch weniger Spaß?
Ich finde schon. Damals habe ich mir ganz viel Mühe mit meinem Kostüm gegeben, habe mir eine eigene kleine Geschichte ausgedacht, immer was anderes – diese Kreativität ist heute gar nicht mehr gefragt. Heute geht es um Arschwackeln, Sahne von der Brust lecken, fertig.

Wie jetzt, wer leckt die Sahne ab?
Na, der Kunde heute. Oder sie reiben dich mit Massageöl ein oder so was. Das hätte ich nicht gemacht.

Das ist ja auch schon deutlich mehr als reiner Striptease, oder?
Ja, ich glaube, die Grenzen verschwimmen heute. Das sehe ich kritisch. Deshalb hab ich aufgehört. Und weil ich mit 20 meinen Mann kennengelernt hatte und dann nicht mehr jedes Wochenende weg sein wollte.

Wussten deine Schulfreunde, dass du nach der Schule strippst?
Eigentlich nicht. Aber es gab zwei missliche Zufälle. Einmal bin ich gebucht worden für den 50. Geburtstag meines Lehrers. Das war wirklich krass. Ich bin als Polizistin in das Lokal reingekommen, so als ginge es um eine Lärmkontrolle. Das Geburtstagskind war wie verabredet auf einen Stuhl in der Mitte gesetzt worden. Ich habe angefangen zu tanzen und dann erst mittendrin gesehen, wer das ist. Da fragt man sich dann: Was machst du jetzt? Abhauen ging nicht, also hab ich das durchgezogen. Er hat das dann aber für sich behalten und gemeint, so lange meine Noten gut sind, ist es ihm egal, was ich sonst so mache.

Klar, er war ja auch beteiligt! Und die zweite Situation?
Da haben meine Schulfreunde alle Silvester zusammen gefeiert und ich sollte natürlich dabei sein. Ich hatte aber Auftritte. Silvester ist extrem gut bezahlt. Du tanzt die ganze Nacht durch, zehn, zwölf Auftritte und jedes Mal bekommst du 150 Euro. Das wollte ich mir nicht entgehen lassen. Also habe ich gesagt, dass ich meine Oma über Silvester besuche. Und dann komme ich kurz vor zwölf zu einem Privat-Auftritt – und zwar in das Haus eines Schulfreundes, wo gerade die ganze Klasse feiert.

Das ist nicht wahr.
Doch. Aber ich musste nicht strippen. Eine gute Freundin von mir wusste wohl, dass ich strippe, die wusste auch, dass ich lüge diesbezüglich, hat aber nichts gesagt, sondern hat mich von 23 Uhr bis ein Uhr gebucht, damit ich mit ihnen zusammen feiern konnte. Wir haben alle zusammen angestoßen, eine Runde gefeiert, auch mit dem Stripper, den ich noch dabei hatte, und dann haben wir meinem Chef erzählt, die Polizei sei wegen Ruhestörung gekommen, deshalb hätten wir nicht tanzen und somit auch nichts verdienen können. Das war ein gutes Silvester. Meine Freunde waren mir nicht böse und ich ihnen natürlich auch nicht.

Was hast du mit dem ganzen Geld angestellt, das du verdient hast?
Ausgegeben habe ich das. Das war schon krass. Wenn mir Schuhe für 300 Euro gefallen haben, dann habe ich die gekauft. Ich hatte tatsächlich kein realistisches Verhältnis zu Geld. Das ist der einzige Punkt, wo man sagen kann, dass der Job mich versaut hat.

Fühlt es sich nicht demütigend an, sich vor anderen für Geld auszuziehen?
Nein, komischerweise nicht. Es war ja alles meine Entscheidung. Ich habe getanzt, weil ich es wollte. Ich habe nie etwas getan, womit ich mich nicht wohlgefühlt habe. Ich hätte wirklich viel Geld

für eine Nacht im Bett bekommen können. Aber ich hatte meine Prinzipien. Ich wusste, bis dahin gehe ich, weiter nicht. Wenn ein Mann mich für Sex bezahlt, dann habe ich befürchtet, dass ich Dinge machen muss, die ich nicht will, weil er dafür zahlt. Das ging für mich nicht.

Wusste dein Mann, dass du strippst?
Das wusste er ganz schnell. Das war mir auch wichtig. Ich hatte davor schon viele Männer kennengelernt, ich war kein Kind von Traurigkeit. Sobald die aber erfahren haben, dass ich strippe, gab es nur zwei Reaktionen. Entweder: Super, dann können wir ja jetzt sofort vögeln, dann bist du ja leicht zu haben. Oder aber: Wenn wir zusammenkommen, musst du aufhören. Was anderes gab es nicht.

Die haben also das, was du auf der Bühne darstellst, auf dich als Privatperson übertragen.
Ja. Wenn mir die Männer gut gefallen haben, fand ich das auch nicht so schlecht und habe mich drauf eingelassen. Aber so entsteht eben keine Beziehung. Ich wusste, ein Mann, der wirklich Charakter hat, kann auch mit einer Frau umgehen, die strippt. Die anderen sind die Mühe nicht wert.

Du warst sehr selbstbewusst.
Ja, schon immer. Anders geht es auch nicht.

Und dein Mann war anders als die anderen?
Ja. An unserem ersten Abend habe ich ihm gesagt: »Du, ich fliege in einer Woche nach Kapstadt, um mir die Brüste vergrößern zu lassen, und Stripperin bin ich auch.« Da hat er gefragt: »Und wann kommst du wieder?« Das war alles. Aufs Strippen ist er gar nicht eingegangen. Später, als wir zusammen waren, ist er mal mit gekommen, zum Pudding-Catchen.

Pudding-Catchen?
Ja, das war echt ekelhaft. Schlamm geht ja, aber Pudding … Es war aber nun mal der Wunsch des Kunden. Da war dann mein Mann mit dabei.

Und er wollte nicht, dass du aufhörst?
Nee, deshalb war er ja so interessant. Aber wie gesagt, ich wollte dann einfach nicht mehr Samstagabend losfahren zu irgendeinem Auftritt, anstatt bei ihm zu bleiben. Ich habe aber auch plötzlich gemerkt, dass mich auch so ein ganz normaler Spiele-Abend echt glücklich machen kann. Dass ich das Adrenalin vom Tanzen, die Zuschauer, die Blicke, die Begeisterung, überhaupt das ganze wilde Nachtleben, gar nicht mehr brauche. Ich habe dann immer weniger Auftritte angenommen und irgendwann ganz aufgehört.

Es ging dir beim Strippen also auch um den Kick? Schlamm-Catchen statt Gesellschaftsspiele?
Ja, auf jeden Fall. Oder auf einer Box stehen, tanzen, mich ausziehen, Leute kennenlernen. Das hat mir auch noch lange Zeit immer wieder gefehlt.

Was machst du jetzt stattdessen?
Erst habe ich im Büro meines Mannes mitgearbeitet. Das hat mich aber nicht erfüllt, ich bin nun mal eher der künstlerische Typ. Dann hab ich mit dem Schreiben angefangen.

Wann ist dein Buch Ausgezogen *erschienen?*
Das war 2011. Ein Jahr später ist *Nackte Frau an Bord* erschienen. 2013 kam *Fuck me now and love me later* und im Frühjahr 2014 *Ein Gentleman genießt … und erzählt.*

Wie kamst du dazu, über deine Striptease-Zeit zu schreiben?
Ich habe nie ein Geheimnis aus meiner Vergangenheit gemacht. Man hat mir das auch früher noch mehr angesehen, glaube ich, weil

ich stärker geschminkt war oder einfach diesen Hüftschwung hatte. Wenn ich von der Zeit damals erzählt habe, wurde die Traube der Zuhörer stetig größer. Also dachte ich mir, dass das ein interessantes Thema zu sein scheint.

Wie bist du auf Nackte Frau an Bord *gekommen, ein Buch über Sex auf Kreuzfahrtschiffen?*
Mein Mann und ich verbringen unseren Urlaub gern gemeinsam auf Kreuzfahrtschiffen, oft auch mit Freunden. Und da gehts in der Regel ziemlich ab. Meine Kosmetikerin hat mal gesagt: »Wenn jemand eine Geschlechtskrankheit auf so ein Schiff schleppt, dann kann der Schiffsarzt alle behandeln.« Das fand ich relativ aussagekräftig.

Irgendwas muss man ja auch machen, während man so über die Meere tingelt.
Ja. So ein Schiff ist ja auch ziemlich groß, man hat also durchaus Auswahl. Als Single hätte ich auch gern auf einem Schiff gearbeitet. Das hätte bestimmt Spaß gemacht.

Fuck me now and love me later *ist ein Buch über One-Night-Stands, besonders über lustige, missglückte, peinliche Erlebnisse. War es schwer, dafür Interview-Partnerinnen zu finden?*
Nee. Ich habe das Wort »One-Night-Stand« noch nicht ganz ausgesprochen, da fangen die Frauen schon an, zu schnattern. Die Männer erzählen ja eher diese Helden-Geschichten, multiple Orgasmen und so weiter – Frauen haben da mehr Humor. Trotzdem mache ich jetzt ein solches Buch mit Geschichten aus Männerperspektive.

Sex wird oft als etwas Großes, Besonderes, Geheimnisumwobenes gedacht – bei dir klingt es wie eine ganz normale Sache.
Ja, das ist es ja auch. Und es ist auch total normal, dass es nicht immer klappt, das gehört dazu. Sex ist eine wunderschöne, aber auch

eine ganz natürliche Sache, ich weiß nicht, warum man damit so verklemmt oder moralinsauer umgehen sollte. Ich höre manchmal auch Kerle sagen: »Eine Frau, die mit mehr als fünf Männern geschlafen hat, ist eine Schlampe.« Da denk ich mir dann: Mensch, Leute, macht euch doch mal locker!

www.jana-förster.de

Das Interview führte Cornelia Jönsson.

VIERZEHN

ES IST MEHR ALS NUR PORNO

Petra Joy, 51 Jahre,
Porno-Produzentin, London

Eigentlich hatte Petra Joy alles perfekt vorbereitet. Sie hatte viele Monate damit verbracht, potenzielle Darsteller zu casten, Ideen zu entwickeln, Requisiten zu kaufen, Ausstattung, Crew und Catering zu organisieren. Sie hatte schöne Drehorte gefunden und als Unterkunft für die Darsteller und Darstellerinnen im Internet ein Haus gebucht, das auf den Fotos hell und freundlich aussah. Aber in der Realität entpuppte es sich als kalt und schmutzig. Sie brauchte einen ganzen Tag, bis sie mit einigen Helferinnen das Haus geputzt und Öfen zum Heizen dorthin gebracht hatte.

Am nächsten Tag klingelte dann ihr Telefon. Die Agentur, die ihr das Haus vermietet hatte, forderte sie auf, es sofort zu räumen: »Ich hatte die Buchung auf den Namen meiner Firma getätigt, und irgendwer in der Agentur hatte offensichtlich ›Petra Joy‹ gegoogelt und ging nun fälschlicherweise davon aus, dass wir in dem Haus einen Porno drehen wollten. Wir wurden behandelt, als hätten wir vor, von ihrem Haus aus ein illegales Drogenkartell aufzubauen.« Zum Glück konnte sie die Agentur überzeugen, dass dort wirklich kein Dreh stattfinden sollte, und sie durfte bleiben.

So etwas kann einem als Pornoproduzentin immer wieder passen. Pornografie hat nach wie vor einen schlechten Ruf, auch wenn schon seit vielen Jahren mehrere Produzentinnen dem Mainstream-Porno mit sogenannten »Frauen-Pornos« eine anspruchsvollere Alternative entgegensetzen. Petra Joy ist eine Porno-Produzentin, die seit zehn Jahren »andere« Filme produziert. Sie selbst mag den Begriff »Frauen-Pornos« nicht, sondern nennt ihre Filme »Pornos aus weiblicher Perspektive«, da Petra Kamera und Regie führt und sich durch Fantasien von Zuschauerinnen inspirieren lässt. Ihre Filme richten sich aber nicht exklusiv an ein weibliches Publikum, denn schließlich sind es nicht nur Frauen, die Alternativen zu den Mainstream-Pornos suchen.

Ihre erste Kamera hatte Petra im Alter von sechs Jahren bekommen, später studierte sie Geschichte und Filmwissenschaften. Ihre Abschlussarbeit schrieb sie über das Thema »Weibliche Sexualität im Nazi-Propaganda-Film«. Es war nie ihr Ziel gewesen, Porno-Produzentin zu werden, ganz im Gegenteil war sie früher sogar in der PorNO-Bewegung aktiv. Neben ihrem Studium hat sie in Kursen, Volontariaten etc. gelernt, Filme zu drehen, und arbeitete nach dem Studium als freie Regisseurin für das deutsche Fernsehen, unter anderem auch für das TV-Magazin *Liebe Sünde*.

2004 gründete sie einen erotischen Fotoservice für Frauen und Paare. Von ihren Kundinnen wurde sie immer wieder gefragt, ob sie nicht gute Erotikfilme empfehlen könnte. Doch da konnte sie nicht weiterhelfen. Ungefähr zur gleichen Zeit erlebte sie aufregende Abenteuer im Internet mit viel Cybersex. Sie genoss es sehr, dass Männer sich ihr vor ihrer Webcam präsentierten und sie als Frau die Voyeurin war. Aus diesen Erfahrungen entstand dann der erste Film *Sexual Sushi*. Es war ein kreatives Experiment, das sie gemeinsam mit einem befreundeten Pärchen drehte: »Die Chemie stimmte und die Funken sprühten beim Dreh. Es hat mir viel Spaß gemacht, die echte Lust in intimen und schön gedrehten Bildern einzufangen. Ich habe warm beleuchtet, Schatten stehen gelassen und zum Beispiel durch grob strukturiertes Material, das vor der Linse angebracht war, gedreht, damit spannende Bilder entstanden, die die Fantasie anregen. So habe ich meine kreative und künstlerische Handschrift entwickelt: Art-core statt Hard-core.«

Der erste Film kam so gut an, dass Petra Joy weitermachte. 2007 erschien ihr zweiter Film *Female Fantasies*, weitere folgten im Laufe der Jahre. Ihr reichte es nicht mehr, einfach nur gegen frauenfeindlichen Porno zu sein, sie wollte echte Alternativen schaffen. Mittlerweile hat sie sechs eigene Filme gedreht und fünf Porno-Anthologien mit den Filmen anderer Regisseurinnen unter dem Titel *Her Porn* als Kuratorin herausgebracht.

In Petra Joys Filmen wird die Frau als Heldin gezeigt: Sie bekommt, was sie will, und wird von dem Mann oder den Männern verwöhnt. In den Kameraeinstellungen wird nicht nur die Frau bzw. deren Geschlechtsteil gezeigt. Sondern auch der Körper des Mannes, die Muskeln, Hände, Hintern und vor allem Gesichter. Es gibt Szenen, die in den üblichen Pornos nicht zu sehen sind: männliche Bisexualität, solo masturbierende Männer oder einen Dreier mit Männern, die die Frau beide gleichzeitig bis zum Orgasmus lecken, statt zwei Frauen, die dem Mann einen Blowjob geben – sozusagen alles mit umgekehrten Vorzeichen. Denn heterosexuelle Frauen wollen Männer anschauen, nicht immer nur Frauen.

Ihre Filme sollen auch nicht einfach nur anmachen, oder schön und sexy sein. Petra Joy möchte mit den Filmen Tabuthemen aufgreifen und Perspektiven verändern. Deswegen hat sie auch erstmals mit einer 58-jährigen Frau gedreht. Es stört sie, wie ältere Frauen in der Erotikbranche repräsentiert werden – immer am Rande der Diskriminierung.

Petra arbeitet fast ausschließlich mit Laien. Sie möchte echte Lust zeigen und nicht antrainierte Bewegungen oder vorgetäuschte Orgasmen. Ihre Akteure kommen aus allen möglichen Berufen: Hebamme, Koch, Surflehrer, Tantra-Masseur, Musikerin. Aber eines haben sie gemeinsam: Sie tun es nicht für das Geld. Sie glauben daran, dass die Zeit reif ist für Pornos aus weiblicher Perspektive. Sie haben keine Ambitionen, Pornostar zu werden. Sie leben von anderen Jobs.

Am Anfang hatte Petra Joy die Darsteller_innen über Flyer, die in Frauensexshop ausgelegt wurden, gesucht. Diejenigen, die sich darauf melden, sind nicht immer die Zuverlässigkeit in Person, kriegen beispielsweise kurz vor dem Dreh doch noch Angst, in einem Porno mitzuspielen. Im Laufe der Zeit kamen immer mehr Menschen auf Petra Joy zu, die über Mundpropaganda von ihr gehört haben.

Vereinzelt arbeitet sie auch mit Semiprofessionellen, die sie persönlich auf Herz und Nieren geprüft hat. Die berichten ihr dann von anderen Drehs, die eher einer Fleischbeschau gleichen. Dort werden die Darsteller und Darstellerinnen oft »wie Dreck« behandelt, Grenzen werden nicht eingehalten oder mitten im Dreh ausgereizt, indem man ihnen 50 Euro mehr Gage verspricht. Bei Petras Produktionsbedingungen gilt Mitspracherecht und Teamwork. Im Vorfeld wird über die Idee des Films gesprochen. Es läuft viel über Vertrauen und Kommunikation. Die Akteure lernen sich und ihre Grenzen kennen, aber auch ihre Fantasien, die sie im Film umsetzen möchten. Alle verbringen bereits vorab viel Zeit miteinander. Bei der ganzen Arbeit und während des Drehs geht es darum, Spaß zu haben und etwas Besonderes einzufangen, was noch niemand so gedreht hat.

In Sachen Sex gibt es kein Drehbuch, sondern die Möglichkeit, die eigenen Wünsche vor der Kamera auszuprobieren. Bei normalen Pornos ist dies nicht üblich. Dort werden die Leute gebucht, kommen zum Set und dann heißt es »Ready, steady, fuck«.

Bei Petras Produktionen entstehen sogar Freundschaften, die über Jahre hinweg andauern. Eine Darstellerin aus dem ersten Dreh von 2004 war zehn Jahre später bei dem neuesten Projekt auch wieder mit dabei. Petra kann sich nicht vorstellen, ein rein finanziell orientiertes Projekt durchzuziehen und mit den Darstellern nach dem Dreh keinen Kontakt mehr zu haben. Für sie geht es nur gemeinsam als »creative, kinky family«.

Aber bei aller Herzlichkeit ist Petra Joy eine Perfektionistin. Sie möchte jeden einzelnen ihrer Filme so authentisch, kreativ, aufregend und einzigartig gestalten wie nur möglich. Den neuesten Film, den sie im Herbst 2013 gedreht hat, hat sie ein Jahr lang vorbereitet, die letzten zwei Monate sogar Vollzeit daran gearbeitet. Andere haben Castingdirektoren oder Requisiteneinkäufer, Petra organisiert alles selbst. Sie kümmert sich nicht nur um die Finanzierung. Sie bucht auch Kameraequipment, stellt Crewmitglieder ein, führt mehrstündige Castingvorgespräche live oder über Skype, kauft Requisiten ein, sucht Locations, arbeitet am Storyboard, baut die Geschichte auf, macht Regie, führt die Hauptkamera, schneidet die Filme selbst und übernimmt den Vertrieb in Eigeninitiative. Lediglich beim Dreh arbeitet sie mit einer Freelance-Crew, die sie unterstützt. Der letzte Dreh hat insgesamt zwei Wochen gedauert.

Petra will bei jedem Detail mitreden. Sie ist zwar keine ausgebildete Cutterin, aber sie macht den Vorschnitt und braucht dafür ungefähr zwei bis drei Monate. Danach bearbeitet sie mit einem Cutter den Feinschnitt, die Ton-Mischung, das Einfärben der Bilder. Die DVD wird von ihr mit einem Grafiker designt und dann von ihr vertrieben.

Ein Film kostet sie insgesamt circa 30.000 bis 40.000 Euro, ein eigenes Gehalt ist darin nicht eingeschlossen. Selbst wenn die Filmcrew weniger Honorar nimmt als sonst, weil alle Lust auf das Projekt haben, muss sie pro Drehtag im Schnitt 4.000 Euro hinlegen: für Location, Catering, Equipment, Crew, Darstellerhonorare. Viele große Studios können günstiger produzieren, weil sie feste Locations und fest angestellte Mitarbeiter haben. So können sie zum Beispiel in Osteuropa viel billiger und fast am Fließband produzieren.

»Mir ist meine künstlerische Freiheit wichtiger als finanzielle Sicherheit. Ich finanziere meine Filme selbst und habe deshalb die Freiheit, das in meinen Filmen zu zeigen, was ich wichtig und heiß finde.« Tatsächlich kann sich die Produzentin bei den horrenden Investitionen erst mal selbst kein Geld auszahlen. Sie ist froh, wenn sie die Kosten nach zwei bis drei Jahren wieder reinholt und einen bescheidenen Profit macht und sich dann endlich etwas selbst auszahlen kann. Aber wenn Profit die einzige Motivation wäre, würde ihr die Arbeit keinen Spaß mehr machen. Sie sagt: »Das wäre seelenlos und dann könnte ich genauso gut in einer Fabrik arbeiten. Für mich muss Arbeit Sinn machen und eigene Werte widerspiegeln. Ich kann meine Seele nicht verkaufen, um Kohle zu verdienen.«

Petra leiht sich oft viel Geld und jongliert mit Krediten, um ihr Leben und ihre Projekte zu finanzieren. Sie dreht auch noch Werbefilme oder gibt Workshops, schreibt Bücher und macht den Vertrieb für andere Filmemacherinnen.

Das alles funktioniert jedoch nur, weil sie nicht anspruchsvoll ist und wenig braucht zum Leben. Es kommt ihr nicht darauf an, sich ständig Neues zu kaufen. Zeit ist ihr wichtiger. Irgendwie geht es in der Regel, stellt sie fest, sie war noch nie fest angestellt, sondern hat sich immer freiberuflich durchgeschlagen. Sie weiß vorher nie, ob sie das investierte Geld wieder reinholen wird. In jedem Film stecken ihre persönlichen Ersparnisse, das Geld vom Firmenkonto und ein Kredit. Aber sie hofft und bleibt positiv. Manche Menschen schütteln den Kopf über diese kreative Selbstausbeutung, andere bewundern sie für ihre Stärke und ihr Durchhaltevermögen.

Die Zeiten, in denen man mit Pornos ganz einfach reich werden konnte, sind schon lange vorbei. Das Internet mit seinen unbegrenzten Möglichkeiten gräbt den Firmen das Wasser ab. Zu jeder Vorliebe, zu jedem Fetisch gibt es unzählige Webseiten mit kostenlosen Bilden und Filmen. Hinzu kommen die Angebote vieler Amateure, die sich gerne kostenlos freizügig im Internet zeigen. Filme können einfach kopiert, weitergegeben oder ins Internet gestellt werden.

Auch die Gesetze tragen einen Teil dazu bei, dass man mit Pornos nicht so leicht Geld verdienen kann. Man könnte darüber diskutieren, wie weit das deutsche Jugendschutzgesetz sinnvoll oder überzogen ist. Fakt ist: Man darf für Pornos nicht öffentlich werben, sobald Minderjährige davon Kenntnis nehmen könnten. So ist es schwer, potenziellen Interessenten über die »etwas anderen« Filme zu informieren. Dabei ist es egal, ob es gewaltverherrlichende Mainstream-Filme sind oder alternative Angebote. Da gilt: Wenn Schamlippen gezeigt werden, ist es Porno. Und davor müssen Jugendliche geschützt werden. Deswegen darf man Pornos in Deutschland auch nicht einfach per Post versenden, das Päckchen könnte ja das Kind entgegennehmen. Eine Alternative dazu wäre eine Altersverifikation, aber dann kann sich der Postbote ziemlich genau denken, was man bestellt hat. Davor schrecken viele zurück.

Der Direktverkauf an private Kunden ist also nicht einfach bzw. mit rechtlichen Risiken behaftet. Der Verkauf an Großhändler hat gewisse Vor- und Nachteile. Von Vorteil ist, dass die Großhändler viele Shops und Videotheken erreichen, die man sonst alle einzeln ansprechen müsste. Der Nachteil ist, dass die Großhändler viel weniger zahlen als die Direktkunden, weil sie ja auch noch daran verdienen möchten. Und wenn ein Großhändler den Film als un-

interessant betrachtet, dann kann man als Produzentin wenig dagegen machen. Dann kommt man in den Markt einfach nicht rein.

Die für ihre Filme mehrfach ausgezeichnete Produzentin erholt sich von ihrer Arbeit am liebsten in der Natur. Vielleicht liegt es mittlerweile auch an ihrem Alter, dass Petra Joy diese laute Welt der Festivals und Partys nicht mehr so wichtig ist. Sie hat viel gesehen und erlebt. Jetzt ist sie gerne alleine, schweigend in der Natur. Sie lebt am Meer, liebt Strand-Spaziergänge und beobachtet mit Ferngläsern Tiere in Naturschutzgebieten. Das gibt ihr Ruhe und Kraft, den Bezug zu etwas Größerem. Die Natur ist schützenswert und stellt Petra in einen größeren Kontext. Porno ist nur ein Thema in ihrem Leben.

Im Jahr 2013 ist sie zum ersten Mal seit einer Ewigkeit in den Urlaub gefahren. Dort hat sie mit ihrem Partner drei Jubiläen gefeiert: ihren 50. Geburtstag, zehn Jahre Beziehung und zehn Jahre Pornoproduktion.

Wenn Petra an diese Zeit zurückdenkt, merkt sie, dass sich in den letzten zehn Jahren viel geändert hat. Es ist mittlerweile klar geworden, dass Kunst und Porno zwei Seiten derselben Medaille sein können, sie schließen sich nicht immer aus. Das Genre ist von der alternativen Pornobewegung revolutioniert worden, von unabhängigen Produzent_innen, die sich getraut haben, Pornoregeln zu brechen – viele davon sind weiblich. Es werden immer mehr alternative Pornos produziert und ein größeres Spektrum an Sexualität gezeigt. Es gibt Events wie das Pornfilmfestival in Berlin, Cinekink in New York oder das Sexfilmfestival in Zürich. Alternative Pornos sind immer wieder ein wichtiges Thema in den Medien und damit werden Menschen erreicht, die vielleicht noch nie im Sexshop waren oder Pornos geschaut haben, sich aber für Sexualität durchaus interessieren. Immer mehr Frauen nehmen die Kamera in die Hand und verfilmen ihre Fantasien. Es wird mehr Networking untereinander betrieben. Petra hat das Gefühl, am Puls der Zeit zu arbeiten und Dinge zu tun, die den Leuten am Herzen liegen.

Solange es passt und sich Crew und Darsteller finden, könnte es weiterhin alle paar Jahre einen neuen Film geben. Schließlich sind Feminismus und Sexualität immer noch zentrale Thema für Petra Joy. Dennoch möchte sie »irgendwann« weniger arbeiten. Sie reist bereits weniger, nimmt nicht mehr jede Einladung zu Festivals an.

Jetzt, wo sie älter wird, dürfen auch andere Interessen von ihr nicht mehr zu kurz kommen. Mittlerweile sind ihr Tierrechte und Umweltschutz sehr wichtig. Im letzten Jahr hat sie bereits einmal in der Woche ehrenamtlich im Tierheim gearbeitet. Ihr Traum ist die Eröffnung eines eigenen Tierheims und vielleicht auch Filme zu diesem Thema zu drehen. Am liebsten wäre es ihr, sie könnte drei Tage Pornos drehen, zwei Tage frei haben und die restlichen zwei Tage der Woche für den Tierschutz arbeiten. www.petrajoy.com

Text verfasst von Silke Maschinger.

FÜNFZEHN

FRAUEN, MACHT EUCH WENIGER STRESS!

Vanessa Eden, 36 Jahre, Erotikcoach, ehemalige High-End-Escort-Dame und Autorin, Bayreuth

Vanessa lebt im oberfränkischen Bayreuth, das eingebettet ist in eine romantisch anmutende Hügellandschaft. Dass sie einst als Escort-Dame gearbeitet hat und ihre Erkenntnisse aus dieser Zeit jetzt an Frauen weitergibt, scheint so gar nicht in diese Region zu passen. Aber gerade im konservativen Bayern ist die Nachfrage nach ihrem Erotikcoaching groß.

»Meine Beratung findet vor allem über das Gespräch statt«, sagt Vanessa. »Frauen kontaktieren mich, weil sie sich mit ihrer Sexualität auseinandersetzen möchten. Sie wollen zum Beispiel wissen, wie sie ihr Sexleben aufpeppen und wieder Schwung ins Ehebett bringen können. Besonders häufig sind meine Klientinnen auch frisch geschieden. Diese Frauen haben ihr altes Leben hinter sich gelassen. Ihnen brennen viele Fragen unter den Nägeln. Sie wollen ihre Sinnlichkeit neu entdecken und erfinden. Da geht es dann nicht in erster Linie um die Sexualität in einer Partnerschaft. Die eigene Entwicklung steht im Vordergrund.«

Vanessa überlegt dann gemeinsam mit ihren Klientinnen, wie diese künftig auf Männer zugehen, welches Bild sie abgeben wollen. Dazu gehören sowohl innere als auch äußere Veränderungen und eine Schulung im Flirten. Manchmal sieht sich Vanessa mit ihren Frauen im Internet um. Was gibt es dort für Möglichkeiten des Kennenlernens und des erotischen Ausprobierens? Sie begleitet die Damen auch schon mal auf kleinere Ausflüge in Sexshops und zeigt ihnen dort das Sortiment. Um den Abbau von Berührungsängsten geht es zuallererst. Danach kommen die Fragen von ganz allein: nach schönen Dessous, zum Beispiel. Da wird Vanessa auch schon mal zur Einkaufsberaterin. Gut, dass sie auch Farb- und Stilberatung anbietet. Obendrein studiert sie derzeit Psychologie. Ihre Erfahrungen aus dem erotischen Milieu des Escort und ihre psychologischen Erkenntnisse ergänzen sich in der Beratung ganz hervorragend. Wenn eine Frau nach einer langjährigen Beziehung noch einmal ihre Sexualität neu entdecken will, ist das ein längerer Prozess. So etwas findet nicht von heute auf morgen statt. Deshalb begleitet sie Vanessa auch über einen längeren Zeitraum. Schaut, welche Fragen sich ergeben.

»Oft geht es darum, Ängste abzubauen. Frauen sind derart kritisch mit ihrem Körper, sie trauen sich nicht, beim Sex auch mal oben zu sitzen, weil der Busen hängen oder eine Speckfalte zu sehen sein könnte.«

Vanessa versteht diese Sorgen gut. Früher hatte auch sie ein gespaltenes Gefühl zu ihrem Körper. »Wir werden dazu erzogen«, sagt sie, »überkritisch mit uns selbst zu sein. Das wird weitergegeben – auch von den Müttern.«

Heute weiß Vanessa, dass das alles Blödsinn ist, weil Männer das gängige Schönheitsideal im Zweifel gar nicht oder wenig interessiert. »Viel wichtiger«, erzählt sie, »ist es ihnen, dass die Frau Spaß im Bett hat und lustvoll genießen kann. Das entspannt das Sexleben ungemein.«

Eine wichtige Erkenntnis hat Vanessa aus ihren Treffen mit den Männern von Welt mitgenommen. »Ich hatte nie den perfekten Körper. Wer hat den schon? Die Männer haben mich trotzdem gebucht und 2.000 Euro für eine Nacht mit mir bezahlt.«

Unter anderem deshalb ist Vanessa heute auch in ihrer privaten Sexualität ganz entspannt und natürlich. »Ich weiß, was ich Männern gegeben habe. Das war einer der Gründe, warum ich den Job überhaupt so lange machen konnte.«

Sechs Jahre war sie im High-End-Escort tätig und hat die unterschiedlichsten Männer getroffen. Nicht allen Männern gefällt sexuell das Gleiche. Das ist für viele Frauen neu und erst einmal ein Lernprozess.«

Von Vanessa erhoffen sich die Damen oft Standardlösungen fürs Bett, für ihre Attraktivität. Die jedoch gibt es nicht – auch wenn sie augenzwinkernd gesteht, dass ein paar Verallgemeinerungen dann doch auf 90 Prozent aller Männer zutreffen.

Warum die Frauen aber zu ihr ins Erotikcoaching kommen, anstatt sich anonym und preisgünstig einen Erotikratgeber downzuloaden, will ich wissen.

»Bücher können zwar aufklären und viel über Techniken und Stellungen erzählen, sie helfen aber nicht bei der Umsetzung ins reale Leben. Eben weil die Unsicherheit und die Scham oft viel zu groß sind, um das neue Wissen und die geheimen Wünsche tatsächlich mit einem Partner auszuprobieren.«

An dieser Stelle setzt Vanessas Coaching an. Sie stärkt den Frauen den Rücken und plaudert frei und offen über Intimes. Das spüre ich bei unserem Interview. Es fällt leicht, mit ihr über scheinbare Tabuthemen zu sprechen.

Ganz wichtig ist ihr deshalb auch der Kommunikationsaspekt in Beziehungen. Kann ein Paar offen über sexuelle Wünsche sprechen, um dann zu überlegen, wie sie gemeinsam Raum dafür schaffen können? Die Lust aufs sexuelle Experimentieren kommt mit dem gegenseitigen Vertrauen quasi von allein. Es gehört aber auch dazu, Grenzen aufzeigen zu können, will man sich fallen lassen. All das sind Fähigkeiten, die erst einmal gelernt sein wollen, gerade im sexuellen Bereich.

»Lesen Sie einen Erotikratgeber doch mal gemeinsam mit Ihrem Partner«, rät Vanessa. Das könnte ein erster Schritt zur Kommunikation über erotische Zufriedenheit sein. Doch bereits dieses Vorhaben setzt Kommunikationsstrukturen voraus.

»In vielen Fällen«, weiß sie, »spalten Männer die Frauenwelt noch immer in Heilige und Hure auf. Die Heilige ist per se die Ehefrau. Dass die den Schwanz des Mannes in den Mund nimmt und später die gemeinsamen Kinder küsst, ist für viele Herren der Schöpfung eine gruselige Vorstellung. Dafür suchen sie außer Haus die sexuelle Erfüllung und beschweren sich dann über die eigenen Frauen, die so etwas ja nicht machen.«

Vanessa kennt solche Geschichten zuhauf aus dem Escort-Bereich. Deshalb räumt sie ein, dass auch Männer gut ein Coaching in Sachen Erotik brauchen könnten. Aber nach all den Jahren der Arbeit für die Männer genießt sie es heute, ganz bei den Frauen zu sein und sie dabei zu unterstützen, ein gutes Körper- und Selbstwertgefühl zu entwickeln. Außerdem wisse sie selbst nunmal mehr über das männliche Verlangen. An dieser Stelle stutze ich und horche überrascht auf. Sie selbst sei aber doch eine Frau, presche ich vor, sie wisse doch daher schon sehr viel über weibliches Begehren, allein aus der Innensicht heraus.

»Schon«, sagt sie, »aber auch Frauen begehren sehr unterschiedlich und da ich wenig Sex mit Frauen hatte, kenne ich diese Formen natürlich nicht in allen Facetten.«

Diese Sicht leuchtet ein und macht klar, wo Vanessas Kompetenzen auch liegen: In ihren vielfältigen Erfahrungen, auf die sie stolz ist, weil sie dadurch eine Menge über männliche erotische Wünsche gelernt hat und sich ihr Welten erschlossen haben, die anderen Frauen in der Regel verschlossen bleiben.

Genau deshalb kommen die Frauen schließlich zu ihr und gehen nicht in eine der anderen Beratungsstellen, die es für den Bereich Sexualität auch noch gibt. Oft schwingt bei diesen Angeboten eine moralische Komponente mit. Wer wählt schon ein kirchliches Angebot, wenn er sich nach einer langjährigen ermüdenden Ehe endlich aus deren Fesseln gelöst hat und sich jetzt – auch sexuell – austoben möchte? In unserer Gesellschaft werden Sexualität und Partnerschaft noch sehr häufig zusammengedacht. Allem anderen hängt etwas Anrüchiges an. Bei Vanessa hingegen ist keine moralische Wertung zu erwarten, und genau das wissen die Frauen auch zu schätzen.

»Das Setting hat natürlich auch immer etwas Therapeutisches. Denn Coaching will ja genau das erreichen: Die Frau kommt über das Sprechen selbst auf Lösungsansätze, die sich im offenen Austausch ergeben und findet deshalb auch in ihre Kraft.« In ihren Beratungen stellt Vanessa immer wieder fest, dass sich Frauen aus einem erlernten und oft auch übergestülpten Rollenverständnis zu lösen versuchen.

Vanessa ist nicht mehr im Escort tätig, seit sie wieder in einer festen Partnerschaft lebt. »Die könnte sonst Schaden nehmen«, befürchtet sie. Außerdem genießt sie gerade sehr die andere Seite der Sexualität: Exklusivität, Intimität, Privatheit. Ganz ausschließen würde sie eine Rückkehr in den Escort aber nicht, weil das Leben nicht planbar ist. Diese Offenheit zeichnet Vanessa aus. So war auch ihre damalige Entscheidung für den Job eine spontane, ja sogar eine, die aus einer persönlichen Krise heraus geboren wurde. Nachdem einige Partnerschaften nicht funktioniert hatten und sie weit weg von der Ursprungsfamilie in der Schweiz lebte, fand sie nicht so recht Anschluss.

»Ein Klammeräffchen deluxe war ich«, sagt sie über sich selbst und wundert sich in der Rückschau nicht, dass die Männer sich eingeengt fühlten. »Ich habe sie ja förmlich zerquetscht mit meiner Anwesenheit.«

Das ist Vanessa eben auch, selbstironisch und humorvoll. Sie wagt den Blick ins Eingemachte und scheut sich nicht, über sich selbst zu sprechen. Dazu kam, dass sie ihren Job in der Gastronomie als extrem unbefriedigend erlebte. In den Pubs und Bistros, in denen sie arbeitete, lernte sie aber auch Männer aus ihrer späteren Branche kennen. Die sprachen sie an. »Das ist ein Phänomen«, sagt sie, »für eine Deutsche in der Schweiz. In Deutschland habe ich so etwas nie erlebt. Die Schweizer scheinen offener mit dieser Thematik umzugehen.«

Damals erst 21-jährig, lehnte sie diese Angebote noch ab. Erst als ihre Beziehung dramatisch zerbrach, fällte sie noch am selben Tag eine Entscheidung. »Ich hatte einfach keine Lust mehr auf Beziehung und ich hatte die Nase voll von der Gastronomie.«

Ihr erstes Treffen mit einem Mann organisierte sie über eine Escort-Agentur. Ihr Kunde war zwischen Mitte und Ende 50. Vanessa traf ihn bei ihm zu Hause. Dafür musste sie erst einmal reisen. Ins Engadin, eine immerhin zweistündige Autofahrt. Dann aber war sie positiv überrascht, ja geradezu begeistert.

»Er wusste, dass er mein erster Kunde war, und trug mich auf Händen.« Ein krasser Gegensatz zu ihrer gerade verflossenen Liebe. »Er hat wirklich alles für mich getan, mich massiert, mich immer wieder gefragt, ob es mir gutgehe. Und bezahlt hat er auch noch dafür.« Diese Erlebnisse setzen sich erst einmal so fort.

Das lag sicher auch an der Selbstdarstellung in Vanessas Profil. Sie suchte Begegnungen auf Augenhöhe, verlangte auch ein Foto von ihrem Kunden. Dabei ging es ihr nicht wirklich darum, wie der Herr aussah. Vielmehr zeigte sie mit diesem Verhalten, dass sie sich in keine Abhängigkeit begeben würde. Sie entscheidet genau wie der Mann, wen sie trifft.

»Männer, die sich darauf einlassen, suchen im Regelfall auch genau das. Eine gleichberechtige Frau mit eigener Meinung und Haltung, das schätzen sie.«

Natürlich gibt es die schwarzen Schafe, solche, die sich nicht zu benehmen wissen. Diese Treffen brach Vanessa frühzeitig ab. Das trug auch zu ihrem Sicherheitsgefühl bei. Sie war nicht naiv, achtete immer auf die Umgebung, in der sie sich befand, und auf die Umgangsformen eines Mannes.

Ihre Eltern freilich machten sich schon Sorgen. Sie wussten, was die Tochter tat, und machten ihr keine Vorwürfe. Jedoch blieben Ängste zurück. Unbegründet, wie Vanessa findet. »Ich bin stets bewusst mit meiner Tätigkeit umgegangen. Offene Augen und Ohren gehören dazu.« Übergriffsituationen hat sie keine erlebt.

»Es ist totaler Quatsch, Sexarbeit zu verbieten«, sagt Vanessa. »Lediglich eine moralische Komponente steht hinter dieser Diskussion, sonst gar nichts. Ich bin mir nie gekauft vorgekommen und habe mich immer freiwillig dazu entschieden, den gemeinsamen Sex mit Männern zu teilen. Es herrscht bei den Herren im Escort vor allem unglaublich viel positive Stimmung. Ich habe so viel Dankbarkeit zurückbekommen für meine Tätigkeit, so viel Wertschätzung erlebt in meinem Job. Das ist ganz weit weg von jeder Form von Vergewaltigung.«

Deshalb wünscht sich Vanessa auch, dass die Stigmatisierung in der Gesellschaft aufhören soll. »Dahinter steckt lediglich die Angst, es könnten plötzlich alte Gefüge aufbrechen und Sodom und Gomorrha über uns kommen. Da ist die Angst vor dem Betrug in der Partnerschaft, die über derartige Verbote eingedämmt werden soll. Das kann aber doch gar nicht funktionieren.«

Escort hat für Vanessa natürlich auch eine hervorragende Verdienstquelle bedeutet. Allem voran aber steht das Geld für ihr Ansehen und ihre Anerkennung: in der Gesellschaft und bei den

Kunden. »Ein Wert kann unterschiedlich bemessen werden. Mal abgesehen von dem Gedanken, dass ein Mensch per se wertvoll ist, kann ich eine Dienstleistung aber auch am Geldwert messen, und das ist beim High-End-Escort ein gängiger Maßstab.«

Die Männer, die Vanessa traf, hatten meistens Bildung, Benehmen und die Bereitschaft, sich auch so zu geben. »Ich war nie billig. Die Männer mussten sich auch um mich bemühen.«

Sicher ist ihre private Sexualität etwas anderes, aber nie hat sich Vanessa zu ihrem Job gezwungen gefühlt, im Gegenteil: »Er hat mir Selbstbewusstsein und Selbstvertrauen gegeben und das Gefühl, den Männern etwas Wertvolles zu schenken.«

In ihren Coachings kann sich Vanessa heute auch vorstellen, mit Paaren zu arbeiten. Dabei legt sie aber großen Wert auf die Bedürfnisse der Frauen. »Es gibt im Bereich Erotik schon so viel für die Männer«, sagt sie. »Bordelle und Pornos und Escort-Damen. Für Frauen gibt es vergleichsweise wenig.«

Einen Escort-Service für Ladys kennt sie, eine Vielzahl mehr für die Herren. Das liegt natürlich auch daran, dass die Frauen wählerischer sind. »Männer, die nicht küssen können, sind bei mir gleich unten durch«, verrät sie.

Wenn sie eine Botschaft hat, die sie in die Welt tragen will, dann die: »Macht euch nicht so viel Stress, liebe Frauen. Sex ist kein Hochleistungssport und eure Männer lieben euch dafür, wenn ihr den Sex entspannt genießen könnt und euren Körper selbst wertschätzt. Jede kann selbst dazu beitragen, dass sich beim partnerschaftlichen Sex etwas zum Positiven verändert.«

Wer jetzt Lust bekommen hat, Vanessas Erotikcoaching einmal selbst in Anspruch zu nehmen, muss mit einem Preis von 80 bis 100 Euro die Stunde rechnen und mindestens zwei Stunden einplanen.

www.vanessa-eden.eu

Text verfasst von Tanja Steinlechner.

SECHZEHN

KÖRPERREISEN

Lisa, 58 Jahre, Dresden, Sexualbegleiterin und Tantra-Masseurin

Es gibt nicht so viele Sexualbegleiterinnen, oder?
Na ja, nicht viele, die sich öffentlich dazu bekennen. Es gibt ja auch einige professionelle Huren, sag ich mal, die das auch für Behinderte anbieten und da keine Abstriche machen, die das aber nicht laut sagen dürfen, weil die übrigen Klienten, die sie haben, dann sagen: Was? Mit solchen Idioten gibst du dich ab? Das ist so ein Irrtum, dass Menschen mit einer Behinderung bekloppt sind.

Du hast einen unüblichen Beruf – wie bist du darauf gekommen?
Übers Tantra. Und zum Tantra bin ich gekommen, weil ich Arbeit gesucht habe. Gelernt hab ich Fachverkäuferin, ich habe Handelsökonomie studiert, war Büroassistentin die letzten Jahre und wurde dann arbeitslos. Im Arbeitsamt haben sie mir damals gesagt: Mit Ende 40 können wir sie nicht mehr in den Arbeitsmarkt integrieren.

Als ich Zeitungsannoncen durchgelesen habe, war da eine Anzeige drin: *Suchen Frauen, die gerne massieren für erotische Massagen. Bilden selbst aus.* Ich massiere gern. Unter »erotisch massieren« konnte ich mir nichts vorstellen. Mein damaliger Freund sagte: »Hey, massieren kannst du doch – und Erotik erst recht!«

Fand er das nicht anstößig?
Nein, das war ein sehr offener Mensch. Unsere Beziehung war auch sehr offen. Wir haben uns viele Freiheiten gelassen. Ich sage immer: Was ich dir nicht erfüllen kann in der Sexualität – da draußen gibts genug, die dir deinen Wunsch erfüllen können. Wir waren damals auch zusammen in Swingerclubs. Das war eine spannende Zeit.

Und dann hast du also die Ausbildung angefangen.
Genau. Ich fand sie wahnsinnig interessant. Ich habe auch gemerkt, dass ich von Massage nicht viel Ahnung hatte, und dann noch sehr viele Ausbildungen gemacht – Shiatsu, Yoga-Massage, Lumilumi, Hot-Stone – alle möglichen konventionellen Massagetechniken. Und so habe ich eben auch die Tantra-Massage kennengelernt.

Wie war das für dich?
Beim Tantra hab ich viel über mich gelernt. Mich selbst mehr zu achten, mehr zu lieben. Den Menschen, mit dem ich in Berührung komme, so zu lassen, wie er ist. Den Menschen da abzuholen, wo er ist, und ihn nicht irgendwie verbessern zu wollen.

Und wie kam die Sexualbegleitung ins Spiel?
Das Tantra-Studio, in dem ich damals arbeitete, ist angesprochen worden von Menschen, die in der Intensivpflege tätig waren. Ein Bewohner wollte die Schwestern bei der Körperpflege dazu bewegen, mehr zu tun, ihn im Intimbereich zu berühren. Dafür ist Pflegepersonal nicht geeignet und nicht ausgebildet und auch nicht vorgesehen. Die Chefin hat eine Lösung gesucht, wie sie ihre Frauen besser schützen, aber dem Mann auch sein Bedürfnis erfüllen kann. Und das habe ich mir angekuckt. Damals konnte ich mit Behinderungen aber gar nichts anfangen, das war für mich ein völlig fremdes Feld. Ich bin unverrichteter Dinge wieder gegangen.

Es hat mir aber keine Ruhe gelassen. Ich habe dann gegoogelt und bin auf Lothar Sandfort gestoßen, in Trebel, und dann bin ich gleich zu ihm gefahren, um von ihm zu lernen.

Wer ist Lothar Sandfort?
Das ist ein Psychologe, der selbst seit einigen Jahren eine Behinderung hat, aber auf seine Sexualität nicht verzichten wollte. Jetzt bildet er Sexualbegleiterinnen aus.

Wie funktioniert diese Ausbildung?
Erst mal war ich schockiert und dachte: Oh Gott, das kannst du nicht, am besten fährst du gleich wieder nach Hause.

Was passiert denn?
Lothar Sandfort führt im Grunde erotische Wochenenden in Trebel durch. Menschen mit Behinderung, die etwas über ihre eigene Sexualität erfahren möchten und von ihm dabei psychologisch betreut werden, können dorthin kommen – in der Regel nicht mehr als fünf –, und es kommen auch Frauen, die Sexualbegleiterinnen werden wollen.

Das beginnt Freitagabend mit einem gemeinsamen erotischen Essen. Während des Essens, zwischen den einzelnen Gängen, stellt sich jeder vor, was er so macht, was er in Trebel will. Dann werden erotische Geschichten vorgelesen oder wir kucken ein Video an oder spielen Spiele.

Was für Spiele?
Man wird mit den verschiedensten Gegenständen beispielsweise berührt oder gestreichelt, aber mit geschlossenen Augen, und danach muss man sich den Haufen von Gegenständen anschauen und sagen, womit man berührt wurde. Danach haben wir Disco gespielt und zusammen getanzt. Mit Rollstuhl oder ohne. Am nächsten Tag haben die Klienten psychologische Gespräche mit Lothar

Sandfort und nachmittags gibt es dann Tantra. Das heißt, die Sexualbegleiterinnen und die Klienten sind zusammen, und die Betreuer kommen bloß notfalls hinzu, wenn man Hilfe braucht, beispielsweise um jemanden aus dem Rollstuhl zu heben. Und dann macht man tantrische Übungen.

Was für Übungen?
Ganz einfache Sachen. Man macht sich gegenseitig Komplimente, man sagt: Ich finde dich schön.

Das ist Tantra?
Das ist Tantra, ja. Oder erst mal einfach ein Körpergefühl zu wecken. Den anderen aber auch zu respektieren und zu achten, wie er ist. Nicht zu werten. Sich auf das Schöne am Menschen zu konzentrieren. Komplimente aussprechen, aber auch annehmen zu können. Das ist für Menschen mit Behinderung oft eine neue Erfahrung. Die werden im Alltag ständig mit ihren Makeln konfrontiert.

Ist eine Tantra-Ausbildung Voraussetzung, um Sexualbegleiterin werden zu können?
Nein, aber es ist sehr förderlich.

Und macht man nach den Komplimenten auch noch mehr?
Erst mal nicht. Aber Samstagabend gibt es für die Menschen mit Behinderung die Möglichkeit, Dates auszumachen mit einer bestimm-

ten Sexualbegleiterin. Und da passiert dann das, was der Klient sich wünscht und was die Sexualbegleiterin ihm erfüllen kann. Es ist immer im gegenseitigen Einvernehmen. Es muss beiden gut gehen. Und es soll den Klienten eine neue Erfahrung für sich selbst geben. Das sexuelle Selbstbewusstsein fördern. Aber es soll ihnen auch durchaus Grenzen aufzeigen. Sie sollen auch diese Erfahrung machen, dass man nicht alles bekommt, dass man nicht alles kann.

Reden wir denn tatsächlich von Sex im herkömmlichen Sinn, wenn wir von Sexualbegleitung sprechen? Von Penetration und so weiter?
Nein, Sexualbegleitung ist eine sexuelle Dienstleistung. Aber man kann keine sexuelle Handlung kaufen. Also, französisch oder griechisch oder was auch immer. Man kann diesen Wunsch zwar äußern, aber man kann nicht davon ausgehen, dass er erfüllt wird. Es geht darum, dass der Klient eine neue Erfahrung macht und sich damit auch entwickeln kann.

Wie beeinträchtigt sind deine Klienten in der Regel? Sind das Menschen, die aufgrund ihrer Krankheit tatsächlich nicht in der Lage wären, mit anderen Menschen in erotischen Kontakt zu treten?
Ja, meistens. Ich habe einen Klienten, den ich alle paar Wochen besuche. Dann legen wir uns zusammen hin und kuscheln ein bisschen. Danach ist er fix und alle. Aber er sagt, er braucht das ab und zu. Einen menschlichen Körper zu spüren, menschliche Nähe. Zu spüren: Ich werde so angenommen, wie ich bin. Trotz Muskelschwund, obwohl er kaum noch laufen kann.

Machst du auch so etwas wie Sexual-Unterricht? Dass du Menschen, die nicht so sehr eingeschränkt sind, hilfst, ihre Sexualität mit ihrer Partnerin leben zu können?
Ja, das auch. Es geht manchmal um ganz einfache Sachen. Wie spreche ich eine Frau an? Wie mache ich mich so zurecht, dass ich attraktiv wirke? Oder auch darum, neue Erfahrungen zu machen.

Wenn jemand einen Unfall hatte. Herauszufinden, was jetzt anders ist und was noch möglich ist. Meine Erfahrung ist sowieso, dass Sexualität im Kopf stattfindet. Da laufen die Bilder ab.

Wir haben ein Paar, zwei Rollstuhlfahrer, die waren zwei Jahre lang zusammen, aber das höchste war, dass er seinen Kopf in ihren Schoß legt und sie ihn streichelt, mehr nicht. Sie sind dann nach Trebel gekommen, wo wir sie in ein Zimmer zusammengelegt haben. Die erste Nacht war sehr kurios. Wir haben zwei Krankenhausbetten zusammengeschoben und gesichert – aber dann sind die doch auseinandergerollt und er ist mitten in der Nacht laut donnernd zwischen den Betten durchgekracht. In der nächsten Nacht haben wir die Betten zusammengebunden.

Und dann haben wir zu zweit Sexualbegleitung gemacht, dass sie mal nackt nebeneinander liegen. Sich berühren, riechen, sehen können. Zum eigentlichen Akt wird es rein technisch nie kommen können, aber das war schon sehr viel für sie. Für uns war es ein Kraftakt hoch drei, aber das gehört eben dazu.

Traurig finde ich, dass die Betreuer oft, weil sie ihre Ruhe wollen, den Klienten Pornos hinlegen, die die sich dann ankucken. Dadurch fühlen sich die Klienten nämlich manchmal ganz schlecht, denken, sie seien keine richtigen Männer, weil ihr Schwanz nicht so groß ist.

Ist es für die Klienten nicht unbefriedigend, wenn sie zum Beispiel gern französisch hätten, aber dann bekommen sie das nicht?

Nein, ich glaube nicht. Und wenn, dann haben sie ja immer die Möglichkeit, zu sagen: Nee, ich will das, was du mir anbietest, doch nicht. Aber sie sind so in ihrem eigenen Spüren, in ihrer eigenen Welt, dass die ganz vergessen, was sie alles noch auf der Wunschliste hatten.

Die Realität ist ja auch was anderes als die Fantasie. Manchmal haben sie wer weiß was im Kopf und dann passiert nur ganz wenig, aber das reicht schon völlig. Sie wären überfordert, wenn noch mehr wäre, das ginge für sie körperlich gar nicht, sie stoßen dann an ihre Grenzen. Und das ist auch interessant. Von einem Spastiker ausgezogen zu werden zum Beispiel – das ist so spannend. Wenn die Hände nicht richtig können, aber er will unbedingt. Und dann ist es so anstrengend für ihn.

Ich habe einen Klienten, der seinen Rollstuhl nur noch mit dem Mund bedienen kann oder mit dem Zeigefinger der rechten Hand. Die elektrischen Geräte in der Wohnung reagieren auf seine Stimme. Sonst kann er nichts bewegen, nur den Kopf ein kleines bisschen. Man bekommt ihn nur mit dem Treppenlift aus dem Rollstuhl, weil er auch ziemlich schwer ist.

Wir haben beieinander gelegen, ich auf ihm. Dann habe ich gesagt: »Das geht auch andersrum. Du auf mir.« Das konnte er sich gar nicht vorstellen, weil er sich ja nicht bewegen kann. Ich habe ihm gesagt, er solle sich locker machen, habe ihn an der Hüfte gepackt und das irgendwie geschafft. Das war der Wahnsinn für ihn. Das hatte er noch nie erlebt, auf einer Frau zu liegen.

Hat er dich dann auch penetriert?
Nein. Das geht gar nicht, von seiner Körperlichkeit her, wie die Beine gekrümmt sind. Oft geht das nicht, rein von der Technik her. Aber ein Gefühl kann ich ihnen ja trotzdem geben.

Um noch mal auf Tantra zurückzukommen: Was genau ist das?
Tantra ist eine Lebensphilosophie, bei der es darum geht, den Menschen so zu nehmen, wie er ist. Und es ist das Spiel mit der sexuellen Energie. Man setzt sie so ein, dass eine höhere Lebensqualität entsteht. So verstehe ich das. Und dann gibt es eine Intimmassage-Technik – das sind etwa 40 Griffe, die man lernen kann.

Gibt es denn zwischen Männern und Frauen dabei einen Unterschied?
Klar. Männer tun sich einfacher damit, sich hinzugeben. Das ist meine Erfahrung.

Hast du selbst jetzt privat nur noch Sex mit 40 Griffen, weil alles andere langweilig geworden ist?
Nein, gar nicht. Man kann sowieso die 40 Griffe nicht alle bei jedem anwenden. Man kann aber mit den Griffen als Mann lernen, dass man nicht so schnell kommt. Oder dass man überhaupt kommt. Da nutzt man auch Atemtechnik und so weiter.

Was gefällt dir an deinem Beruf?
Durch diese erotischen Massagen, durchs Tantra, kann man Menschen erst mal richtig kennenlernen. Zum Tantra kommen oft so arrogante Typen, die sich für wer weiß was halten. Bei der Massage sind sie plötzlich kleine Babys und danach grinsen sie wie ein Honigkuchenpferd.

Massierst du auch Frauen?
Ja, immer mehr. Sie haben aber oft andere Gründe, nicht so direkt Erotik, sie wollen sich einfach mal wieder spüren. Es kommen viele Frauen, die Missbrauchsgeschichten aufarbeiten möchten, oder Traumata, Geburtentraumata. Es gibt Frauen, die haben noch nie einen Orgasmus erlebt. Vielleicht weil sie ihren eigenen Körper noch nicht erforscht oder vielleicht nie Selbstbefriedigung gemacht haben. Unsere Jahrgänge haben das ja nie gelernt, dass man das darf und wie das geht.

Ist es für Frauen immer noch schwieriger, sich Sexualität zu kaufen?
Ja. Das liegt in unserer Gesellschaft begründet. So wie ich als Hure auch negativ bewertet werde.

Definierst du dich als Hure?
Ja. Man könnte auch Tempeldienerin sagen. Oder Mätresse oder Friedensarbeiterin.

Fandest du es je verwerflich, Sexualität für Geld anzubieten?
Nein. Ich habe mein Hobby zum Beruf gemacht, sage ich heute.

Ich habe Spaß daran und der Nebeneffekt ist, dass ich dabei Geld verdienen kann.

Hast du privat noch Freude an Sex, obwohl Sex dein Beruf geworden ist?
Ja! Wenn das mal nicht mehr ist, dann höre ich auf. Das würden aber auch die Klienten merken, wenn ich keinen Spaß mehr an der Sache hätte. Eine Kollegin hat mit der Tantra-Massage jetzt Schluss gemacht, weil sie mit ihrem Partner Sex hatte und danach ganz reflexhaft dachte: Dafür hätte ich jetzt gern 100 Euro. Da muss man dann aufhören.

Deine Kinder sind bereits erwachsen. Wissen sie von deiner Arbeit?
Meine Tochter geht sehr entspannt damit um. Meinem Sohn habe ich eine Massage bei einer Kollegin geschenkt. Meine Kinder lassen mich machen, wollen aber keine Einzelheiten wissen. Meine Freunde wissen das auch. Einige haben sich distanziert. Die fragen aber nicht, was genau ich mache, wissen es auch nicht. Dabei haben wir Tage der offenen Tür im Tantra-Studio, wo man sich das alles einfach mal ankucken kann. Meine wahren Freunde schätzen, was ich tue. Die wissen aber auch, was ich alles beherrsche. Ich kann ja nicht nur erotische Massage.

Wie kommst du mit deinen Klienten zusammen?
Die Klienten kontaktieren mich. Dann besuche ich sie oder sie mich. Dann gibt es eine halbe Stunde, direkt vor dem Date oder an einem früheren Tag, wo beide entscheiden können, ob es passt oder nicht. Das kostet nichts. Nur die Fahrtkosten, wenn ich jetzt außerhalb von Dresden jemanden besuche.

Und wenn jemand Betreuer hat, sind die dann anwesend?
Nein. Beim Vorgespräch ja. Und dann vor dem Date und danach, wenn es darum geht, jemanden in den Rollstuhl zu hieven. Aber die Begegnung selbst ist privat.

Das heißt, die Sexualität deiner Klienten ist relativ öffentlich. Sie müssen sich ihren Betreuern gegenüber mitteilen, wenn sie welche haben. Wie reagieren die denn auf dich?
Unterschiedlich. Manche sind ganz offen. Manche haben vielleicht auch ein Problem mit ihrer eigenen Sexualität und können dann darüber nur schwer reden. Aber zum Glück setzt sich der Gedanke durch, dass Sexualität ein Grundbedürfnis ist. Ich sage immer: Ungelebte Sexualität macht entweder aggressiv oder depressiv.

Was kostet die Sexualbegleitung?
Die erste Stunde kostet 100 Euro und danach kucke ich, welchen Arbeitsaufwand ich habe. Vielleicht nehme ich für zwei Stunden 190 Euro. Wenn ich jemanden aber alle 14 Tage besuche, dann bezahlt er 150 Euro.

Für wie viele Stunden wirst du in der Regel gebucht?
Meistens für zwei Stunden. Ich habe auch einen Klienten, der drei Stunden bucht, da habe ich aber 700 Kilometer Fahrtweg, da sind die Fahrtkosten teurer als das eigentliche Treffen.

Du hast ja sicher mit Menschen zu tun, deren Körper nach gängigen Kriterien nicht gerade als schön bezeichnet werden, vielleicht sogar als abstoßend. Wie ist das für dich?
Vielleicht rede ich mir das schön, aber mein Gefühl ist, dass mich die äußere Verpackung nicht interessiert. Im intimen Kontakt kommt ja die Seele des Menschen auf mich zu, das interessiert mich. Und wenn es mit jemandem für mich doch nicht geht, dann eben nicht, das sage ich dann.

Warum gehen Menschen mit Behinderung nicht zu einer herkömmlichen Sexarbeiterin? Warum buchen sie stattdessen dich?
Zum einen, weil Bordelle ja ein schlechtes Image haben. Man denkt immer gleich an Zwangsprostitution. Und dann vielleicht auch, weil

meine Klienten nicht die Möglichkeit haben, dorthin zu kommen. Im Rollstuhl die Treppe rauf. Oder weil sie vielleicht auch Angst haben vor Ablehnung. Ich weiß von einigen Prostituierten, die auch für Menschen mit Behinderung da sind. Aber es gibt auch andere. Oder sie lassen meine Klienten mehr zahlen, weil sie eine Behinderung haben.

Bist du selbst erotisch, lustvoll beteiligt in deiner Arbeit?
Ja. Ich habe daran Spaß. Natürlich muss ich mich selbst zurücknehmen und auf die Grenzen meines Klienten achten. Aber ich gehe aus einer Begegnungszeit mit einem Klienten oft erfüllt heraus. Der eigentliche Akt ist für mich ja gar nicht so wichtig, sondern eher die Art, wie ich berührt werde.

Verlieben sich deine Klienten in dich?
Selten. Ich kommuniziere klar, dass das eine Dienstleistung ist, die ich ihnen biete. Sie müssen mich bezahlen.

Oft haben Menschen mit Behinderung doch nur dieses fürchterlich niedrige Grundeinkommen, wie können sie dich dann bezahlen?
Ja. Dann ist es doppelt wertvoll. Manchmal kann ich aber auch über das persönliche Budget als Freizeitgestaltung anstelle einer Ergotherapeutin finanziert werden.

Hast du auch Klientinnen?
Ja. Eine Frau zum Beispiel, die geistig behindert ist, weil ihre Mutter in der Schwangerschaft gesoffen hat. In Trebel hat sie beim Essen quer über den Tisch gefragt: »Lisa, können wir Sex haben?« »Ja«, hab ich gesagt, »schauen wir mal.« Und dann hat sie gleich hinterhergefragt: »Kann ich dann in deine Scheide rein?« »Das besprechen wir, wenn wir unter vier Augen sind«, hab ich geantwortet. Na ja, und nachher haben wir zusammen ein Bad genommen. Ich habe ihr meine Scheide gezeigt, wie groß die ist und dass sie da nicht reinpasst.

Sandfort hat das so interpretiert, dass sie sich im Mutterleib am wohlsten gefühlt hatte. Draußen in der Welt wird sie bloß hin und her geschubst. Ich habe sie in unserer Begegnungszeit einfach gebeten, sich im Bett zusammenzurollen wie ein Embryo und dann habe ich sie umarmt. Dann haben wir hin und her geschaukelt und Kinderlieder gesummt. Sie war so was von entspannt.

Am nächsten Tag haben wir ihr gezeigt, wie sie sich selbst befriedigen kann, zum Beispiel mit Vibratoren. Seitdem kann sie ihre Sexualität leben und hört auf, auf der Straße Menschen zu fragen, ob sie mit ihr Sex haben wollen, weil sie jetzt auch weiß, dass sie in so eine Scheide halt nicht reinpasst.

Gibt es denn auch männliche Sexualbegleiter?
Ja, aber weniger. Der Bedarf ist nicht so groß und dann ist da vielleicht auch eine größere Vorsicht. Das müssen sehr emphatische Männer sein.

Bist du gerade in einer Beziehung?
Nein.

Wenn du jemanden kennenlernst und ihm von deinem Beruf erzählst, was denkst du, wie er reagiert?
Dann rennt er weg. Die meisten würden wegrennen.

Das ist ein Problem, oder?
Ja. Aber es muss nicht so sein. Ich kenne Frauen, die das heimlich machen, das Tantra zum Beispiel. Das wäre aber nichts für mich, eine Beziehung auf Heimlichkeit aufzubauen. Manche tolerieren das, wollen aber keine Details wissen, und manche Männer haben gar kein Problem damit. Ich habe aber momentan auch gar keine Zeit für eine Beziehung. Ich bin 50, 60 Stunden beruflich unterwegs momentan.

Wow – 60 Stunden intime Kontakte?
Nicht nur. Ich bin in dem Tantra-Studio auch oft am Empfang, kümmere mich um Organisatorisches. Ich mache ja auch Weiterbildungen für Betreuer und Pflegepersonal. Kläre sie darüber auf, wie sie mit der Sexualität ihrer Klienten umgehen und wie sie auch sich selbst vor Übergriffen schützen können. Gerade in Seniorenheimen wird dieses Thema wichtig. Mit der Demenz beispielsweise verliert man Hemmungen oder erinnert sich einfach nicht mehr an gesellschaftliche Regeln. Dass man gewisse Dinge nicht zu Frauen sagt.

Darüber wird wenig geredet, oder?
Ja. Alte Leute haben keine Sexualität, sagt man. Mein ältester Klient ist 93 Jahre alt.

Freundest du dich mit Klienten an? Gehst mit ihnen ins Kino?
Wenn sie mich bezahlen, ja. Das ist wichtig, dass man diese Grenze wahrt.

Du bist 58 Jahre alt. Sexarbeiterinnen stellt man sich jünger vor.
Ich glaube, als Sexualbegleitung kann man nicht ganz jung sein. Eine gewisse Reife musst du haben. Und dein eigenes Leben halbwegs geregelt haben.

Hat sich deine eigene Sexualität verändert durch deine Arbeit?
Ja. Ich erlebe Sexualität bewusster. Ich bin auch viel selbstsicherer. Ich finde mich schön, so wie ich bin. Mit meinen Rundungen und mit meinem Alter.

www.sexualbegleitunglisa.de

Das Interview führte Cornelia Jönsson.

SIEBZEHN

ES GIBT KEINE SEXUELLE KULTUR MEHR

Katrin Laux, 55 Jahre, Geschäftsführerin des Seminarzentrums Sinnes-art, Dresden

Wenn die eigene Wohnung abbrennt, ist das für jeden Menschen ein großer Verlust. Doch für Katrin Laux war es auch der Beginn eines neuen Lebens.

In ihrem früheren Leben arbeitete sie als Fotografin, hatte sogar einen eigenen Laden. Doch nach vier Jahren war das Geschäft pleite. Sie verlor nicht nur ihr halbes Haus und ihre Beziehung, sondern bekam auch noch Krebs. Nachdem sie wieder gesund war und sich von diesen Schicksalsschlägen erholt hatte, wollte sie erneut als selbstständige Fotografin arbeiten. Die allein erziehende Mutter von zwei Kindern spürte dabei die Notwendigkeit, das ohne erneute Existenzängste anzugehen, und suchte deswegen ein sicheres Nebeneinkommen, um die finanziellen Schwankungen der neuen Selbstständigkeit ausgleichen zu können. Sie durchforstete die Zeitung und fand eine Annonce, die ihr eine Tätigkeit mit sehr guten Verdienstmöglichkeiten versprach. Die große Chance entpuppte sich als Job in einem Erotikmassagestudio.

Da sie immer ein offenes und entspanntes Verhältnis zum Thema Sex gehabt hatte, entschloss sie sich dazu, sich das einfach mal anzuschauen und einen Tag zur Probe zu arbeiten. Dort erlebte sie einen Schock: »Die haben mir in zehn Minuten erklärt, was ich zu tun hatte. Ich fand das ziemlich schlimm auf diese Art und Weise.« In dem Studio war es normal, dass der Kunde vom Empfang direkt in die Dusche geschickt wurde. Der lag schon nackt da, wenn die Masseurin reinkam, und sagte vielleicht gerade noch kurz Hallo. Diese unpersönliche Art fand Katrin Laux sehr befremdlich. Eigentlich wollte sie nur den Tag zu Ende bringen und dort nie wieder erscheinen. Doch genau an diesem ersten Abend brannte ihre Wohnung ab. Sie hatte keinen Job, kein Geld und kein Zuhause mehr. In dieser Notsituation sah sie keine andere Möglichkeit, als doch weiterhin in dem Erotikmassagestudio zu arbeiten. Heute ist sie diesem Schicksalsschlag sogar dankbar. Denn damit veränderte sich ihr Leben völlig.

Nach ein paar Wochen stellte sie nämlich fest, dass ihr die Arbeit große Freude bereitete. Sie konnte ihre Grenzen selbst bestimmen und festsetzen. Sie erkannte, dass sie damit niemandem etwas Schlechtes tat, sondern ganz im Gegenteil dafür sorgte, dass sich jemand wohlfühlte. In dieser Zeit hatte die Massage-Einsteigerin viel gelernt über sich selbst und über Männer, bekam auch viel Anerkennung von den Kunden für das, was sie tat. Doch wenn sie jemandem aus ihrem Bekanntenkreis davon erzählte, womit sie ihr Geld verdiente, waren die Reaktionen oft negativ, ja manchmal geradezu vorwurfsvoll.

Katrin Laux spürte, dass es nicht gut für sie war, sich zu verstecken und wegen ihrer Arbeit zu lügen. Sie fragte sich, warum sie sich eigentlich für diesen Job schämen sollte. Deswegen machte sie sich auf die Suche nach Menschen, zu denen sie offen sein konnte. Eines Samstagnachmittags stöberte sie im Internet und entdeckte Bücher und Seminare zur Tantra-Massage. Dieses Schlüsselerlebnis brachte eine große Veränderung mit sich. Ab diesem Tag ging sie offener damit um, stand zu ihren erotischen Massagen, weil sie erkannte, dass sie nicht die Einzige ist mit »so einem« Job. Heute gesteht die erfahrene Masseurin: »Ich war damals richtiggehend neidisch auf Menschen, die sich damit einfach hinstellen und sich nicht dafür schämen.«

Im Herbst 2002 hatte sie erste persönliche Erlebnisse mit einem Tantra-Massage-Seminar. Durch den Kontakt zu anderen Tantra-Praktizierenden haben sich ihr neue Welten aufgetan. Sie hat erfahren, dass man Sexualität anders betrachten kann, als es die aktuelle Gesellschaft tut. Es gibt Vorbilder aus anderen Zeiten und Kulturen, die sie inspirierten.

Sie hörte auf, für das Erotikstudio zu arbeiten, und massierte erst mal auf eigene Rechnung. Nach fünf Jahren wurde es ihr langweilig, alleine zu massieren. Außerdem war mit dem Start ihrer eigenen Webseite die Nachfrage so sprunghaft gestiegen, dass sie sie gar nicht mehr bewältigen konnte. So kam sie auf die Idee, ihre Art der Massage auch anderen Frauen beizubringen. Schließlich bot sie etwas Besonderes an, was sich von der üblichen Erotikmassage offensichtlich unterschied. Beruhend auf ihren Erfahrungen im Massagestudio hatte sie viele andere Elemente eingeführt, die ihr damals gefehlt hatten: sanfte Waschungen des Kunden oder ihn mit einem Tuch abzudecken. Deswegen entschied sie 2005, das erste Seminar für sinnliche Massagen in Dresden anzubieten.

Damals kamen privat interessierte Frauen und Männer, aber auch Frauen, die das beruflich nutzen wollten. Mit einigen dieser Frauen gründete sie gemeinsam ein Massagestudio für sinnliche Massagen – der Name Sinnes-art war geboren. Sie haben alles zusammen gemacht: Weiterbildungen, sich neue Massagearten ausgedacht, Fortbildungen für sich selbst organisiert, parallel dazu Seminare durchgeführt. Im Jahr 2008 bezogen sie das heutige Seminarzentrum in der Buchenstraße in der Mitte von Dresden. Es befindet sich in einem einfachen Bürohaus. Es gibt dort Rechtsanwälte und Ingenieurbüros, zwei Häuser weiter steht ein Hotel. Dass dort in der fünften Etage ein Zentrum für sinnliche Berührung ist, ist von außen nicht zu erkennen. Doch wer den Weg dorthin gefunden hat, kommt in eine entspannte, helle und freundlich gestaltete Parallelwelt, angereichert mit wohlriechenden Düften. Hier geht es um das, was im Alltag und im Arbeitsleben oft zu kurz kommt. Hierher kommen Menschen, die Lust auf Berührung haben. Es sind einzelne Frauen und Männer, aber auch Paare im Alter von Anfang 20 bis Mitte 60.

Das Angebot des Seminarzentrums ist groß: Ausbildungen in tantrischer Massage, Seminare zu Intimmassagen am Modell oder auch im praktischen Austausch, Berührungs- und Begegnungsimprovisationen, Einführungen in die verführerische Massage für Paare. Doch auch die Kunst der Selbstmassage kann in diesen Räumen erforscht werden.

Manche Angebote sind nur für Paare gedacht, andere sind offen für alle. Auch die Motivation der Kursteilnehmer_innen ist breit gefächert. Die einen wollen ihre Beziehung bereichern, die anderen möchten Begegnungen auf ganz besondere Weise erfahren. Es kommen Menschen zu den Seminaren, bei denen Sexualität ein Thema ist, das sie vielleicht heilen möchten. Andere wiederum wollen Erfahrungen machen, die sonst tabuisiert sind oder verpönt.

Zu Hause kann man zwar ganz einfach im Internet stöbern, Filme anschauen oder Bücher lesen. Doch da fehlt das Feedback, der Austausch mit anderen Menschen. Ein bisschen Mut gehört schon dazu, sich der Sinnlichkeit im Rahmen eines Seminars anzunähern. Die Vorstellung, sich Fremden nackt zu zeigen, gefällt nicht jedem. Bei Sinnes-art werden die persönlichen Grenzen jedoch so respektvoll und selbstverständlich gewahrt, dass Vertrauen entsteht und die eine oder andere Hülle dann von ganz allein fällt. Auch ohne Worte spüren die Anwesenden: Es passiert ihnen hier nichts, was sie nicht möchten.

Viele Menschen haben Vorbehalte gegen »so etwas«, oftmals einfach aus fehlendem Wissen. Auch das Seminarzentrum hatte damit lange zu kämpfen. Als die Frauen mit ihrem Massagestudio anfingen, durften sie kaum Werbung auslegen, zu schnell kam die gedankliche Assoziation zur Prostitution. Damit wollte niemand etwas zu tun haben. Über die neun Jahre seines Bestehen hinweg hat sich Sinnes-art jedoch eine große Akzeptanz erarbeitet. Die Verbindung mit dem Seminarzentrum ist ein wesentlicher Grund dafür. Mittlerweile können sie an Stellen werben, wo sie das vorher nicht konnten. Ihr Angebot wird von Therapeuten, Pfarrern oder Ärzten weiterempfohlen, die merken, dass sie mit ihrem eigenen Angebot nicht mehr weiterkommen. Wer in Dresden an sinnliche Berührungen oder Tantra-Massagen denkt, kommt an Sinnes-art nicht vorbei.

Was ist eigentlich an einer sinnlich-erotischen Massage so anders als an einer medizinischen oder einer Wellness-Massage? Das hat sich Katrin Laux auch lange Zeit gefragt. Die Masseur_innen im Zentrum haben bei ihrer Arbeit immer wieder festgestellt, dass bei manchen Menschen die Massagen heilende Wirkungen hatten. Bei dem einen wurde eine jahrelange Tablettenabhängigkeit geheilt, bei einer anderen war auf einmal eine Operation nicht mehr nötig. Was also ist das besondere Geheimnis der Massagen von Sinnes-art?

Inzwischen ist Katrin Laux mit ihren Kolleginnen einer Antwort auf der Spur. Sie haben ein System von sieben Elementen entwickelt, das sie AnuKan© nennen. Damit lässt sich nach ihrer Meinung sinnliche Massage gut beschreiben: Es sind Massage- und Berührungskenntnisse vorhanden. Sexualität ist als Thema bewusst und wird nicht gemieden. Die Persönlichkeiten von Gebendem und

Empfangendem spielen eine Rolle sowie die Stärke des Sich-geliebt-Fühlens. Des Weiteren ist eine klare Kommunikation notwendig, die Nutzung aller fünf Sinne, und last but not least: eine spirituelle Ausrichtung.

Die Spiritualität ist nach Meinung der Geschäftsführerin auch der große Unterschied zwischen Tantra-Massage und Prostitution: »Soweit ich die Prostituierten-Szene kenne, ist es so, dass die mit Spiritualität nicht viel am Hut haben. Die machen ihre Arbeit meist gerne und das sind ganz erfrischende Frauen, die ich zum Teil auch sehr bewundere. Aber das Wort Spiritualität ist dort immer noch ein Reizwort.« Prostitution findet sie nicht schlimm, sie sieht sie einfach als ein anderes Angebot. Ein weiterer Unterschied liegt darin, dass bei tantrischen Massagen kein Geschlechtsverkehr angeboten wird, während es bei den meisten anderen Erotikstudios dies Möglichkeit gibt. Viele der männlichen Gäste schätzen auch genau das an einer tantrischen Massage bzw. an den Angeboten von Sinnes-art. Es gibt eine klare Grenze und niemand gerät in Versuchung, über diese zu gehen.

Es besteht immer noch eine große Diskrepanz zwischen den »zwielichtigen« Erotikmassagen und den »Profi-Tantra-Massagen«. Katrin Laux ist ihren Wurzeln treu geblieben und möchte etwas dafür tun, dass Erotikmassagen – und nichts anderes sind Tantra-Massagen ja letztlich auch – ein besseres Image bekommen. Deshalb bietet das Team des Seminarzentrums die deutschlandweit erste Profiausbildungswoche für Erotikmasseurinnen an. »Klar, das kann nur der Grundstein sein«, sagt Katrin Laux, »aber diese eine Woche kann trotzdem viel bewirken.«

Dort werden neben der Kunst einer guten Intimmassage Kenntnisse über Kommunikation und Achtsamkeit, aber auch Rechtsfragen und Marketing vermittelt. Damit richtet sich das Zentrum auch an die Mitarbeiterinnen von Erotikstudios, die meist, wie Katrin Laux auch anfangs, ohne jegliche Einarbeitung und ohne Massagekenntnisse auf die Kunden losgelassen werden.

Es hat sich jedoch nicht immer alles nur positiv entwickelt. Im Jahr 2010 hatten die Mitarbeiter_innen den Entschluss gefasst, sich für andere Dinge zu öffnen. Der Name des Zentrums änderte sich in »Zentrum für sexuelle Bildung«. Es sollte eine große Bandbreite an Seminaren angeboten werden, in denen Sexualität mit anderen Bereichen verbunden wird: mit Philosophie, Wissenschaft oder Sexwork. Katrin Laux erzählt noch heute stolz: »Das Programm war toll, wir waren wirklich sehr vielseitig. Wir hatten die Bereiche Musik, Kunst, Literatur, Gespräche, und dachten, da müssten wir doch für alle was haben.« Doch der Erfolg stellte sich nicht wie gewünscht ein. Sie mussten zehn Seminare nacheinander ausfallen lassen, weil es viel zu wenige Anmeldungen gab. Die Geschäftsführerin erkannte, dass das Angebot so groß und so bunt war, dass sie gar nicht alle möglichen Zielgruppen erreichen konnten. Nach dieser bitteren Erkenntnis haben sie sich wieder auf ihre Kernkompetenzen fokussiert, nämlich auf die als Experten für sinnliche Berührung. Dieses Konzept läuft jetzt wieder stabil und entwickelt sich weiter. »Als Unternehmerin war das eine meiner besten Lehren, die ich je bekam – diese Erkenntnisse möchte ich um keinen Preis missen«, so das Fazit der Geschäftsführerin.

Auch die private Katrin Laux hat sich weiterentwickelt in all den Jahren. Ihre Sexualität ist feiner geworden, sie experimentiert mehr mit ihrer Yoni. Sie hat sie erforscht, weiß genauer, was sie wirklich will. Früher hat sie nicht so auf ihr Körperwissen gehört, sondern manches Mal beim Sex einfach irgendetwas mitgemacht. Heute kann sie besser kommunizieren, was sie braucht und was nicht. Früher hat sie sich mehr danach ausgerichtet, was andere von ihr erwartet haben. Jetzt achtet sie viel mehr auf sich selbst.

Eine Beziehung hat sie derzeit nicht, warum das so ist, darauf kann sie keine Antwort geben. Sie ist nicht auf der Suche und fühlt sich nicht unerfüllt oder bedürftig. Aber durch ihre Arbeit und ihre Erfahrungen sind die Ansprüche höher geworden. Das einfache »Rein-raus-Spiel« mochte sie noch nie besonders.

Sie hat Zeiten glücklicher Partnerschaft hinter sich, kurz- und langfristige. Aber sie hat das Gefühl, wenn man in einer Sache wirklich richtig gut sein will, muss man sie von allen Facetten kennengelernt haben. Sie hat immer Partnerschaften gehabt, aber jetzt ist es vielleicht an der Zeit, eine andere Seite zu erforschen. Vielleicht ist es wichtig für sie, mal wie ein Eremit zu leben? Schließlich war sie auch mal nahe dran, sexsüchtig zu werden. Sie sagt nachdenklich: »Das ist jetzt wie eine Zeit der Heilung, in der ich mich auf die Frage besinne, was denn eigentlich die Essenz von Sexualität ist. Die Essenz von Sexualität hat mit Selbstliebe zu tun. Ich kriege ein feineres Gefühl für die anderen Qualitäten, die beim Geschlechtsverkehr noch eine Rolle spielen.«

Schon früh hatte sie gewisse Vorstellungen davon, wie Sexualität sein könnte. Bereits vor 35 bis 40 Jahren hatte sie dieses Bild vor Augen, dass sie und ihr Geliebter sich erst mal drei Stunden gegenübersitzen und einander einfach nur in die Augen schauen. Das war immer ein Wunschtraum von ihr. Aber damals hat das niemand verstanden. Sie hatte Bilder im Kopf von großen, heiligen Räumen, in denen Sinnlichkeit zelebriert wird. Diese Sehnsucht nach mehr war immer da. Es hat ihr durchaus gefallen, mit einem Mann zusammen zu sein. Sie genoss es, so erfüllt zu sein und einen Orgasmus zu haben, aber eigentlich hat sie immer das Gefühl gehabt, da, wo sie aufhören, geht es eigentlich erst los.

Diese Ahnungen von damals hat sie in all ihren Ausbildungen stets nur in Ansätzen wiedergefunden. Manche Aspekte davon hat sie in verschiedenen Trainings, in verschiedenen Ritualen erlebt, die sie sehr tief berührt haben. Für die Masseurin macht es jedoch schon einen großen Unterschied, dass sie weiß, dass ihre Visionen in anderen Kulturen und anderen Zeiten Realität waren. Das ein oder andere Ritual hat sie auch in ihre Massagepraxis einfließen lassen. Sie bedauert es einerseits sehr, dass es heutzutage keine sexuelle Kultur mehr gibt und kritisiert: »Alle beschäftigen sich zwar mit Sex, die Werbung und die Industrie nutzen das Thema, aber es bleibt alles sehr an der Oberfläche. Ich hoffe darauf, dass irgendwann mal wieder die Möglichkeiten erkannt werden, die Sexualität bietet: für Bewusstseinsentwicklung, für Freude, Erweiterung und Bereicherung im Leben. Andererseits, und das ist die große Chance, gab es noch nie so viel Freiheit, ohne Verfolgung oder echte Stigmatisierung Sexualität erforschen oder erfahren zu können. Das sollten wir nutzen und uns darin nicht einschränken lassen.«

Ihre Funktion als Geschäftsführerin ist vielseitig, aber auch mit viel Arbeit verbunden. Das Unternehmersein lernt Katrin Laux gerade und merkt, dass es ihre ganze Persönlichkeit bereichert. Sie lernt besser zu kommunizieren, sich klarer auszudrücken, aber auch mehr für sich zu sorgen. Ihre Leidenschaften, Seminare zu geben und Menschen zu massieren, bleiben da ein wenig auf der Strecke.

Was wäre, wenn Geld und Zeit keine Rolle spielen würden, wie sähe ihr Alltag dann aus? Zuerst ist ihre Antwort klar: »Dann würde ich am liebsten nur noch als ›Tempelpriesterin‹ arbeiten, quasi als spirituelle Prostituierte, als ›heilige Hure‹. Akzeptierte und gelebte Lust ist für mich schon ein großer Schritt in Richtung Heilung.« Dann zweifelt sie. »Na ja, mit Zeit und Geld hat das ja nicht unbedingt zu tun. Es ist vielleicht eine Frage des Mutes.« Sie weiß, wie die meisten denken und wie wenig informiert sie sind. Früher hatte sie selbst diesen »arme-Prostituierte-Blick«. Auch in ihrem Sozialpädagogik-Studium wurde vermittelt, dass über 90 Prozent der Prostituierten missbrauchte Frauen seien. »Ich glaubte tatsächlich, herabblickend und überheblich, dass diese Frauen allesamt auf dem Irrweg wären und dass ihnen jemand helfen müsse.« Erst als sie selbst mit dem Thema in Berührung kam, erkannte sie das Anmaßende dieser Haltung.

Wenn Geld und Zeit keine Rolle spielen würden, würde sie wahrscheinlich erst mal einen ausgedehnten Urlaub machen und dann – dann sähe ihr Alltag nicht viel anders aus als jetzt. Als Unternehmerin fühlt sie sich zunehmend wohler, weil sie auf diese Weise wirklich etwas bewegen und verändern kann. Obwohl auch dieser Beruf oft unterschätzt wird und einen besseren Ruf verdient hat und ebenso selten als Alternative zu »normalen« Berufen zur Debatte steht. Sexwork und Unternehmertum sind beides eher Passionen und wirkliche Berufungen. Eine wunderbare Mischung, findet sie. Das Zentrum liegt ihr sehr am Herzen und sie ist stolz auf das, was sie mit ihren Kolleg_innen in Dresden erreicht hat. Deswegen wird sie erst mal weiterhin dafür sorgen, die Seminare so weit zum Laufen zu bringen, dass sie die Leitung irgendwann komplett abgeben kann. Es gibt noch zu viele Ideen, die auf die Umsetzung warten. Sie hat auch Lust zu schreiben und zu forschen, und sie hat das feste Vertrauen, dass sich ihr der richtige Weg zeigen wird.

www.sinnes-art-seminarzentrum.de

Text verfasst von Silke Maschinger.

ACHTZEHN

AUCH SEXUALITÄT KANN MAN LERNEN

Janine Hug, Certified Sexological Bodyworker und Institutsleiterin des International Instutite for Sexological Bodywork IISB®, Zürich

Zu dem Begriff »Sexological Bodywork« kann ich zu Anfang nur assoziieren: USA, Intimität, Berührungen. Ob ich richtig liege, wird sich zeigen. Die Website des von Janine Hug und Didi Liebold gegründeten Instituts verspricht: »Lose your mind, find your soul.« Sie ist in einem angenehmen Violett-Ton gehalten. Angenehm ist auch die Stimme von Janine Hug, die mir anvertraut, dass sie nervös ist und hofft, die richtigen Worte zu finden für ihre Arbeit.

Mit ihrer Offenheit nimmt sie mir eine Nervosität, die jedem Interview anhaftet, kenne ich doch den Menschen nicht, mit dem ich da so plötzlich über derart Intimes wie Sexualität sprechen werde.

»Sexological Bodywork«, verrät mir Janine, »ist eine lebendige, kreative und sehr effektive Form der somatischen Körperarbeit, die körperorientierte Sexualberatung mit sexologischer Körperarbeit verbindet. Sie kommt aus den USA und der Beruf ist ursprünglich von Joseph Kramer entwickelt worden.« In einem ersten Schritt gilt es, mit dem Klienten über seine Sexualität ins Gespräch zu kommen. Auf der mentalen Ebene eines therapeutischen Settings aber bleibt es nicht. Gekoppelt ist das Gespräch an die sexologische Körperarbeit, die vom Sexological Bodyworker begleitet wird. Meist geht es in diesem Teil um – auch intime – Massagen und Übungen zur Selbstliebe. Der Bodyworker leitet seine Klienten an, mehr über den eigenen Körper und die eigene Sexualität zu erfahren, mit dem Körper seine sexuelle Lebenskraft zu stärken und zu kultivieren.

Dazu gehört etwas Mut, aber auch verspielte Neugierde, denn der Klient oder die Klientin öffnet sich mit ihrer Intimsphäre, setzt sich aus. Dafür bekommt sie aber auch Einiges: Körpergefühl, Lebensfreude, oft sogar Lust, sexuelle Energie oder Erregung. Das alles passiert in einem geschützten, achtsamen und stets freiwilligen Rahmen, in dem jederzeit die Grenzen des Lernenden geschützt und niemals überschritten werden.

Solche Sessions, so nennt Janine die Coachings, dauern in der Regel drei Stunden. Die erste Stunde dient dem Gespräch, dem Fragenstellen, der Selbstreflektion. Welche sexuellen Themen beschäftigen den Klienten? Was will er in der Körperarbeit lernen beziehungsweise erfahren?

Dann erst leitet Janine behutsam in die eigentliche Körperarbeit über. Auch während dieses Prozesses darf und soll kommuniziert werden: »Was passiert mit dir – auch emotional – wenn ich dich an einer bestimmten Stelle oder auf eine bestimmte Weise berühre?«, fragt sie zum Beispiel.

Es geht darum, die eigene Körperwahrnehmung durch sinnliche Berührung auszudifferenzieren und somit das eigene Körperbewusstsein noch mehr zu schulen. Eben weg vom rein Mentalen, hin zum Erlebnis der eigenen Lust. *Loose your mind.* »Es ist auch nicht leicht, körperliche Wahrnehmungen in verbale Kommunikation zu übersetzen«, sagt Janine. »Ich bleibe aber immer im Kontakt mit der lernenden Person, nehme ihre verbalen, aber auch nonverbalen

Äußerungen wahr und reagiere darauf.« Sie sieht es als ihre Aufgabe an, der empfangenden Person einen Raum zu öffnen, in dem er oder sie Empfindungen nachspüren, Widerhall im Gegenüber erfahren und dabei gleichzeitig bei sich bleiben darf: einen Raum für Wünsche und Sehnsüchte, für Verborgenes, das erblüht und in ihrer Praxis vielleicht zum ersten Mal aus dem Dunkel ins Licht tritt.

»Meine Klienten«, sagt Janine, »kommen zu mir, weil sie vielleicht nicht so glücklich sind mit ihrer gelebten oder auch nicht gelebten Sexualität. Oft formulieren sie konkrete sexuelle Themen, die sie bearbeiten wollen. Sie haben vielleicht schon bei einem Sexualtherapeuten gelernt, ihre Probleme zu verbalisieren, manchmal sogar ihren Wünschen mental nachzuspüren. Da aber auf körperlicher Ebene noch nicht gelernt wurde, ist die Orgasmusschwierigkeit oder der Libidomangel zum Beispiel dennoch da, weil die Übersetzung in den Körper fehlt.

Dort, wo die Arbeit eines Sexualtherapeuten endet, beginnt die von Janine. Doch längst nicht alle Sexualtherapeuten oder Psychotherapeuten überweisen an einen Sexological Bodyworker. »Dafür ist unsere Arbeit noch zu unbekannt.« In Kalifornien zeigt sich ein ganz anderes Bild. Dort ist Janines Beruf seit 2003 staatlich anerkannt. Ihre Zunft arbeitet oft eng vernetzt mit Sexualtherapeutinnen. Das wünscht sie sich auch für die Schweiz, für Deutschland, für Europa.

»Da intime Körperarbeit zu unserem noch sehr jungen Berufsbild gehört, denken manche Menschen dabei an Prostitution. Das ist aber ein gänzlich anderes Gewerbe. Aufklärungsarbeit, was unsere Tätigkeit eigentlich ausmacht, ist in der Gesellschaft dringend notwendig. Ein Berufsverband könnte dabei helfen. Er ist gerade im Entstehen begriffen.«

Der Name des International Institute for Sexological Bodywork IISB® hat in einigen Ländern Europas und in gewissen Kreisen, die sich mit Massage und Berührung beschäftigen, bereits einen großen Bekanntheitsgrad. Mundpropaganda ist dabei sehr wichtig. Frauen

empfehlen Janines Arbeit anderen Frauen, Männer tun dies weniger.

»Für sie ist es häufig ein Tabu, über ihre Sexualität offen zu kommunizieren. Es muss ja auch nicht alles versprachlicht werden, manchmal geht es einfach darum, den Mut zu finden, den eigenen Körper zu spüren, dem Leistungsdruck abzuschwören: ein hauptsächlich männliches Problem. Wenn »untenrum« etwas nicht funktioniert, wie es funktionieren soll, treten die Männer erst einmal den Rückzug an und leiden lieber still, als Hilfe anzunehmen. Dabei wäre genau das der erste Schritt zur Heilung.«

Janine wünscht sich, dass noch mehr betroffene Männer den Weg in ihre Praxis fänden.

Manche Menschen treibt auch die Neugier zu ihr. Sie haben etwas von weiblicher Ejakulation oder multiplen Orgasmen gelesen und wollen wissen, was da dran ist, ob sie diese sexuellen Möglichkeiten auch für sich selbst entdecken können. Oder die Sexualität mit ihrem Partner ist eingeschlafen und sie fragen sich: War das schon alles oder gibt es da vielleicht noch mehr? Gerade nach langjährigen Beziehungen oder nach der Menopause kommen solche Fragen auf.

»Wir definieren unsere Sexualität stets neu«, so Janine. »Dazu gehört, immer auch neue Ausdrucksformen für die eigene Sexualität zu finden und sich zu fragen, wie ich meine sexuelle Energie ausleben will und kann.«

Janine begleitet ihre Klienten über längere Zeiträume, weil auch der Körper Zeit braucht, um Gelerntes zu verinnerlichen und Neues zu speichern. Drei bis sechs Monate sind die Regel, es gibt aber auch Fälle, in denen eine Begleitung ein oder zwei Jahre andauert. Wichtig ist der regelmäßige Rhythmus, in dem die Klienten zu ihr kommen. Einmal im Monat kann und sollte ein Termin stattfinden. Dazwischen üben die Frauen und Männer zu Hause: allein mit Orgasmic Yoga (= bewusst praktizierte Selbstliebe) oder Berührungsübungen mit ihrem Partner.

Den Bedarf an Beratung rund um das Thema Sexualität schätzt Janine groß ein. Deshalb bietet ihr Institut nicht nur Sessions und Kurse, sondern auch eine Ausbildung für Sexological Bodyworker an. Ihre Schüler beginnen mit der Selbsterfahrung, dem persönlichen Prozess. Zwei Monate übt sich ein Auszubildender allein in der Selbstliebe, sammelt Erfahrungen, die sein Wissen ausmachen werden. Erst dann sucht er sich eigenständig Probanden, die er über einen längeren Zeitraum begleitet. Diese Phase wird durch ein E-learning-Forum unterstützt. Massagen und Atemübungen gehören zum täglich Brot. Später treffen die Studenten in Zürich oder in einem kooperierenden Institut anderswo in Europa zu einem zweiwöchigen Intensivtraining zusammen. Aber das ist noch lange nicht alles: Immerhin müssen noch 50 Übungs-Sessions nachgewiesen und zum Teil protokolliert werden. Erst dann gibt es das Diplom.

Außer den Einzelsessions bietet Janine auch Paarberatungen an. Sie hält es aber durchaus für sinnvoll, erst einmal den eigenen Körper kennenzulernen. »Wenn der Einzelne etwas dazulernt, ändert sich immer auch die Sexualität in der Partnerschaft.«

Es gibt aber auch Paare, die gemeinsam sinnliche Paarmassagen erlernen und neue Berührungsräume für sich erschließen wollen. Sie hoffen, alte Muster abzulegen oder neue Formen für ihre Sexualität zu finden. Janine fragt dann: »Was braucht ihr? Was wollt ihr auf der Körper- und Berührungsebene lernen?« Dies findet dann Umsetzung in einer begleiteten Massage: Vier-Hand-Massage-Setting nennt Janine dieses Szenario, in dem einer der Partner eine Massage gibt – unterstützt durch Janine – und der andere sie empfängt.

Es findet eine klare Aufteilung von gebender und empfangender Rolle statt. Mal weg vom herkömmlichen interaktiven Sex, hin zu vollkommener Hingabe und der Fähigkeit, zu empfangen und anzunehmen, ohne etwas zurückgeben zu müssen. Oder eben zu lernen, den Intimpartner sinnlich zu beschenken, ohne etwas zurückzufordern.

Ursprünglich hat Janine klassische Wellness-Massagen gelernt. Später kam die Hawaiianische Lomilomi dazu, dann Tantra-Massage. In Kalifornien schließlich fand sie ihre Berufung und absolvierte eine Ausbildung zum Certified Sexological Bodyworker. Ihr ganzes Leben lang hatte sie sich mit ihrer eigenen sexuellen Biografie, ihren Wünschen und Sehnsüchten auseinandergesetzt, und an diesen Erfahrungen wollte sie andere partizipieren lassen. Eine starke Antriebskraft war aber auch die Neugierde, wie denn andere Menschen ihre Sexualität leben und ausdrücken, und zwar real und authentisch.

»Ich war immer schon ein offener Mensch«, sagt Janine. Das ist wohl eine Grundvoraussetzung für ihre Tätigkeit, die sie selbst als anspruchsvoll beschreibt.

Großen Respekt und Anerkennung erfährt Janine von ihren Schülern, ihren Klienten, ihren Geschäftspartnern. Auch die eigene Familie und Freunde unterstützen sie und heißen gut, was sich Janine auf die Fahnen geschrieben hat. Denn sie wissen genau: Sexualität kann man lernen und dafür ist Janines Praxis der Beweis.

Das Schönste an Janines Arbeit aber ist, dass das Beschreiten dieses Weges der Sexualität für sie niemals zur Routine wird.

»Jeder Mensch und seine sexuelle Ausdrucksweise, jeder Körper ist anders. Und wir Sexological Bodyworker dürfen Menschen begleiten, welche sich auf ein Wagnis einlassen. Niemand kann sich verstellen, der Körper lügt nicht und das gelebte sexuelle Potenzial ist die authentischste und ehrlichste Ausdrucksform eines Menschen. Das ist berührend und schön und sehr erfüllend.«

www.praxis-sexologicalbodywork.ch

Text verfasst von Tanja Steinlechner.

NEUNZEHN

DIE HOHE KUNST DER VERZAUBERUNG

Marie, 58 Jahre, Goldschmiedin und Bookerin der Musen-Agentur Greta Brentano, Berlin

Was ist Greta Brentano?
Greta Brentano ist eine Marke von Carlos Obers. Der hatte in seinem Leben einiges Geld als Werbetexter verdient und suchte nach einer sinnvollen Investition. Da kam er auf die Idee, einen exklusiven Escort-Service aufzuziehen. Das stellte sich als schwieriger heraus als gedacht. Es war kompliziert, die richtigen Mitarbeiter zu finden, die richtigen Fotografen, die richtigen Frauen.

Und inzwischen unterstützt du ihn?
Genau. Seit 2008 war ich zunächst als Muse, später dann als Bookerin für die Musen-Agentur Greta Brentano tätig.

Wie viele Frauen arbeiten für euch?
Die Frauen arbeiten nicht für uns, sondern wir für die Frauen. Wir bekommen 30 Prozent der Einnahmen und dafür liefern wir Wer-

bung, Organisation, Kundenauswahl, Nachbesprechung, Unterstützung. Momentan arbeiten wir für sechs Frauen, zum Sommer hin wollen wir uns noch etwas vergrößern.

Wie findet ihr diese Frauen?
Es bewerben sich 300 bis 500 Damen pro Jahr. Viele von ihnen könnten sich nicht vorstellen, woanders zu arbeiten. Die möchten genau diese Agentur. Und dann beginnt für uns das Aussuchen. Eine Greta-Brentano-Muse muss nicht im herkömmlichen Sinn schön sein, aber sie muss anziehend wirken. Sie muss anmutig sein. Wir wollen, dass sie gebildet ist, sich für Kunst und Kultur interessiert. Sie muss wissen, wie man sich kleidet. Sie muss die Kunst der Verführung beherrschen. Empathie ist wesentlich. Sie soll ganz und gar für den Kunden da sein und ihm ein gutes Selbstwertgefühl geben, ihm zeigen, dass er wichtig ist, ihm eine schöne Zeit ermöglichen.

Gibt es eine Altersbegrenzung?
Eigentlich nicht, aber in der Regel wird eine Frau über 40 nicht mehr gebucht. Wobei ich wiederum mit 53 überhaupt erst angefangen habe. Manche Männer möchten ja genau das. Aber darauf liegt nicht der Schwerpunkt von Greta Brentano.

Was verdient man als Muse bei euch?
Der Kunde zahlt 1.000 Euro für vier Stunden, das ist das Minimum. Manche Kunden buchen aber auch ein ganzes Wochenende, das wird dann entsprechend kostspieliger.

Ein ganzes Wochenende? Was macht man so lange?
Kommt drauf an. Oft haben wir Gäste, die Berlin kennenlernen möchten. Kürzlich zum Beispiel einen Arzt aus der Schweiz, der für drei Tage beruflich in Berlin war. Er schrieb mir, sein klassisches Berlin-Programm bei solchen Kongressen sei erst Oper, dann

Borchardt – aber das langweile ihn inzwischen. Er wolle ihm unbekannte Orte kennenlernen. Am ersten Abend haben die Muse und der Arzt sich in einem Club kennengelernt, einem etwas merkwürdigen Club in der Nähe seines Hotels. In der zweiten Nacht stieg er auf ein Hausdach, um Berlin von oben zu sehen. Danach brachen sie zu einer Kneipentour durch Neukölln auf. Und trennten sich schließlich ohne Sex, weil sie dafür beide zu betrunken waren. In der dritten Nacht haben sie sich zur Entspannung im Alten Zollhaus zum Essen getroffen, hatten im Anschluss wunderbaren Sex – und der Mann war glücklich.

Was hat ihn das gekostet?
Ich denke, mit Hotel, Essen, Taxi, Bars werden das um die 5.000 Euro gewesen sein.

Wahnsinn!
Na ja, das klingt nach so viel. Aber die Muse zahlt von ihrem Umsatz ja 30 Prozent an die Agentur für die Vermittlung. Außerdem entrichtet sie Steuern wie jeder andere auch. Also bleiben von 1.000 Euro 588 Euro übrig. Dann tragen die Frauen hochwertige Kleidung und Unterwäsche, die sie nicht als Berufskleidung absetzen können. Sie gehen zum Friseur, zur Kosmetikerin, zur Maniküre. Sie verbringen den halben Tag damit, sich vorzubereiten, sich die Nägel zu lackieren, sich zu schminken. Das ist am Ende nicht viel, was die Frauen da verdienen.

Wie viele Kunden haben eure Musen im Durchschnitt?
Das ist unterschiedlich. Vielleicht so zwei bis sechs im Monat. Uns ist es wichtig, dass die Musen auch noch einer anderen Tätigkeit nachgehen und nicht auf ihr Einkommen als Muse angewiesen sind. Sonst liefen sie Gefahr, aus wirtschaftlichen Gründen Jobs anzunehmen, die ihnen nicht zusagen. Das wollen wir nicht. Das ist weder für die Muse noch für den Klienten gut.

Bist du selbst immer noch als Muse tätig?
Nein, inzwischen arbeite ich als Vermittlerin, führe Kunden und Musen zusammen. Kümmere mich um die Vorgespräche, um die Auswahl der Frauen und der Männer.

Ist es anrüchig, als Muse zu arbeiten?
Überhaupt nicht. Musen sind selbstbewusste Frauen, die ihren Alltag und ihre Sexualität so leben, wie sie es wünschen, die von niemandem abhängig sind und sich nichts vorschreiben lassen.

Warum möchte eine Frau Muse für Geld sein?
Ich persönlich fand es extrem spannend, kultivierte, erfolgreiche, wohlhabende Männer kennenzulernen. Unsere Kunden sind interessant. Nicht immer vom Äußeren her – aber was glauben Sie, wie attraktiv Einfluss und Erfolg wirken.

Ist das typisch weiblich, Einfluss und Erfolg begehrenswert zu finden?
Ich glaube, das ist prinzipiell etwas Urtümliches. Wir wollen unsere Gene gut weitergeben.

Bei einem Treffen mit einer Muse geht es aber um mehr als Sex, oder?
Ja. Erst einmal gibt es eine Verabredung. Man geht in der Regel zusammen essen oder ins Theater oder einen Club. Und meistens entwickelt sich der Abend dahin, dass die beiden am Ende miteinander schlafen. Aber das ist nicht zwangsläufig so. Wenn die Chemie nicht stimmt oder wenn die Atmosphäre einfach nicht so ist, dann passiert das eben nicht. Das Rendez-vous als solches steht im Vordergrund.

Dass man für eine Frau bezahlt und nicht weiß, ob es überhaupt zum Geschlechtsverkehr kommt, ist etwas Besonderes, oder?
In Europa vielleicht. In Asien hingegen ist es völlig normal, dass man, wenn man einen hochpreisigen Escort-Service in Anspruch nimmt, nicht selbstverständlich Sexualität bekommt.

Es geht eben auch um die Kunst des Verführens, um das Jagen, um das Erobern. Das ist der Reiz. Auch ein Treffen auf Augenhöhe zu haben. Unsere Kunden wollen eine Frau, kein Fleisch.

Bedeutet das, dass der gegebenenfalls stattfindende Sex auch den Vorlieben der Frau entsprechen muss?
Ja, genau. In einem gewöhnlichen Puff wird eine gewisse, vorher vereinbarte Dienstleistung abgerufen. Dafür zahlt der Kunde. Das ist bei uns anders. Aber der Mann steht natürlich im Vordergrund insofern, als dass die Muse ganz auf ihn konzentriert ist.

Sind die einzelnen Frauen trotzdem auf bestimmte Spielarten der Sexualität spezialisiert?
Manchmal fragen Kunden mich als Bookerin, welche Frau für dieses oder jenes zu haben wäre. Ich sage dann, ich kann ihnen nichts versprechen, aber ich würde ihnen empfehlen, eine bestimmte Muse zu buchen, weil die, das weiß ich, diese Art von Sexualität gut findet.

Ich weiß, was meine Musen mögen. Ich kenne sie ja. Je mehr mir ein Gast von sich offenbart, desto besser kann ich ihn an die für ihn optimale Muse vermitteln.

Wenn sich eine Frau und ein Mann treffen und merken, es passt nicht – können sie das Treffen dann noch abbrechen?
Ja, idealerweise innerhalb der ersten halben Stunde. Danach wird der Deal gemacht.

Wie müssen die Männer sein, die ihr als Gäste akzeptiert?
Sie müssen respektvoll sein. Das ist das A und O. Das merke ich ja meistens schon im Vorgespräch. Manchmal ruft jemand an und fragt: »Is this girl available tonight?« So jemanden lehne ich sofort ab. Ich vertrete keine Girls, sondern Frauen. Und die sind nicht von jetzt auf gleich zu buchen. Die arbeiten, die haben Termine,

ein Leben. Available, also »verfügbar« sind sie erst recht nicht. Kein Mensch ist verfügbar.

Haben eure Musen eine Ausbildung absolviert, die ihnen ihre Arbeit erleichtert?
Gute Musen bilden sich fort. Sie machen Massagekurse, haben oft eine Tantra-Ausbildung, gehen in Kurse, in denen sie lernen, was eine gute Domina ausmacht. Nicht unbedingt, um eine Domina zu sein, sondern um zu wissen, wie man bei jemandem das Kopfkino in Gang setzt und wie man eine erotische Situation kontrolliert, auch, wie man mit Grenzen umgeht.

Glaubst du, die Frauen empfinden ihre Arbeit zuweilen auch als belastend?
Sie haben alle ganz unterschiedliche Wege, wie sie ihre Erlebnisse verarbeiten. Es ist sehr wichtig, sich nicht als Prostituierte zu sehen. Das ist schwer, weil die gesamte Gesellschaft einen als Prostituierte sieht. Gegen dieses Vorurteil muss man innerlich ankämpfen. Das machen viele auf sehr kreative Weise. Eine führt ein »Hurentagebuch«. Das ist großartig. Sehr witzig, sehr frech, sehr schön. Eine andere filmt sich vor jedem Date und nach jedem Date und sieht sich die Filme dann an, um zu sehen, wie sie auf sich selbst wirkt. Einmal im Monat treffen wir uns und reden über unsere Erlebnisse.

Kennst du von dir selbst das Gefühl, dass du dich schmutzig oder benutzt fühlst nach einem Date?
Ja, das kenne ich. Das liegt an dem jeweiligen Gast, da hat man sich vergriffen. Einmal, als ich noch nicht selbst Bookerin war, hatte ich ein sehr schlecht vorbereitetes Date. Der Gast war ein Israeli, der mich wie ein Stück Fleisch und nicht wie einen Menschen behandelt hat. Bis ich ihm durch lange Gespräche gezeigt habe, dass es Gründe gibt, mich zu respektieren.

Dann gab es eine komische Situation, als wir miteinander Sex hatten und er mich bat, nicht laut zu schreien, denn nebenan schliefe seine Mutter. »Warum, was macht deine Mutter hier?«, fragte ich ihn. Da stellte sich heraus, dass er seine Mutter bei ihrem ersten Besuch in Deutschland begleitete. Sie war gebürtige Deutsche, aber hatte fliehen müssen. Er war ein amerikanischer Geschäftsmann. Jetzt war er völlig konfus. Überfordert von den Gefühlen seiner Mutter, seinen eigenen Gefühlen – und dann von mir. Im Laufe unseres Gesprächs gab er zu: Er konnte nicht anders, als eine deutsche Frau erniedrigen zu wollen. Und dafür hat er sich entschuldigt.

Das klingt heftig.
Ja, das war es.

Hat eure Arbeit therapeutische Seiten?
Klar. Aber wir sehen uns nicht in erster Linie als Therapeutinnen. Das wäre überheblich. Wir wollen nicht überheblich sein. Wir wollen Kontakte auf Augenhöhe. Das gilt für beide.

Was denkst du über den Kampf mancher Alt-Feministinnen, die Prostitution verbieten wollen?
Ich sehe den Sinn darin nicht.

In erster Linie geht es dabei, glaube ich, um ein Verbot von Zwangsprostitution.
Mag sein, aber es ist ja ein Irrtum, dass der Bereich der käuflichen Liebe von Zwangsprostitution dominiert wird. Dem ist nicht so. Davon abgesehen hat Zwangsprostitution nichts mit Sexarbeit zu tun, sondern mit Vergewaltigung, Menschenhandel, Körperverletzung, Freiheitsentzug. Das sind alles bereits Straftatbestände. Und klar, es kommen Frauen aus Osteuropa hierher, um Geld zu machen. Das ist ihr Recht. Das ist erst mal nicht schlimm. Schlimm ist, wenn eine keine Wahl hat, weil sie hier keine Arbeitserlaubnis

bekommt. Das ist schlimm. Aber es ist meiner Meinung nach auch schlimm, wenn jemand bei Amazon arbeiten muss. Da schreien aber deutlich weniger Menschen: Zwangsarbeit!

Würdest du dich als Feministin bezeichnen?
Grundsätzlich ja. Aber mit vielen, die sich als Feministin bezeichnen, kann ich mich nicht identifizieren. Die neigen nämlich dazu, Männer zu diskriminieren. Das passt mir nicht. Für mich bedeutet Feminismus, niemanden zu diskriminieren.

Sind eure Gäste verheiratet oder in festen Partnerschaften?
Ja, oft, aber oft in schlechten. Manchmal sind sie auch okay. Diese Ehen haben meistens den Aspekt der Sexualität eingebüßt, was für manche aber völlig in Ordnung ist. Die empfinden ihre Beziehung trotzdem als harmonisch und suchen sich Sexualität eben woanders. Schön wäre natürlich, wenn die Frauen das auch täten.

Habt ihr auch weibliche Gäste?
Selten, aber es kommt vor. Das sind Frauen, die erfolgreich und wohlhabend sind.

Ist die Hürde für Frauen höher, ein Date zu kaufen?
Es ist schwieriger für Frauen, zu begreifen, dass daraus keine Beziehung entsteht.

Meinst du, es gibt eine Entwicklung dahingehend, dass Frauen zunehmend auch Sexarbeit in Anspruch nehmen?
Ja, natürlich gibt es diese Entwicklung. Voraussetzung dafür ist aber, dass Frauen Geld haben. Durchschnittlich verdienen Frauen weniger Geld als Männer. Weil ihnen durchschnittlich Geld auch nicht so wichtig sind. Frauen wollen mehr haben als nur Geld. Und dann hat man eben nicht viel Geld, wenn man eigentlich mehr haben möchte als Geld. Der Tag hat nun mal nur 24 Stunden. Auch für Frauen.

Was müsste passieren, damit Sexarbeit gesellschaftlich nicht mehr abgewertet wird?

Wir müssen Öffentlichkeitsarbeit machen! Im Grunde ist es wie mit Drogen. Alle kiffen. Der Bundestag kokst im großen Stil. Aber man darf es nicht laut sagen. Albern. www.greta-brentano.de

Das Interview führte Cornelia Jönsson.

ZWANZIG

ES GEHT NICHT UM DEN ORGASMUS

Nhanga Ch. Grunow, 55 Jahre,
Ausbilderin für Yoni-Massagen, Nähe Karlsruhe

Es ist lange her, dass ich Nhanga einmal bei einem Vortrag über »Das andere Gesicht der Frau« (Die Vulva) erlebt habe, und ich kann mich kaum noch an sie erinnern. Als sie dann bei mir in der Küche sitzt, um mit mir über ihre Arbeit zu sprechen, muss ich an die *Venus von Willendorf* denken. Das ist eine Statue aus der Altsteinzeit, die ausladende weibliche Kurven aufweist. Nhanga erinnert mich an eine alte, weise Frau, die über unendlich viel Wissen über Weiblichkeit und Sexualität verfügt. Als sie zu erzählen beginnt, versinke ich in der ruhigen und geerdeten Ausstrahlung, die sie verbreitet.

Wann hast du angefangen zu massieren?
Als ich 14 Jahre alt war, hat mir meine Stiefmutter, die eine klassische Masseurin war, die ersten Massagegriffe beigebracht. Massage wurde mein liebstes Hobby, professionelle Gedanken hatte ich dazu lange Zeit nicht. Meinen ersten richtigen Massagekurs habe

ich mir erst mit Ende 20 geschenkt, das war die Ying-Yang-Massage von Andro, einem der bekanntesten Tantra-Lehrer Deutschlands. Warum ich ausgerechnet dort gelandet bin, kann ich nicht mehr sagen. Ich wusste von Tantra nichts, ich bin nicht hin, weil ich etwas über Sexualität erfahren wollte, aber mich hat diese Seminarbeschreibung einfach total fasziniert. Anschließend habe ich ein Jahrestraining mit der Ying-Yang-Massage gemacht, das war sehr intensiv. Ich habe über einen Zeitraum von vier Wochen täglich ein bis zwei Massagen gegeben, nur zur Übung, trotz achtjährigem Sohn und neuem Freund – diese Massagearbeit hatte einfach völlig mein Feuer entfacht!

Wann bist du in die erotische Massage eingestiegen?
In diesem Jahrestraining gab es einmal im Monat ein Wochenende zu einem bestimmten Thema. Aromatherapie zum Beispiel oder die Lehre von den Meridianen und vieles andere. So bekam man einen kleinen Einblick in diese Techniken und konnte für sich entscheiden, was eine anzieht, worein man sich vertiefen möchte. Ich saß also während eines dieser Seminare in der Pause im Aufenthaltsraum, als eine gute Bekannte von mir mit ihrem Gast, der zu einer Tantra-Massage gekommen war, durch diesen Raum in ihr Massagezimmer ging. Er sah mich dort sitzen und fragte sie, ob er wohl eine Vier-Hand-Massage bekommen könnte mit ihr und mir.

Meine Bekannte fragte mich, ob ich mir das vorstellen könnte. Inzwischen hatte ich so viel mit der Yin-Yang-Massage geübt und Erfahrung gesammelt, ich war eine richtig gute Masseurin geworden. Ich hatte Lust, es auszuprobieren, und so ging ich in meine erste Tantra-Massage, in meine erste Vier-Hand-Situation.

Es hat mir von Anfang an sehr viel Freude bereitet. Wir haben diesen Mann lange Zeit immer wieder zusammen massiert – das war mein Einstieg in die Tantra-Massage. Der Klient hatte eine schwere Behinderung, das war noch eine ganz besondere Situation. Wir haben sehr intensiv mit ihm gearbeitet – das war einfach ein toller Einstieg in diese sensible Arbeit!

Wann hast du deine erste eigene Yoni-Massage bekommen?
Das geschah im Rahmen eines Frauen-Tantra-Seminares. Es war für mich ein ganz zentrales Erlebnis. Bei der Massage der einen Seite meiner Vagina habe ich innerlich meine eigene Geburt wiedererlebt, auf der anderen Seite die meines Sohnes. Ich glaube, alles was wir erleben, ist in unserem Körper abgespeichert und kann auch wieder aus den Zellen entlassen werden – zum Beispiel durch Berührung.

Als ich die Yoni-Massage kennenlernte, dachte ich: WOW! DAS IST ES! Damit will ich mal arbeiten! Aber ich war einfach noch zu jung, um mit Frauen zu arbeiten, mir fehlte noch die Reife und vor allen Dingen die eigene Erfahrung. Ich bin erst mal sehr tief mit mir selbst in die Körperarbeit eingestiegen und habe später dann angefangen, mit Männern zu arbeiten.

Wie kamst du zur Frauenmassage zurück?
Hauptberuflich war ich bei einem kleinen esoterischen Verlag angestellt, aber nebenberuflich hatte ich bereits 16 Jahre als Masseurin gearbeitet. Irgendwann stand ich vor der Frage, was ich weiter tun wollte. Ich arbeitete damals in dem Massage-Institut in Stuttgart. Die Leiterin inspirierte mich, von den Massagen zum Unterricht

zu wechseln, und so gründeten wir das Rosarium, die erste Schule für Intim-Massagen.

Schon nach dem ersten Ausbildungskurs war mir klar: Ich will nicht nur Frauen ausbilden, die in diesem Bereich professionell arbeiten wollen, sondern mein Wissen allen Frauen und Männern anbieten, die Interesse daran haben. Zu dieser Zeit wurden die Yoni- und die Lingam-Massage nur innerhalb von Tantra-Jahres-Trainings unterrichtet, und dort waren sie auch bloß ein ganz kleiner Teil des Trainings. Wir waren sehr unsicher, ob unser Projekt angenommen werden würde, ob es einen Markt dafür gäbe, aber wir waren ja Pionierinnen, auch mit dem Massageangebot, uns war dieses Thema sehr wichtig, und so wagten wir es, nach und nach ein ganzes Kursprogramm zu konzipieren und anzubieten.

Die Nachfrage war da und es funktionierte. Am Anfang hatten wir ganz kleine Gruppen. Ich habe zwei Jahre lang massiert und nebenbei Gruppen gegeben, also sozusagen doppelt gearbeitet. Doch die Gruppen wuchsen zum Glück kontinuierlich. Später habe ich auch die ersten Frauengruppen angeboten.

Wie hat sich dein Business weiterentwickelt?
Die Seminare waren mittlerweile gut gewachsen, ich hatte eine gute Arbeitsteilung mit zwei Kolleginnen. Die eine hat sich um das Marketing gekümmert, die andere um die Akquise und das Büro, ich habe die Kurse konzipiert und durchgeführt. Aber wie das manchmal so kommt, mit der Zeit haben sich unsere Vorstellungen, wie es mit den Seminaren weitergehen soll, unterschiedlich entwickelt. Und so haben wir uns dann getrennt.

Ich habe mich damals dafür entschieden, eine Weile allein weiter zu machen. Büro, Akquise, Kurse, Werbung, Marketing – ich wollte alles von innen her kennenlernen. Das habe ich circa sieben oder acht Jahre lang gemacht. Vor etwa zwei Jahren habe ich die Büroarbeit wieder an eine Kollegin abgegeben, was für mich eine große Erleichterung bedeutete.

Die Perlentor-Ausbildung ist mein absolutes Herzstück geworden. Zusammen mit zwei ehrenamtlich engagierten Frauen haben wir in den letzten Jahren ein sehr stimmiges Konzept erarbeitet für dieses ganz neue Berufsbild der Frauenmasseurin.

Das Perlentor ist eine Ausbildung in Frauenmassage und Sexualcoaching. Der Schwerpunkt der Ausbildung liegt im praktischen Erlernen und Erleben der Yoni-Massage. Gleichzeitig vermitteln wir die neuesten wissenschaftlichen Erkenntnisse über weibliche Anatomie und Sexualität, über die Funktion des Orgasmus, lehren Atem- und Kommunikationstechniken.

Fiel es dir schon immer leicht, über dieses sehr intime Thema zu sprechen?
Damals in der Zeit im Rosarium hatte mich meine Kollegin einfach für einen Vortrag angemeldet, ohne mich vorher zu fragen, mich sozusagen ins kalte Wasser geworfen! Ich habe sie echt verflucht, denn ich hatte noch nie einen Vortrag gehalten und war ziemlich aufgeregt. Aber ich habe mich dem gestellt.

Ich habe über »das andere Gesicht der Frau« gesprochen. Denn jede Frau hat eine ganz individuelle Vulva. Ich hatte ein Buch aus den USA mit vielen Fotografien von Vulven gefunden. Damit bin ich in einen Copyshop gegangen, um Folien machen zu lassen. Das war eine ganz schön heiße Situation für mich! Da stand ein junger Mann hinter dem Tresen, der, ohne das Gesicht zu verziehen, diese Bilder kopierte und laminierte. Und um meinen Tisch schlichen immer wieder andere Kunden aus dem Laden rum, um die Bilder anzugucken. Puh, ich war völlig verschwitzt und heilfroh, als ich aus dem Copyshop wieder draußen war!

Der Vortrag über die Yoni-Massage lief wirklich gut. Ich war vorgewarnt worden, dass die Frauen in dem Zentrum, wo ich den Vortrag halten sollte, Vorbehalte hatten gegen das Thema. Die Aufregung bescherte mir eine schlaflose Nacht, aber letztendlich kam mein Vortrag richtig gut an. Ich halte diesen Vortrag auch heute noch und bekomme immer noch sehr gute Resonanz dafür.

Lebst du in einer Beziehung?

Vor etwa zwölf Jahren hat mir – nach der Trennung von meinem Mann und als mein Sohn erwachsen war – meine spirituelle Führung gesagt: »Jetzt geh mal ganz weg von den Männern, geh mal ganz hin zu den Frauen. Es ist jetzt Zeit, einen Heil-Raum für deine Yoni aufzumachen, dich um deine Weiblichkeit und dein Frausein zu kümmern!« Und so ging ich für eine Zeit ins ›Indianische Zölibat‹. Das heißt im Gegensatz zu unserem Zölibat nicht, mit der Sexualität aufzuhören, sondern in die sexuelle Selbstliebe zu gehen. Jeder sexuelle Akt ist sozusagen eine Vereinigung mit Wakan Tanka, mit dem großen Geist, der die ganze Welt beseelt und belebt.

Meine Forschungsfrage war dann: Kann ich als Frau in der sexuellen Selbstliebe einen Zustand erreichen, der mich genauso satt, befriedigt und wohlig hinterlässt wie guter Sex mit jemand anderem? Das kann ich mittlerweile eindeutig mit Ja beantworten. Sexuell fehlt mir nichts, ich habe den besten Sex meines Lebens, seit ich ihn allein lebe, dadurch dass ich die sexuelle Selbstliebe gelernt habe.

Es würde mir natürlich Spaß machen, mit einem Mann Sex zu haben, daran hat sich nichts geändert. Aber ich brauche keinen anderen Menschen mehr, um sexuell befriedigt zu sein. Und das empfinde ich als großes Geschenk und große Freiheit.

Ich habe die ganzen Jahre nichts vermisst, war sehr gerne Single. Ich habe für meine Arbeit gelebt, wie so viele Menschen das heute tun. Aber das verändert sich seit einiger Zeit. Ich merke, ich wünsche mir mal wieder einen Menschen, mit dem ich mein Leben teilen kann. Und auch eine kleine Gemeinschaft, in der ich leben kann. Ich denke viel nach über altersgerechtes Wohnen.

Wie läuft so eine Yoni-Massage bei dir ab?

Das A und O in der Yoni-Massage ist Entspannung. Deshalb bekommt die Frau zu Beginn eine Ganzkörpermassage. Erst die Rückseite, danach der Beckenboden, die Vorderseite, anschließend die

Yoni-Massage von außen. Erst zum Schluss wird die Yoni von innen massiert. Ich massiere drei Stunden, dazu kommt eine halbe Stunde Vorgespräch, eine halbe Stunde Nachgespräch. Bei der ersten Massage gucken wir natürlich, ob es stimmig ist, nach innen zu gehen. Oder ob das erst mal reicht mit einer äußeren Massage, aber die meisten Frauen gehen gern nach innen. Es ist aber auch vollkommen okay, erst einmal nur eine absichtslose Berührung an der Vulva zu erfahren. Das ist schon etwas, was die meisten Frauen gar nicht kennen und als sehr wohltuend empfinden.

Es ist ein Lernprozess für die Frau, sich intim massieren zu lassen. Es gibt diverse Erwartungen und Vorstellungen. Das, was das eigentliche Erleben ausmacht, ist etwas gänzlich anderes, es braucht Erfahrungen, um dahin zu kommen. Das Erste bei der Massage ist es, im Inneren den G-Punkt zu lokalisieren und zu massieren. Wenn der noch verspannt ist, kann das anfangs ziemlich unangenehm bis schmerzhaft sein. In diesem Punkt steckt aber so viel Gewinn drin, dass ich die Frauen versuche zu motivieren, dranzubleiben. Mein Ziel ist es auch, dass die Frauen nicht immer zu mir kommen müssen, um ihren G-Punkt fühlen zu können. Sie sollen das möglichst selbst lernen, deswegen bekommen sie immer Hausaufgaben bis zur nächsten Sitzung.

Gehört der Orgasmus zur Massage dazu?

Bei den Männern hatte ich über die Jahre gelernt, dass ich erst in die Massage und dann in die Orgasmus-Energie gehe. Als ich das bei den Frauen anwenden wollte, habe ich erlebt, dass es bei neun von zehn Frauen nicht funktioniert. Dieser direkte Weg von den Männern hat einfach bei den Frauen nicht geklappt. Das hat mich wahnsinnig frustriert, ich habe lange nicht verstanden, woran das liegt.

Bis ich irgendwann gesagt habe: Ich gebe hier keine Orgasmus-Garantie, es geht auch nicht um den Orgasmus in der Massage. Das, worum es geht, ist, wieder zu lernen, sich zu fühlen. Vor allem innen. Auch außen, aber vor allem innen. Wenn die Lust kommt, folgen wir ihr, wenn andere Gefühle kommen, folgen wir denen. Es gibt keine Wertung, eine Lustmassage ist nicht besser als eine, bei der wir im Schmerz landen.

Dieser Druck, einen Orgasmus zu erzeugen, den wollte ich nicht mehr. Ich habe viele Jahre gebraucht, um den selbst nicht mehr im Inneren zu spüren oder im Außen zu erzeugen. Ich war so konditioniert: aus meiner eigenen Sexualität, aus den Jahren der Massage mit den Männern und aus der Vorstellung heraus, dass der Orgasmus das Highlight der Massage ist.

Aber immer mehr begreife ich, dass es nicht um den Orgasmus geht, sondern um die Lust. Dass der Orgasmus etwas ist, was der Körper von ganz allein macht, was nicht gemacht werden muss. Und wenn er von allein entsteht, dann geschieht er nicht nur genital, sondern im ganzen Körper. Und kann somit seine Aufgabe erfüllen, nämlich dem Gehirn ein Reset zu geben, eine komplette Spannungsentladung. Dafür ist er eigentlich da, das ist seine Funktion.

Meine Arbeit geht immer mehr in diese Richtung: Entspannung und Absichtslosigkeit in die Genitalmassagen zu bringen. Einverstanden sein mit dem, was JETZT ist, was der Körper jetzt zeigen möchte. Nicht mehr irgendeiner Vorstellung zu folgen, irgendwohin zu wollen, sondern das anzuerkennen und ja zu sagen zu dem, was jetzt ist. Das öffnet einen ungeheuer heilsamen Raum – und das gilt nicht nur für die Situation in der Massage, das lässt sich eins zu eins ins alltägliche Leben übertragen.

Sollte sich das jede Frau gönnen?
Ich würde es jeder Frau ans Herz legen. Frauen stehen häufig unter einem Leistungsdruck, weil sie denken, sie wären nicht orgasmusfähig oder frigide, weil sie beim Sex nicht zum Orgasmus kommen. Das erste, was man in der Yoni-Massage wieder erreichen kann, ist ein präzises Fühlen im Innern, so dass die Frau wieder spürt, was

ihr gut tut. Was wünscht sie sich in der Sexualität überhaupt? Der direkte Weg in den Orgasmus, den wir so lange trainiert haben, verhindert eine ganzkörperliche, eine schon fast spirituelle Ganzheitserfahrung in der Sexualität.

Auch wenn die Massage selbst nichts mit Sexualität zu tun hat, in der Massage geht es immer darum, dass du in einen Erfahrungsraum mit dir selbst kommst und dich selbst wieder mehr spürst. In der Sexualität mit einem Partner geht es um Interaktion, das ist der große Unterschied.

Kann die Yoni-Massage ein Ersatz für Partner-Sexualität sein?
In unserer Gesellschaft ist es ja immer noch so: Wenn du über 50 bist, graue Haare kriegst und nicht mehr superschlank bist, dann findest du auch keine Liebhaber mehr. Du wirst für die Männer uninteressant. Andererseits gehen die Frauen auch nicht mal eben so los, um einen Liebhaber zu finden. Sollen sie einen Mann an der Bar aufreißen oder im Swingerclub? Das trauen sich viele nicht. Eine Yoni-Massage ist einfach eine tolle Möglichkeit für ältere Frauen, ihre Sexualität lebendig zu halten. Ich hatte mal eine Klientin, die war 63, die kam zu mir in die Massage. Es war gar nicht spektakulär, aber die Massage war so schön, selig und so fein. Die Frau ging ganz genährt und glücklich nach Hause. Das ist so ein Bereich, bei dem ich mir wünsche, dass eer viel mehr Anerkennung erfährt, wie auch alleinstehende Frauen für sich selbst für eine befriedigende Sexualität sorgen können. Denn schließlich ist sexuelle Energie Lebensenergie!

Wird deine Arbeit gesellschaftlich anerkannt?
Die Akzeptanz der Yoni-Massage hat in den letzten Jahren riesige Fortschritte gemacht. Anfangs kannte das überhaupt niemand, heute wird immer wieder in den Medien darüber gesprochen und diskutiert. Es gibt auch immer mehr Frauenärztinnen oder Sexualtherapeutinnen, die ihre Patientinnen zu uns schicken.

Langsam ändert sich auch in der Öffentlichkeit der Blick auf die Sexualität. Es wird klarer, dass eine gesunde Sexualität zentral wichtig ist für die Gesundheit und das Wohlbefinden des Menschen. Immer mehr Frauenmasseurinnen treten aus dem Tantra-Massage-Bereich raus und erfahren gesellschaftliche Anerkennung für ihre Arbeit. In den letzten Jahren kamen vermehrt Heilpraktikerinnen und Hebammen in meine Kurse. Klar, es könnte alles noch viel mehr werden, noch viel normaler, noch viel anerkannter – diese Massage hat so vielfältige Anwendungsgebiete! Aber wir bleiben ja auch dran, jede Frau entwickelt ihr eigenes Betätigungsfeld, hat eigene Schwerpunkte. Ich sehe hier noch sehr viel Potenzial. Ich hoffe, dass wir noch viel mehr Frauen erreichen werden und damit viel für deren Lust und Heilung tun können!

www.tantramassage-lernen.de

Das Interview führte Silke Maschinger.

EINUNDZWANZIG

AUF FREMDEN PLANETEN LANDEN

Catharina König, 56 Jahre,
Sexualbegleiterin, Bochum

Markus ist 35 Jahre alt und Autist. Er lebt in einem Behindertenheim. Markus hat Schwierigkeiten, sich verbal mitzuteilen. Durch gestützte Kommunikation und Ja-Nein-Abfragen können sich die Heilerziehungspfleger mit ihm verständigen. Heute sitzt Markus nur mit seinem Bademantel bekleidet auf seinem Bett und wartet auf Catharina König. Gerne möchte er sexuell etwas erleben. Das hat er Tim, seinem Bezugsbetreuer, anvertraut. Jetzt ist er aufgeregt. Heute ist es soweit. Die Sexualbegleiterin öffnet die Tür zu seinem Zimmer und lächelt ihn freundlich an. Sie versucht, langsam in Kontakt mit Markus zu gehen. Er hält die Situation jedoch nicht aus und schickt sie nach bloß zehn Minuten wieder weg. Wenig später meldet sich das Behindertenheim bei Catharina König. Markus will sie unbedingt wiedersehen.

Der Wunsch ist geblieben. Jetzt ist es an der Sexualbegleiterin, einen gemeinsamen Weg zu finden, der es Markus ermöglicht, sein Begehren auch leben zu können.

*

Hartmut ist beinahe 90 Jahre alt. Er hat einen Blasenkatheder in der Harnröhre und lebt im Pflegeheim. Seine Frau Anna ist schon seit zehn Jahren tot. Er sehnt sich nach echter Intimität, fühlt sich allein. Es geht ihm nicht um das Erlebnis eines Orgasmus. Er kennt viele sexuelle Höhepunkte aus seiner Ehe, sie war glücklich. Aber er will mal wieder in den Arm genommen werden, die Nähe zu einem anderen Menschen spüren. Catharina König besucht auch Hartmut. Sie kennt ihn schon länger. Viermal im Jahr sehen sie sich. Zu mehr reicht seine Rente nicht. Er spart, damit Catharina zu ihm kommen kann. Das tut er gern, er braucht auf seine alten Tage nicht mehr viel. Nur das Vogelfutter für seinen Wellensittich, der so schön singen kann. Hartmut liebt Lieder. Früher war er Musiker und Sänger. Er spielt Catharina seine alten Kassetten vor. So liegen sie dicht an dicht gekuschelt auf seinem Bett und lauschen seiner Jugend nach und dem, was ihn einmal ausgemacht hat. Hartmut erinnert sich und strahlt Catharina an.

*

Frau König ist ausgebildete Sexualbegleiterin. Das Institut zur Selbstbestimmung Behinderter (ISBB) bietet diesen Lehrgang an. Seit neun Jahren übt Catharina König ihren Beruf als Sexualbegleiterin aus. Seitdem offeriert sie sexuelle Dienstleistungen für behinderte, kranke oder alte Menschen und macht erotische und sinnliche Begegnungen für sie oft erst möglich. Ihre Klienten sind häufig mehrfachbehindert.

»Meine Tätigkeit ist sehr individuell auf den jeweiligen Menschen zugeschnitten. Zunächst einmal muss ich herausfinden, mit wem ich es zu tun habe. Sind es Menschen, die ihre Sexualität leben konnten, wie es bei vielen pflegebedürftigen alten Menschen der Fall ist, oder hatten sie dazu noch nie eine Möglichkeit? Können sie ihre Sexualität wenigstens durch Selbstbefriedigung erfahren? Begleitet ihre Behinderung sie seit ihrer Geburt oder haben sie sie erst im Laufe ihres Lebens erworben? Können sie mich verstehen und können sie mir antworten? Haben sie überhaupt eine Bewusstheit der eigenen Sexualität? Fragen über Fragen, denen ich mich mit Hilfe des Betreuungspersonals, der Eltern oder der Klienten selbst nähere.«

Catharina König wird oft dann angerufen, wenn es Probleme gibt. Auffälliges, aggressives oder autoaggressives Verhalten ist damit gemeint, auch Übergriffe gegenüber Personal oder Mitbewohnern. Mitarbeiter aus Behinderten- oder Pflegeheimen sehen in Frau Königs Angebot eine Möglichkeit, Abhilfe für die Schwierigkeiten ihrer Klienten zu finden. Denn die Sexualbegleiterin will den sexuellen Bedürfnissen und dem Wunsch nach Intimität Aufmerksamkeit zollen.

»Es geht den Mitarbeitern oft darum, eine sexuelle Entspanntheit bei den Klienten herzustellen, um zum Beispiel das Personal zu entlasten oder für die notwendige Sicherheit unter den Mitbewohnern zu sorgen, seltener geht es einfach nur um die Lebbarkeit der Sexualität ihrer Klienten«, sagt Frau König. »Manchmal gibt es den Wunsch, dass sich jemand wenigstens selbst befriedigen kann. Das ist dann ein Auftrag, der sehr häufig von den Müttern kommt, die sich um das Wohlergehen ihrer Söhne sorgen. Selbstbefriedigung sehen sie als kleinste Form der selbstbestimmten Sexualität.«

Nicht immer ist diese kleinste Form möglich, zum Beispiel bei stark spastischen Menschen. Da ist das Risiko einfach zu groß. Oder wenn Menschen keine funktionsfähigen Arme oder Hände haben. Manchen Menschen muss Frau König auch erst beibringen, wie das geht, Selbstbefriedigung. »Die probieren zwar viel aus, erreichen aber nicht den Höhepunkt und sind dann frustriert.«

Das kann Catharina König oftmals ändern. Sie übt mit ihren Klienten. Wenn sie sie besucht, wird sie oft stürmisch empfangen. Die Menschen erinnern sich an sie. Auch wenn sie sich nicht artikulieren können. Sie öffnen ihre Arme und strahlen breit. Catharina

König weiß dann, dass ihre Arbeit sinnstiftend ist, und das erfüllt sie.

In einem früheren Leben hat Catharina König Steuererklärungen gemacht. Irgendwann ging das nicht mehr. Sie hat dann hin- und her überlegt, wo ihre Kompetenzen liegen, und festgestellt, dass sie gut Menschen spüren kann. Ein Zertifikat dazu freilich hatte sie nicht. Als sie dann Sexualität hinzudachte, erschrak sie. Damit konnte sie doch unmöglich Geld verdienen. Dem haftet die Assoziation Rotlichtmilieu an. Filme im Kopf, gegen die sie heute auch an Berufsschulen, zum Beispiel für Heilerziehungspfleger, ankämpft.

»Es geht ja nicht um die Frage, ob das, was ich tue, Prostitution ist, denn wenn jede sexuelle Dienstleistung so definiert ist, dann bin ich eine Prostituierte. Ich bejahe das und verstecke mich nicht mit meinem Beruf. Es geht um die Assoziationen, die der Begriff Prostitution freilegt. Diese Gedankenfäden mit der Realität zu verknüpfen, die ich täglich erlebe, das ist meine Mission.«

Zu Beginn ihrer Tätigkeit denkt Catharina König, sie bräuchte unbedingt Fachwissen aus der Pflege oder der Behindertenarbeit. »Im Zweifel nützt das aber wenig«, sagt sie. »Das weiß ich heute. Es hilft mir nicht weiter, wenn ich bloß weiß, dass ein Klient spastisch ist. Wie sich der Spasmus im individuellen Fall auswirkt, darum geht es. Ich muss einen Weg finden, mit dem Klienten zu kommunizieren. Mich ihm langsam, behutsam und grenzwahrend zu nähern. Davon abgesehen ist es schon sinnvoll, mal einen Blasenkatheder oder ein Beatmungsgerät gesehen zu haben. Diese Dinge sind einfach mit dabei und lassen sich nicht wegdenken.«

Jedes Mal, wenn Catharina König einen neuen Klienten besucht, ist es für sie, als lande sie auf einem fremden Planten. Sie muss herausfinden, wie das Leben und die Kommunikation dort funktioniert. In diesem Sinne ist Frau König Forscherin, die täglich neue Herausforderungen meistert.

»Das macht meine Tätigkeit aber auch erst spannend. Es gilt herauszufinden, was mein Klient mit mir erleben will. Möchte er kuscheln, nur neben mir liegen, in den Arm genommen werden oder einen Orgasmus erleben? Gerade für Menschen, die so etwas noch nie gespürt haben, ist das ein großes Maß an Intimität. Da gibt es Klienten zwischen 50 und 60 Jahren, die live noch nie eine nackte Frau gesehen haben. Ich eröffne einen intimen Raum, in dem ein erstes sexuelles Erlebnis stattfinden kann. Ich biete keinen Geschlechts- oder Oralverkehr, da bin ich nicht die Richtige. Aber auch die nicht als Sexualbegleiterin ausgebildete normale Sexarbeiterin hat in ihrem Klientel behinderte Menschen. Sexualbegleiterin ist ein recht junger Beruf, den es erst seit circa 15 Jahren gibt. Aber schon früher gab es hierfür eine Nachfrage. Entscheidend ist, ob ein Behinderter überhaupt ins Bordell gehen kann, ob er physisch die Möglichkeit hat, dorthin und hineinzukommen. Ich habe keine eigenen Räumlichkeiten, sondern mache Hausbesuche und gehe in die Einrichtungen. Für die Menschen, die nach einer langjährigen Wartezeit sehnlichst ein aufregendes Erlebnis haben möchten, für die ist es auch schön, in ihrer vertrauten Umgebung zu sein.«

Frau König ist froh, dass sich ihr Leben in diese Richtung verändert hat. Als Steuerfachangestellte hätte sie all diese Erfahrungen und wunderbaren Begegnungen mit verschiedenen Menschen nicht machen können. »Der Job fordert und fördert mich und das ist gut so. Ich habe meinen Platz gefunden. Am Anfang musste ich natürlich prüfen, ob ich das kann. Da ist diese Dreifachtabuisierung: Für Geld Sex mit Behinderten haben. Vorher hatte ich gar keine Kontakte zu behinderten Menschen. Das ISBB bietet erotische Wochenenden für Behinderte an und wir Auszubildenden konnten dort unter Supervision unsere ersten vorsichtigen Schritte tun. An meinem ersten Wochenende in Trebel hatte ich ein Schlüsselerlebnis. Einem spastischen Mann im E-Rolli, der an allen vier Gliedmaßen verschoben war, mit einer Brille mit dicken Gläsern, lief der Speichel aus dem Mund, während er mich beobachtete. Die Menschen hatten die Möglichkeit, uns um ein Date zu bitten. Ich saß ihm gegenüber und habe mich gefragt, was ich mache, wenn

er mich jetzt fragt. Während ich noch so nachdachte, strahlte er mich plötzlich aus den Tiefen seiner Seele an. Da habe ich gemerkt: Ja, es geht. Weil ich ihn als Menschen sehen konnte. Die Behinderung stand nicht mehr im Vordergrund. Zu dem Menschen konnte ich Kontakt aufnehmen. Es geht immer um die Begegnung von Mensch zu Mensch. Die Behinderung kommt lediglich dazu und sieht auch nicht schön aus. Da ist halt einer, der entstellt und verbogen ist, aber er ist ein Mensch.«

Worauf die Sexualbegleiterin Frau König aber großen Wert legt, ist die Wahrung von Grenzen auch im ganz normalen Umgang. Wenn das jemand nicht kann oder lernen will, bricht sie auch mal einen Kontakt ab. »Das ist aber kein spezifisches Problem meiner Kundschaft«, sagt sie.

Manchmal begleitet Frau König auch Menschen mit leichter geistiger Behinderung, die sich einen Partner wünschen. Jan ist solch ein Beispiel. Mit ihm übt sie, wie er mit einer Freundin sprechen könnte, was Berührungsqualitäten sind. Das Gespräch soll ihm einen kleinen Erfahrungsschatz geben, ihn sicherer werden lassen. Mit Frau König hat er auch die Möglichkeit, das ein oder andere auszuprobieren und ein Feedback von ihr zu bekommen.

»Es gibt aber Menschen, die werden nie eine partnerschaftliche Beziehung führen können. Die bestellen mich, wenn das Geld reicht. Viel haben sie oft nicht zur Verfügung. Eine Stunde kostet 100 Euro plus Anfahrtskosten. Es wäre schon schön, wenn da jemand was dazutun würde. Aber wer soll das sein?«, fragt Catharina König.

»Die Krankenkasse sieht keinen Bedarf. Allerdings gibt es den Aspekt des Therapeutischen, der bei meiner Arbeit gegeben ist. Mein Angebot nimmt positiv Einfluss auf die Seele. Weil ich den ganzen Menschen mit seinen Sehnsüchten und Bedürfnissen sehe. Diese Aufmerksamkeit macht viel mit meinen Klienten. Sie sind dann ruhiger, ausgeglichener, friedfertiger. Wenn diese Zusammenhänge von der Gesellschaft verstanden würden, wäre das eine Möglichkeit. Aber bis dahin ist noch ein weiter Weg zurückzulegen.«

Auch um solche Wege in Zukunft denkbar werden zu lassen, ist Catharina König bei der Gründungsveranstaltung des Berufsverbands für erotische und sexuelle Dienstleistungen mit von der Partie. Frauen aus ganz unterschiedlichen Segmenten der Sexarbeit sind dort willkommen. Auf die Treffen freut sich Frau König jedes Mal neu. »Ein Netzwerk, das Austausch unter Gleichgesinnten ermöglicht, ist etwas Wunderbares, Erstrebenswertes.«

Zu Alice Schwarzers Forderung, Sexarbeit zu verbieten, sagt Catharina König: »Sie hatte einfach eine geniale Idee, wie sie ihr Buch vermarkten kann, auf unsere Kosten. Jetzt werden wir alle zwangsgerettet. Ich finde das ganz schrecklich, verweigere mich diesem Ansinnen, weil ich das, was ich tue, mit Leib, Seele und Herz tue. Unsere Tätigkeit unter Strafe zu stellen und mit einem Verbot zu belegen, würde uns in die Illegalität drängen. Da müsste ich ja wieder Steuererklärungen machen. Eine grauenhafte Vorstellung.«

Als gutes Zeichen wertet es Frau König, dass sie von der Privatuniversität Witten/Herdecke zu einem Symposium eingeladen wurde. »Die haben dort einen Lehrstuhl für Pflegewissenschaften. Da war ich neben lauter Professoren und Doktoren auch mit meinem Thema eine Referentin. Das heißt doch auch, Sexualbegleitung kommt langsam in unserer Gesellschaft an und wird bekannt. Dazu habe ich meinen Teil beigetragen.« Darauf ist Catharina König zu Recht stolz.

Aber die Einladung der Universität ist noch längst nicht alles. Beim Schauspielhaus Essen hat Frau König im Stück *Pornoladen*

– *aus dem Unterleib einer Stadt* mitgewirkt. Im Mai 2013 wurde es uraufgeführt. Frau König ist eine der Expertinnen auf der Bühne, die aus der Innensicht einer Sexarbeiterin erzählt. »Die Theaterarbeit war eine großartige Erfahrung, die ich nicht missen will. Wir haben acht Mal gespielt und das mit einem Riesenerfolg. Am Ende standen wir alle seriös da.«

Catharina König erklärt weiter: »Es ist mir stets wichtig, behutsam und vorsichtig Angebote zu machen und sehr genau auf die Reaktion der Klienten zu achten, damit ich keine Grenzen verletze. Manchmal muss ich aber auch ganz minimal Grenzen überschreiten, um zu sehen, ob meine Angebote überhaupt gewünscht sind. Das lässt sich nicht immer im Vorfeld klären. Aber der Körper spricht Bände. Ich muss transportieren, um was es gehen kann, Wege aufzeigen. Das erfordert ein hohes Maß an Empathie. Als Sexualbegleiterin brauchst du in erster Linie eine herzliche Liebe zu den Menschen. Ich meine nicht die persönliche Liebe, sondern die Liebe als Haltung. Du brauchst Schwingungsfähigkeit, musst in Resonanz gehen können, zugewandt und flexibel sein, um damit etwas zu gestalten. Es gibt keinen Faden, kein Ritual, keine Choreografie wie zum Beispiel bei der Tantra-Massage. Ich gehe zu meinen Klienten in dem Bewusstsein, dass ich wenig weiß. Ich muss mich immer infrage stellen. Wenn dann ein Klient einfach nur eine Stunde dasitzt und mich ansieht, dann laufen in meinem Kopf auch Filme ab: Will er nicht mehr erleben, frage ich mich. Ich bin aber auch immer wieder bereit, vor meine eigene Wand zu laufen. Vielleicht möchte dieser Mann mich einfach nur ansehen, stundenlang. Äußern kann er seine Bedürfnisse vielleicht nicht.

Es geht darum, die eigenen Glaubenssätze loszulassen, das ist eine wichtige Voraussetzung. Nur weil die vielleicht für mich stimmen, stimmen sie nämlich noch lange nicht für mein Gegenüber.«

www.beruehrung.org

Text verfasst von Tanja Steinlechner.

ZWEIUNDZWANZIG

MEIN KÖRPER, MEIN MEDIUM

Marie, 26 Jahre,
Schauspielerin und Performerin

Du hast als 16-Jährige ein Buch geschrieben.
Ach ja. *Die Nacht vergaß, mich mitzunehmen*. Das habe ich mit 16 geschrieben. Gedichte. Und dazu gab es dann eine Ausstellung mit Fotos von mir.

Außerdem bist du Teil einer freien Performance-Gruppe namens Wortspiel, die sehr körperorientierte und oft auch erotisch konnotierte Stücke zeigt.
Ja, wir machen im Grunde Performances. Bei Performances ist der eigene Körper – und wirklich der private Körper, nicht der einer Rolle – dein Medium.

Bei der Xplore im Sommer hattest du gemeinsam mit deinem Kollegen Polydoor einen Auftritt, »SM in Performance« hieß eure Show, glaube ich.
Ja, das war eigentlich der Arbeitstitel. Für mich war wichtig, SM zu zeigen, aber nicht unbedingt die körperliche Ebene, sondern die psychische. Die Hierarchie, den Respekt, das Vertrauen, die Nähe. Das haben wir mit Kerzen, Wachs, verbundenen Augen, mit einer

Peitsche gemacht. Es stand aber mein Gesicht im Vordergrund. Es war ganz leise, alles sehr reduziert. Ich mag diesen ganzen Multimedia-Quatsch auf der Bühne nicht, mir geht es mehr um die Menschen, die man sieht, die Körper, die Mimik.

Man sah auf einer Kamera deine Augen oder deinen Mund, während du geschlagen wurdest.
Ja. Letztes Jahr hatten wir das auch schon gemacht, und zwar so, dass wir Geräusche, also hauptsächlich Schreie aus einer SM-Session aufgenommen haben. Ich wollte gern nicht alles nebeneinander, sondern die unterschiedlichen Sinneseindrücke losgelöst voneinander zeigen. Das war dann auf der Bühne so, dass mein Kollege einfach dastand, ich kniete vor ihm, sonst war nichts, aber man hat diese Geräusche gehört. Und das war super, es hat total intensiv gewirkt. Man darf die Leute nicht überfrachten. Je weniger du machst, desto stärker wirkt das oft.

In der Zwischenzeit habe ich privat angefangen, mit jemanden SM zu leben, für den das ganz neu ist. Er entdeckt das gerade mit mir. Ich fand es total interessant, wie ich als submissiver Part in ihm seine Dominanz wecken und entfesseln kann. Das wollte ich in der Performance dieses Jahr gern sehen. Deshalb hab ich meinem Kollegen auf der Bühne die Augen verbunden und ihm zwei Kerzen in die Hand gegeben, damit er mich mit Wachs begießen kann.

Gibt es Parallelen zwischen Theater und SM?
Ja. Beides sind Rollenspiele. Du schlüpfst in eine Figur. Auch beim SM bist das nicht du als Privatperson, sondern es ist eine andere Seite von dir. Und es hat, ob du jetzt in einem Club spielst oder privat, immer diesen Bühnencharakter, finde ich. Dass man etwas inszeniert, darstellt. Es gibt Zuschauer. Für viele spielt Verkleidung eine Rolle, die Ästhetik überhaupt. Auch das Staging, das Tempo. Beides hat im Ursprung viel mit Ritualen zu tun, mit der Macht der

Zeichen, dem richtigen Gebrauch von Raum und Zeit, angemessener Inszenierung.

Es gibt ziemlich viele SMer, die Kunst machen, oder?
Vielleicht liegt das daran, dass Künstler sich eher trauen, zu ihrer dunklen Seite zu stehen, und auch dem Thema Erotik einen größeren Stellenwert einräumen.

Wie fühlt sich das an, nackt auf der Bühne zu sein?
Ich habe vielleicht eine andere Schamgrenze als andere. Als ich das erste Mal meinen BH lüften sollte, das war schon ein Ding, da war ich schüchtern. Aber jetzt … Ich finde es schade, dass man den menschlichen Körper so selten zeigt, wo er doch so schön ist. Egal, wie du aussiehst, ob du jetzt ein Model-Typ bist oder nicht. Und gerade wenn man Theater spielt – da ist doch dein Körper dein Material. Wobei ich mich auch nicht immer und einfach so ausziehen würde. Wenn ich den Eindruck habe, da geht es um gar nichts anderes, das ist einfach nur billig, dann würde ich das nicht machen. Es muss schon eine Idee geben, die durch meine Nacktheit vermittelt wird.

Viele Menschen, gerade Frauen, fühlen sich unwohl mit ihrem Körper und haben dadurch erst recht eine Scheu, sich zu zeigen.
Ja, ich weiß, ich kenne Frauen, die sich nicht mal trauen, in den Spiegel zu schauen. Ich verstehe das nicht. Gut, ich habe wahrscheinlich Glück mit meinem Körper, wobei ich aber auch drei riesige Narben auf dem Brustkorb habe durch frühere Herzoperationen. Aber ich finde meinen Körper schön.

Du bist auch Aktmodel, oder?
Ja, aber eher im privaten Rahmen. Ich bin in der »Model-Kartei«. Da sind aber vor allen Dingen Amateur-Fotografen. Das funktioniert nach dem Motto: Time for Print. Du wirst fürs Modeln nicht bezahlt, aber du bekommst die Bilder und die Rechte daran und

die Fotografen dürfen die Fotos nicht ohne deine Zustimmung veröffentlichen.

Also bekommt die Öffentlichkeit sie nicht zu sehen?
Meistens nicht. Die Fotoausstellung zu meinem Buch damals war aber so entstanden. Mir macht es Spaß, fotografiert zu werden. Und manche Bilder kann ich auch als Bewerbungsfotos gebrauchen oder für mich privat. Ich hatte in den letzten drei Jahren sicher über 100 Shootings. In München, wo ich das mache, gibt es nicht so viele Frauen, die sich nackt fotografieren lassen, glaube ich.

Ist es erotisch, nackt fotografiert zu werden?
Der Fotograf macht sich natürlich nicht an mich ran, das wäre total unprofessionell. Aber man flirtet schon mit der Kamera. Und ich bin eine Exhibitionistin. Ich liebe es aber auch, zu erforschen, was der Körper alles kann, wie man sich verrenken, was man für Haltungen einnehmen kann. Das sähe auf der Straße total unnatürlich aus, aber auf einem Foto wirkt es toll. Mir gehts bei der Aktfotografie gar nicht primär darum, sexy Fotos zu machen, davon gibts ja auch schon genug. Sondern mich interessiert, zu zeigen, was der Körper kann. Oder Geschichten, Emotionen zu vermitteln. Der Gesichtsausdruck ist mir wichtig. Du sitzt nackt und breitbeinig und weltvergessen da und hast aber ein total trauriges Gesicht. Das erzählt eine Geschichte und das berührt.

Wie wichtig ist Erotik im Theater?
Es ist oft ein Teil. Im *Faust* habe ich zum Beispiel Mephistopheles im schwarzen Latexkleid gespielt, das war schon sexy. Das hat aber auch wirklich gut zu der Rolle gepasst.

Ist dein privates Interesse an SM für deine Arbeit entscheidend?
Ich hatte zuerst angefangen, Theater zu spielen, schon als ich 15 war. Dieses krass Körperliche, dass ich mich körperlich selbst so sehr

investiere in den Inszenierungen, ist bei mir erst dazu gekommen, als ich angefangen habe, Performances zu machen. Marina Abramović, die »Godmother of Bodyart Performance«, hat mich stark geprägt und beeindruckt. Sie hat ihren Privatkörper genutzt auf der Bühne, um Themen zu vermitteln, und hat sich dabei nicht geschont.

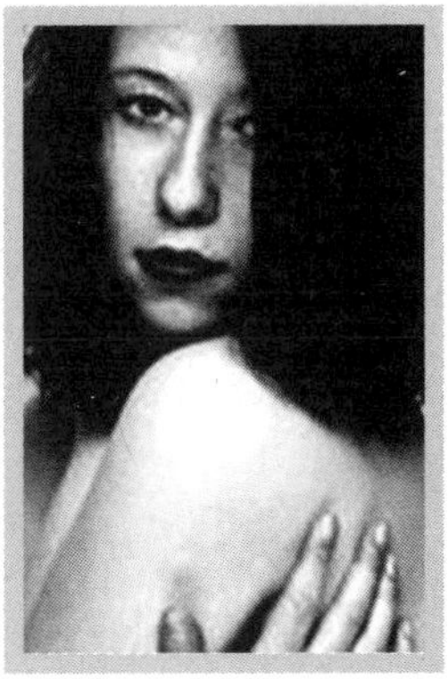

Lars, ein Kommilitone, und ich haben in unserem Theaterwissenschaftsstudium ein Seminar über sie besucht und waren beide total beeindruckt. Er hat mich dann gefragt, ob ich Bock habe, so zu arbeiten. Na ja, und dann haben wir damit angefangen.

Was genau habt ihr gemacht?
Wir hatten eine Performance-Reihe über Macht und Moral. Die ist heute noch am Institut Gesprächsthema, glaube ich. Da sind so Sachen passiert wie die drei Narben hier an meinem Oberarm.

Du hast dich während der Performance geschnitten?
Genau. Das sollte die Dreifaltigkeit symbolisieren.

Also, nur für eine Performance hast du dir drei Narben zugelegt, die du wahrscheinlich den Rest deines Lebens behalten wirst?
Na ja, sechs. Es gab ja noch einen zweiten Abend. Die Grundperformance war eigentlich damals gewesen, dass ich das bei Lars gemacht habe. Ich habe ihn geschnitten und er hatte ein Glas, in dem schon Wasser drin war, hat da das Blut reintropfen lassen und hat das dann getrunken. Allerdings hatte ich einmal zu tief geschnitten. Da musste er genäht werden. Daraufhin haben wir beschlossen, dass ich mich bei den folgenden Performances selbst schneide. Das kann ich besser kontrollieren.

Hat das irgendetwas mit SM zu tun?
Wir haben Zeichen aus dem SM-Bereich entlehnt. Zum Beispiel habe ich Lars auch mit einem Rohrstock geschlagen. Dabei habe ich gezählt. Immer sechs Schläge, danach ein Lied. Das haben wir sechs Mal gemacht. Danach habe ich ihn ohne Lieder weiter geschlagen. Und dabei gezählt. Wir wollten ausprobieren, wie weit ich komme, bis das Publikum mich zum Aufhören bringt. Bis 15 haben sie alle lustig mitgezählt. Bei 17 waren sie sich nicht mehr so sicher. Bei 21 hat mir dann jemand den Stock aus der Hand genommen.

Die Narben an deinem Oberarm haben kleine Verästelungen.
Die sind privat entstanden. Ich finde es sexy, im erotischen Kontext geschnitten zu werden. Deutlich interessanter, als mir von einem Fremden ein Piercing stechen zu lassen oder ein Tatoo. Deswegen ist es für mich auch kein Problem, das auf der Bühne zu machen, weil ich es aus meinem Privatleben kenne.

Findest du versehrte Körper interessanter, auch erotisch?
Erotisch weiß ich nicht, aber interessanter auf jeden Fall.

Kannst du dir vorstellen, in Pornos zu spielen?
Nein. Dabei wird man ja wirklich nur auf seinen Körper reduziert und das interessiert mich nicht. Ich möchte mithilfe meines Körpers eine Geschichte erzählen. Das ist das Wichtigste für mich. In Pornos geht es aber, glaube ich, weniger um Geschichten und Emotionen, sondern sehr konkret um Sexualität und wenig mehr. Das interessiert mich künstlerisch nicht.

Das Interview führte Cornelia Jönsson.

DREIUNDZWANZIG

FRÜHER HABEN MICH SEXTOYS NICHT INTERESSIERT

Anja Koschemann, 40 Jahre,
Herstellerin von Silikondildos, Dresden

Wir sitzen an einem Tisch auf der Berliner Erotikmesse »Venus«. Vor uns liegen gelbe Bananen, grüne Gurken, lila Auberginen. Aber sie sind nicht zum Essen gedacht, sondern dazu gemacht, den Appetit auf Sex anzuregen. Denn es ist kein Gemüse, sondern es sind Dildos von der Manufaktur »SelfDelve«. Während andere bei Dildos die Penisform oder kleine Delfine bevorzugen, gibt es bei Anja seit acht Jahren handgefertigte Dildos in Gemüseform.

Wie bist du auf die Idee gekommen, selbst Dildos herzustellen?
Früher hatte ich gar kein Interesse an Sextoys, ich hatte auch selbst noch nie eines ausprobiert. Es war mein damaliger Partner, der die Idee hatte, dass wir mal über den Tellerrand gucken und Spielzeug kaufen könnten, um unseren Sex zu pimpen. Wir hatten damals gar keine Ahnung und haben uns also vor den Rechner gesetzt und recherchiert. Wir haben uns ganz viel darüber ausgetauscht und geguckt, aber ich war immer sehr kritisch, weil ich aufgrund meiner Ausbildung zur Chemielaborantin sehr auf die Materialien

geachtet habe. Die Erneuerung unserer Partnerschaft habe ich da völlig außer Acht gelassen. Mein Freund war schon echt genervt, und irgendwann sagte er: »So anspruchsvoll, wie du bist, musst du dir dein eigenes Spielzeug bauen.« Na ja, und dann habe ich das einfach gemacht!

Wie bist du vorgegangen?
Das war erst mal ein privates Experiment. Ich habe mir Silikon gekauft und rumprobiert. Dafür brauchte ich eine Modellform, da haben wir keine Körperabformung gemacht, sondern ich habe das Erstbeste, was mir eingefallen ist, genommen: eine Banane aus dem Obstkorb. Damit habe ich geübt und ausprobiert, was man mit Silikon machen kann. Nach ein paar Wochen war die erste Banane gut gelungen und ich war ganz stolz darauf. Die sexuelle Komponente dabei war die ganze Zeit komplett ausgeblendet gewesen. Das hat sich zur Freude meines Partners aber wieder geändert.

Wie kam es zu der Idee, das Experiment als Unternehmen aufzubauen?
Zu dieser Zeit hatte ich schon länger über eine berufliche Veränderung nachgedacht. Ich habe Chemielaborantin gelernt und habe viele Jahre in einem Ingenieurbüro gearbeitet. Aber das war mir auf die Dauer zu langweilig, denn eigentlich habe ich schon immer gerne etwas mit den Händen gemacht, das fehlte mir bei der Arbeit mit den Analyseprotokollen im Labor.

Aus der Überlegung, mich beruflich zu verändern und mehr handwerklich zu arbeiten, entstand dann tröpfchenweise der Gedanke, eine Geschäftsidee daraus zu machen. Mein Partner und ich haben wochenlang gesprochen, gerechnet und überlegt, bis wir uns ein Herz gefasst haben und gesagt haben, das wollen wir jetzt wissen.

Wir waren allerdings auch ganz schön blauäugig. Wenn ich mir damals den Markt angeguckt hätte, wie viel es schon gibt und welche Professionalität da herrscht, das hätte mich total entmutigt. Aber ich habe mir gar keine Gedanken gemacht, weil so viele Leute, die mir nahestanden, meine Idee so positiv aufgenommen haben.

Wusste dein damaliger Arbeitgeber, woran du in deiner Freizeit bastelst?
Ich habe ganz offen mit ihm geredet und gesagt, was ich vorhabe. In der Experimentierphase durfte ich mir auch hier und da ein Gerät von meinem Betrieb ausleihen, zum Beispiel eine Wasserstrahlpumpe, um damit eine schöne Oberfläche bei den Dildos zu erzeugen. An Weihnachten hat mich mein Chef gefragt, was ich mit meinem Weihnachtsgeld mache, und da habe ich gesagt: »Ich kaufe mir Silikon, um meine Selbstständigkeit vorzubereiten.« Wir haben immer noch Kontakt und im Betrieb sind alle ganz stolz auf mich.

Wie hat sich dein Geschäft finanziell entwickelt?
Ich habe den Gründungszuschuss der Arbeitsagentur angenommen, damit konnte ich die ersten neun Monate abdecken, ohne in Existenznöte zu geraten. Und wir hatten den Vorteil, dass wir einen kleinen Sparstrumpf hatten, den wir dafür eingesetzt haben. Wenn es knapp wurde, hat mein Partner ab und an einen Lehrauftrag angenommen. Die ersten drei Jahre sind wir damit gut durchgekommen, ohne in Not zu geraten. Und dann kippte das und wir konnten uns gut selbst finanzieren. Da hatte ich gar keine Bedenken mehr. Und der Sparstrumpf ist auch wieder gefüllt.

Wie erklärst du dir deinen Erfolg?
Am Anfang lief ja viel über meine Freundinnen, die alles von Anfang an mitbekommen haben. Die Möglichkeit, Dildos bei mir zu kaufen, das war ein anderer Rahmen, als wenn sie in einen Laden gegangen wären. Durch den persönlichen Bezug waren sie unbesorgter, ihr Herz auszuschütten und ihre Gedanken laufen zu lassen. Sie sind mit einem guten Gefühl nach Hause gegangen und

haben sich darauf gefreut, das zu zeigen und zu sagen: »Hier, das hat die Anja gemacht.« Die Männer kannten mich ja auch.

Mein Geschäft lebt davon, dass ich als Person dahinterstehe und alles mit mir verquickt ist. Dass es nicht so anonym ist und es ein Gesicht dazu gibt, ermuntert viele Leute, genauso menschlich an mich heranzutreten oder Kontakt aufzunehmen. Und natürlich ist mein Produkt ungewöhnlich und einzigartig.

Was für Kunden hast du?
Meine Kundschaft besteht in den überwiegenden Fällen aus festen Paaren. Meist steht dahinter der gemeinsame Wunsch, Sextoys zu kaufen. Meine Kunden und Kundinnen legen Wert auf gutes Material und einen vertrauenswürdigen Hersteller. Sie empfinden meine Dildos als eine schöne Bereicherung, weil die Toys nicht so direkt sind. Dass diese Obst- und Gemüseidee einschlägt, konnte ich nicht ahnen, aber es gibt kaum jemanden, der etwas Ähnliches anbietet. Diese Natürlichkeit und die Nachahmung der Natur scheint einfach vielen zu gefallen. Das sind Paare, die sich Mühe geben, ihre Sexualität zu gestalten, Neues zu fühlen, sich gegenseitig zu verwöhnen. Eigentlich immer sehr angenehme Menschen. Die meisten Kunden sind zwischen 30 und 50 Jahre alt. Die Leute wollen Neues erfahren, sich erotisch weiterbilden, machen auch mal einen Tantra-Kurs oder kaufen sich eben bei mir einen Dildo.

Ist dir gegenüber auch moralisch motivierte Kritik geäußert worden?
Nein, das habe ich weder in der Familie noch im Freundeskreis noch bei meinem alten Job erlebt. Es ist meist Fröhlichkeit, die mir entgegenschlägt, die sehen einfach meinen Enthusiasmus und meine Freude. Ich denke, die Leute, die das kritisch sehen, werden nicht unbedingt das Gespräch mit mir suchen, deshalb erfahre ich davon nichts. Aber ich habe das Gefühl, dass es gar nicht so viele Leute gibt, die eine Tätigkeit wie die meine ablehnen. Ich habe vielleicht zwei Begegnungen gehabt, wo man mir auf eine sehr faire Art und Weise signalisiert hat: Damit kann ich gar nichts anfangen.« Aber das ist ja auch okay. Dass ich beschimpft oder niedergemacht oder verlacht wurde, das ist mir nie passiert.

Wie hat sich die Manufaktur weiterentwickelt?
Meine Partnerschaft war irgendwann auseinandergegangen und allein habe ich es nicht mehr geschafft und es machte auch nicht so viel Spaß. Also habe ich mich auf die Suche nach einer Kollegin begeben.

Das war für mich auch eine ganz neue Erfahrung: Wie sucht man Mitarbeiter für eine Dildowerkstatt? Ich habe mit vielen Leuten gesprochen, die selbständig sind und Mitarbeiter haben, und habe die einfach gefragt. Die haben mir gesagt, dass ich ganz normal zum Arbeitsamt gehen und die Stelle ausschreiben lassen kann. Aber noch bevor ich dazu gekommen war, kam eine Empfehlung aus dem erweiterten Bekanntenkreis. Mit der Frau habe ich mich auf neutralem Boden, in einem Restaurant, getroffen, sie hatte nämlich schon Vorbehalte. So hat sie mich als Menschen kennengelernt und anschließend habe ich sie eingeladen, mich in der Werkstatt zu besuchen und sich alles anzuschauen. Hier hat sie gesehen, dass alles weiß gestrichen ist, sauber und ordentlich, die Türrahmen sind lila, alles war ganz süß und offen und fröhlich. Da war der Knoten geplatzt und wir haben uns über die Fakten unterhalten. Nach Bedenkzeit und Probearbeit haben wir uns füreinander entschieden.

Warum bist du bei den Obstformen geblieben?
Wir konnten uns damals vorstellen, dass man die Formen von Obst als Sexspielzeug verlockend finden könnte. Aber essbares Obst ist ja oft gespritzt und so, das möchte man nicht im Körper haben. Wenn man aber die Form verwendet und beste Materialien, dann geht das wieder. Ich persönlich finde es verlockend, im erotischen Sinne. Mich persönlich machen kleine Tierchen oder Penisformen nicht an, da muss ich eher lachen. Außerdem gab es das damals nicht, und auch bis jetzt gibt es kaum andere Anbieter, die Sextoys in Gemüseform anbieten.

Eine Grundform neu zu variieren ist ja gar nicht so einfach. Wie kommst du auf neue Ideen?
Ich habe mir angewöhnt, mit offenen Augen durch den Tag zu gehen, und lasse mich von Formen und Farben inspirieren. Oder Kunden schicken mir ein Foto mit fremden Früchten aus dem Urlaub. Selbst wenn ich diese Frucht nicht unbedingt genauso abformen würde, sehe ich doch, was an dieser Oberfläche oder Dimension den Leuten gefallen hat, dass sie sich das als Sexspielzeug vorstellen können. Dann habe ich diese Idee im Kopf und die nimmt über Wochen Gestalt an. Und irgendwann wird eine Form angefertigt.

Es gibt auch noch Kooperationen, zum Beispiel mit Petra dos Santos. Sie produziert neben Lederkleidung auch Lederknebel. Sie legt Wert auf Bio und Öko, und dazu musste sie immer diese stinkenden Gummibälle dazu verkaufen. Man will es nicht glauben, aber es gab niemanden, der Silikonbälle macht. Deswegen kam sie auf mich zu. Für sie ist es angenehm, eine deutsche Geschäftspartnerin zu haben, bei mir kann sie auch in kleinen Stückzahlen kaufen und sich die Farbe aussuchen. Ich verkaufe viele hundert im Monat, und alle nach Berlin.

Wie viele Modelle hast du mittlerweile?
Insgesamt habe ich ungefähr 30 Modelle in zwei Härtegraden: den

Garten Eden, die Elemente, die Liebeskugeln, die Knebelbälle und die MANN-schetten. Alle gibt es in ganz unterschiedlichen Farben, zum Teil fertige ich die auch nach Wunsch an. Dazu kommen noch jede Mengen »Kinkerlitzchen« wie Weihnachts- oder Ostertoys und Sonderanfertigungen. Aber am meisten verkaufe ich immer noch die Gemüsevarianten.

Wer testet die Dildos?
Ich. Egal wie schick die Sachen sind, oberste Priorität hat wirklich nach wie vor, dass es als Sexspielzeug tauglich ist. Aber ich habe auch einen festen Pool an befreundeten Paaren. Die sagen auch, nee, das funktioniert überhaupt nicht, das ist langweilig oder das ist gut. Da nehme ich entsprechende Veränderungen vor. Und so komme ich auch auf Ideen, auf die ich allein nicht gekommen wäre. Erst wenn mehrere Personen gesagt haben: »Oh ja«, dann ist es ein gutes Zeichen und ich mache eine kleine Serie für den Verkauf.

Was spiegelt der Name SelfDelve wieder?
Das Wort SelfDelve ist auch ein Versteckspiel, zweideutig, nicht so direkt erkennbar. Es bedeutet, sich selbst zu erforschen. Da es ein Kunstwort ist, ist es auch gut zu finden, also auch aus Marketinggründen sinnvoll. Das Indirekte des Namens spiegelt sich in den Spielzeugen ebenfalls wider. Es sieht aus wie eine Gurke oder eine Banane, ist aber ein Dildo. Deswegen habe ich mich auch für ein Chamäleon als Logo entschieden, man hätte ja auch einen Kussmund nehmen können oder so etwas Überdeutliches.

Du bist seit acht Jahren dabei, was hast du für dich persönlich gelernt?
Ich bin selbst viel neugieriger und experimentierfreudiger geworden, schaue mir vieles gerne an. Das Darüber-Sprechen ist für mich persönlich sehr viel leichter geworden. Was mir gut getan hat, ist, dass ich so nette Leute kennengelernt habe, die auch ähnliche In-

teressen zu haben scheinen wie ich. Die Lust auf Ästhetik haben und einen Gegenpol zu dieser unliebsamen Seite der Erotikbranche darstellen. Das ist ein sehr schöner und großer Kreis, da kann man sich wohlfühlen und das wusste ich vorher nicht, das finde ich sehr schön. Diese herzlosen und seelenlosen Produkte der Branchengrößen machen doch immer weniger Menschen Spaß.

Unsere Produkte sind anspruchsvoll und beseelt. Es ist so schön, das zu erleben und mitzugestalten. Ich wusste nie, dass ich in dieser Branche einen Platz finden würde, aber jetzt möchte ich ihn nicht mehr missen.

Was berührt dich bei deiner Arbeit?
Ich bekomme immer wieder Leserbriefe. Zum Beispiel hat mir eine Frau mit 60 Jahren geschrieben, dass sie schon länger mit einem Dildo geliebäugelt hatte. Aber sie traute sich nie in einen Laden, war ungeschickt beim Interneteinkauf und hatte Bedenken, verarscht zu werden. »Aber Ihre Sachen sind so süß, jetzt habe ich es gewagt und mir in meinem hohen Alter mein erstes Sexspielzeug angeschafft. Ich freue mich darüber, das ist belebend und erfrischend!«

Es ist ein besonderes Privileg für mich, an der Privatsphäre anderer Menschen beteiligt zu sein, auch ohne genau zu wissen, was im Detail passiert. Das ist beglückend!

Wie wird es weitergehen?
Ein ganz großes Ziel habe ich erreicht, nämlich dass mein Geschäft stabil läuft. Das letzte Jahr war mit einer Umstrukturierung verbunden gewesen, und ich habe einen neuen Internetshop aufgebaut. Aus dem Hemdsärmeligen ist das Unternehmen jetzt herausgewachsen. Das war ein anstrengendes Jahr, was ich aber gern in Kauf genommen habe. Jetzt möchte ich neue Produkte entwickeln, meiner Fantasie einfach freien Lauf lassen. www.selfdelve.com

Das Interview führte Silke Maschinger.

VIERUNDZWANZIG

DAS SPIEL DER GESCHLECHTER

Bana Banana, Peepshowgirl
und Burlesquetänzerin, Berlin

Den Weg zu Bana zu finden, ist eine Herausforderung, weil der Hinterhof, der zu ihrer Wohnung führt, verwinkelt ist und zu zwei unterschiedlichen Straßen gleichzeitig gehört. Außerdem lebt Bana in einer Wohngemeinschaft, deren Klingelschild viele Namen zieren. Als ich sie endlich ausmache und vier Treppen erklommen habe, wage ich mich vorsichtig durch die angelehnte Tür. Eine Frau mit glatten blonden Haaren und sehr knabenhafter Figur empfängt mich. Die Verwirrung steigt. Auf ihrem Foto hat Bana dunkle Haare. Am Telefon konnte ich einen spanischen Akzent und eine wirbelnde Stimmlage ausmachen. Die Frau, die mir gegenübersteht, ist das Gegenteil davon. Kein Wunder, sie reicht mir zwar wunderbar duftenden und starken Kaffee, führt mich dann aber in ein anderes Zimmer, in dessen Bett mich – à la John Lennon – Bana erwartet. Sie hustet, außerdem hat sie sich den Knöchel beim vielen Tanzen verstaucht. Jetzt braucht sie Erholung. Ihr Lächeln aber ist weltoffen und sie plaudert munter darauflos, während ihre Freundin mir einen Stuhl holt und ihn ans Bett schiebt. Unterdessen krame ich meinen Fragebogen und mein

Diktiergerät aus dem Rucksack und werde Zeuge eines Abschieds auf Zeit. Bana wird verreisen, zwei Monate Martinique. Sie will sich endlich wieder mal verlieben, das hat sie sich von Santa Claus zu Weihnachten gewünscht. Die Freundin warnt sie: »Liebhaber sind in Ordnung, aber einen festen Mann, der bringt doch nur Ärger. Wenn du einen Mann hast, musst du dich immer rechtfertigen. Wo bist du? Was machst du?« Dann wäre Schluss mit dem freien Leben und der Liebe, vielleicht auch für sie. Bana lacht die Zweifel weg. Sie besteht aufs Verlieben und die großen Gefühle, während die Freundin ihre Masken und Kostüme bewundert und dann doch geht, schnell und zügig, nicht ohne Bana vorher zu herzen und zu drücken. »Schatzi«, sagt sie, »enjoy dein Leben, mach keine dummen Sachen!«

Bana heißt ursprünglich Banesa, ist wohlbehütet und katholisch erzogen in Andalusien aufgewachsen und hat eine Klosterschule besucht. »Dort«, erzählt sie, »werden Frauen noch ganz traditionell wahrgenommen. Sie sind Tochter, Mutter oder Schwester, aber sie arbeiten auf keinen Fall in der Erotikbranche.«

Dass Bana fünf Jahre lang ihr Geld mit Peepshows verdient hat, weiß ihre Familie nicht, dass sie Burlesque tanzt, ist seit 2013 kein Geheimnis mehr. »Meine unterschiedlichen Identitäten waren mir zu viel«, erzählt sie plaudernd. Banesa, die Tochter, Lola, die Peepshow-Tänzerin und Bana, die sie selbst ist.

»Von Bana, die Burlesque tanzt, wollte ich auch meiner Familie unbedingt erzählen. Dass sie meinen Auftritt genossen haben, hat mich umso mehr gerührt und stolz gemacht. Meine Schwestern sind schon verheiratet und haben Kinder. Das sind schöne Frauen, aber nicht mehr so wild wie ich. Ich bin über die Grenze gegangen und noch viel weiter.«

Bana ist Freiheit wichtig. Freiheit von engstirnigen Moralvorstellungen und religiösen oder gesellschaftlichen Korsetts. Schon mit 14 und in der Klosterschule wusste sie: »Sexualität ist ein Teil von mir, einer, der mich ausmacht, egal was die Nonnen oder die Religionen sagen. Schon als ich sehr klein war, habe ich masturbiert. Da war ich neun oder zehn Jahre alt. Ich war immer schon ein sexuelles Wesen und neugierig obendrein. Ich habe nicht verstanden, warum Männer onanieren dürfen, die Mädchen aber nicht. Die Jungs haben sich oft darüber unterhalten, dass sie das tun, die Mädchen haben behauptet, sie bräuchten so was nicht. Das entsprach dem Bild, das sie von Frauen im Kopf hatten. Als ich dann erzählt habe, dass es bei mir anders ist, hat die ganze Schule über mich gewispert. Die Mädchen haben geglaubt, dass mit mir etwas nicht stimmt, aber ich wusste: Nicht ich bin krank, höchstens die anderen.«

Ihre Freunde waren noch nicht bereit, über Sexualität zu sprechen und die Eltern sind keine Ansprechpartner. Also verschlingt Bana Magazine, die über solche Themen berichten. Jugendliche erzählen darin, wie ihr erstes Mal war, was sie bewegt, welche Fragen sie haben. Ein bisschen wie Doktor Sommer in der *Bravo*, nur ohne Bildchen, bloß Geschichten. »Deshalb waren diese Magazine so begehrt bei den Jugendlichen«, weiß Bana heute, »weil sich niemand getraut hat, miteinander offen zu sprechen.«

Als ihre Eltern die Magazine unter ihrem Bett finden, werfen sie sie entrüstet weg. »Schmutzig ist das«, werfen sie ihr vor. »Das gehört sich nicht für ein anständiges Mädchen.« Bana schwört sich schon damals: »Ich werde nicht wie alle sein, sondern frei.«

Diese Freiheit beginnt mit ihrem Studium in Granada.

»Das war eine gute Lösung. Ich konnte tun, was ich wollte, ohne mit meiner Familie brechen zu müssen. Meine Situation war für uns alle nicht traumatisch. Ich war gut beim Studieren, Übersetzungen fielen mir leicht, damit waren sie zufrieden. Abends habe ich Theater gespielt, eine Schauspielschule besucht und mich mit Commedia dell'arte und klassischem Theater auseinandergesetzt. Für meine Familie war die Bühne aber keine richtige Arbeit. Theater war ein Hobby und keine realistische Möglichkeit, um beruflich auf eigenen Füße zu stehen. Diese Einstellung habe ich mir damals teilweise zu Eigen gemacht. Es hat lange Zeit gedauert, diese Ansicht zu ändern und mich zu trauen, von der Kunst zu leben. Seit August 2013 gelingt mir das ausschließlich. Aber es war ein weiter Weg bis dahin.«

Nachdem die erste Liebe in Spanien zerbrochen und ihr Studium beendet war, wagte Bana ihr erstes großes Abenteuer. Mit Freunden und einem großen Auto reiste sie durch Europa. Frankreich durchquerten sie, dann Italien, Griechenland , Syrien, die Türkei, den Libanon und schließlich Jordanien, Israel und Ägypten. Sechs Monate Abenteuer, die Bana bis heute prägen. Sie hat jetzt Freunde in der ganzen Welt.

Bana entschloss sich zu einem Erasmusjahr in Leipzig und verliebte sich promt in Deutschland, insbesondere in Berlin, die Stadt der Exoten und Künstler. Seit sieben Jahren ist sie jetzt hier. Sie will bleiben, ist angekommen.

Erst arbeitet sie in einem Restaurant, dann als SMS-Chatterin. Das war anfangs lustig. Aber später hatte sie ein schlechtes Gefühl dabei.

»Das ist kein ehrliches Geschäftsmodell, sondern Betrug. Die Mädels sind ständig andere, aber der Kunde denkt, er chattet mit ein und derselben Frau, weil die ja so viel weiß über ihn. Dabei ist das bloß ein Formular, das dir sagt, wer du bist und wer dein Kunde ist. Du kannst ganz einfach nachvollziehen, über was die anderen Frauen vorher gesprochen haben. Es geht auch nicht um Erotik, nicht per se, nur darum, den Mann solange als möglich bei der Stange zu halten. Die Frauen bombadieren den Kunden also mit SMS, selbst wenn dieser schon lange signalisiert hat, dass er keinen weiteren Kontakt wünscht, weil die Telefonrechnung ins Unermessliche steigt. Das geht über die Mitleidmasche: *Ich fühle mich allein, bitte, bitte sag mir, wo du bist, ich kann ohne dich nicht mehr leben.* Abstoßend ist das. Ich habe zehn oder zwanzig Cent bekommen, die Geschäftsführer kassieren aber pro SMS einen Euro, mindestens.«

Eine Freundin tanzte in einer Peepshow und suchte eine Urlaubsvertretung. »Das war der Anfang von fünf lustigen Jahren«, erzählt Bana. »Auch wenn es nicht mehr die 80er- oder 90er-Jahre sind. Da waren Peepshows noch Legende. Du konntest ganz einfach 6.000 Euro in zwei Wochen verdienen. Heute geht das nicht mehr. Die Webcams im Internet sind ein Konkurrenzfaktor. Auch die Männer, die heute zu Peepshows gehen, sind nicht mehr so lustig. Noch vor einigen Jahren haben in Peepshows ganz normale Frauen aus der ganzen Welt gearbeitet. Die hatten spannende Geschichten zu erzählen, waren Mütter oder Künstlerinnen. Heute boomt das Geschäft mit Frauen aus den östlichen Ländern Europas. Die machen das nicht mit Herz. Die Kultur der Peepshow hat sich verändert. Früher war die Bühne dort ein Ort voll Lebensfreude, heute ist alles so steril. Die Frauen gleichen einander, sie sind alle so plastic fantastic, meist operiert und können kein Deutsch und kein Englisch. Früher konntest du dich mit deinen Kolleginnen und mit den Männern unterhalten. Das gehörte einfach dazu.«

Dabei lebt die Peepshow von der Darbietung auf der Bühne. Da räkeln sich die Frauen für die Männer, die sie dann einzeln in der Kabine buchen können. Die Show dauert so lange an, wie die Männer den Automaten mit Geldstücken füttern. Die Frauen stimulieren, indem sie sich selbst berühren, alles von sich zeigen, tanzen und die Herren verbal anheizen. Berühren dürfen die Männer die Frauen nicht.

»Eine Peepshow ist deshalb eher die softe Variante. Die Männer schauen nur, haben aber kein so schlechtes Gewissen ihren Ehefrauen gegenüber, sie haben ja keinen Sex mit einer anderen.«

Da zieht auch Bana ihre eigene Grenze: »Sex verschenke ich nur, dafür nehme ich kein Geld. Aber ich achte Prostituierte sehr. Keine Frage. Lediglich meine eigene Grenze habe ich gezogen.«

Bana liebt die Bühne. »Ich habe etwas zu zeigen, schau mich an«, sagt und genießt sie. »Du hast nur fünf Minuten der Aufmerksamkeit auf den Brettern, die die Welt bedeuten, und die sind heilig. Es gibt so viel anderes, was sich deine Zuschauer ansehen könnten, deshalb musst du alles vergessen und ganz präsent sein in diesem Augenblick. Alles andere verschwindet in dieser Zeit, deine Probleme, dein ganzes Leben. Du bist einfach da. Die Bühne ist dein großer Moment.«

Von der Peepshow hat Bana vieles gelernt, sagt sie, mindestens genauso viel wie auf der Schauspielschule. »Sexy auszusehen ist schön und positiv! Anziehend auf das andere Geschlecht zu wirken, ist etwas, das sich gegen das Verständnis der neuen Frau richtet, wie manche Feministinnen glauben. Aber wenn eine Frau alles machen kann wie ein Mann, warum darf ich mich dann nicht für meine Sexualität entscheiden? Das ist doch ein einengendes Korsett, dass ich mich schlecht dabei fühlen soll, wenn ein Mann mich hübsch findet. Warum eigentlich? Er kann doch sagen, dass ich toll aussehe, warum nicht? Das ist doch positiv für deine Frauenseele und auch gut für deine Selbstbestimmung und für deine Sexualität. Mir war das zum Beispiel früher peinlich, wenn ein Typ beim Ficken mein Gesicht gesehen hat. Das war mir zu viel. Der sollte nicht sehen, welchen Spaß ich dabei hatte. Das war noch das alte moralische Denken. Dabei mögen es die Männer, wenn die Frau Freude im Bett hat. Deshalb darf mich mein Partner heute ruhig ganz genau ansehen, ich finde das schön.«

Bei ihrer ersten Peepshow ist Bana schon aufgeregt. Aber die Aufregung schwindet, sobald sie die Bühne betritt. »Da waren lauter Spiegel. Ich habe mehr für mich getanzt als für irgendwen sonst. Ich war ganz ich selbst. Es war faszinierend, mich von allen Seiten in unterschiedlichen Positionen betrachten zu können. Das ist viel einfacher, als du dir das vorstellst. Du könntest das auch«, sagt sie. »Du brauchst nur Mut, sonst nichts. Alle Arten von Frauen und Körpern sind in der Peepshow begehrt, weil auch die Männer unterschiedlich sind. Nur deshalb kommen heute nicht mehr so viele Kunden, weil sich die Frauen zu ähnlich sind.«

Bana erzählt auf der Bühne immer eine Geschichte. Eine, die mit ihr zu tun hat. Wenn sie traurig ist, bleibt sie in dieser Stimmung und beginnt dann damit zu spielen. Sie setzt nichts auf, sie schaut einfach, was sich aus der Situation entwickelt. Früher hat sie in zwei Wochen, wenn es gut lief, 2.000 Euro verdient. Lief es mal schlechter, blieben immerhin noch 1.000 oder 1.200 Euro. 10 oder

15 Stunden hat sie dafür gearbeitet. Aber natürlich mit großen Pausen dazwischen.

»Du lebst vor Ort, lachst mit den Mädels, kochst und entspannst auf dem Sofa. Da sind zwischen vier oder fünf Frauen, früher waren es zehn oder fünfzehn in einem Raum. Das war *Big Brother* live. Viele waren neidisch, wenn eine mehr Geld gemacht hat als die andere. Jemand hat einer anderen Frau einmal die High Heels abgeschnitten und ihr ins Shampoo Rasiermittel gegeben.

Heute habe ich mit der Peepshow abgeschlossen. Ich hatte so einfach so viel Geld. Das macht dich abhängig und saugt deine Zeit ab. Es gibt auch 50-Jährige, die noch weitermachen. Das will ich nicht. Peepshows waren ein Teil meines Berufslebens und eine Erfahrung. Jetzt ist aber auch mal gut. Du hast kein Leben und keinen Freund und keine Freunde, wenn du in so einer Schleife bleibst. Ich habe Peepshows deshalb nur vier oder fünf Mal im Jahr gemacht und konnte davon bescheiden leben. Damit konnte ich auch meine Kunst weitermachen. Ich hatte irgendwann auch Angst, dass alle denken, ich sei eine Nutte. Ich bin vieles, aber keine Nutte, obwohl ich nichts gegen Nutten habe. Aber das bin ich eben nicht.«

Zum Abschluss traut sich Bana, in einem Dokumentarfilm von Arte über ihre Erfahrungen mit der Peepshow zu sprechen. »Du musst erzählen, was du machst, sonst ändert sich das Denken der Gesellschaft und deiner Familie nicht. Für mich war der Film ein Dilemma: Soll ich das wirklich machen: Meine Familie könnte den Film sehen, mein Ruf als Künstlerin könnte dahin sein. Aber ich habe mich bewusst dafür entschieden, weil ich etwas zu sagen habe. Für mich gehört das zusammen, frei sein, Sexualität leben und darüber sprechen. Noch immer ist das leider ein Tabu. Frauen scheinen Sex nur ihren Männern zuliebe zu haben, sie sollen selbst keinen Spaß daran haben. Viele Frauen wollen durchaus gern frei sein, haben aber Angst vor sich selbst. Wenn sie über die Mauer springen, merken sie vielleicht, dass selbstbestimmter, genussvoller Sex gut ist und dann können sie nicht mehr zurück. Korrekt sein heißt ja bloß nicht zu provozieren. Denn wenn die Provokation Begehren auslöst, wäre das die eigene Schuld. Das ist katholisches Denken, im Kopf von vielen Frauen ist es immer noch verwurzelt.«

Seit 2013 steckt Bana ihre ganze Energie in die Kunst. Sie genießt die Aufmerksamkeit von Künstlerkollegen und ihr eilt ein guter Ruf voraus. Sie wird beim »Berlin Burlesque Festival« in den »Wintergarten« eingeladen, gewinnt den »Best Comic Award« in München beim dortigen »Munich Burlesque Festival« und produziert selbst zwei erfolgreiche Shows in »Lilly's Wonderland Bar«: Die *Wundertüte* und *Der grüne Engel*, zwei echte Geheimtipps.

»Ich habe mir gewünscht, jedes Wochenende auftreten zu dürfen, und es ist Wirklichkeit geworden. Also sei vorsichtig mit deinen Sehnsüchten, sie könnten wahr werden«, sagt sie keck.

Ihre Ausbildung zur Burlesquetänzerin hat Bana bei Lady Lou gemacht. Sie ist ihre Burlesquemama.

»Burlesque arbeitet mit der Provokation und ich spiele damit weiter und lache darüber. Im Burlesque erreichen die Zuschauer ihr Ziel nicht, sie gehen heißer nach Hause, als sie gekommen sind. Die Darstellerinnen sind zum Beispiel nie ganz nackig. Das Ziel von Burlesque ist es eben, nicht zum Ziel zu kommen.«

Bana bastelt ihre aufwändigen Kostüme selbst. Sie erzählt Geschichten. Sie ist der Wolf im Schafspelz. Tanzt im Schafskostüm und mäht. Und angelt sich einen Mann. Und schält sich auf seinem Schoß langsam aus der Wolle, bis die Wolfskrallen zum Vorschein kommen.

Oder sie ist Spidergirl. Spuckt Spinnen, zieht einen Bindfaden hinter sich her, mit dem sie die Zuschauer, ihre Beute umgarnt. Oder sie ist Chansonsängerin. Auf dem Klavier, unter Rosenregen. Und stetig nackter. Die Shows besuchen auch viele Frauen. Sie mögen die Spielereien, die Kostüme und die Geschichten. Und auch für die Männer ist diese Form der Erotik anregend. Frauen und Männer nähern sich hier an. Das Spiel der Geschlechter ist eröffnet. www.banabanana.com

Text verfasst von Tanja Steinlechner.

FÜNFUNDZWANZIG/SECHSUNDZWANZIG

DAS SCHÖNE LEBEN

Cleo, 27 Jahre, und Amelie, 28 Jahre,
Studentinnen und Callgirls, Chemnitz

Cleo: Möchtest du Capuccino, Latte, Espresso?

Gern einen Espresso. Ihr habt eine schicke Kaffemaschine!
Cleo: Ja, wie sind eben zwei Luxusgören, was? (lacht)
Amelie: Genau. Na ja, nicht wirklich. Nicht, dass du einen falschen Eindruck bekommst.

Habt ihr oft Besuch?
Amelie: Nein, gar nicht. Für den wahren Luxus müssten wir viel mehr Besuch haben!
Cleo: Aber für guten Kaffee reichts!
Amelie: Ja. Und die Wohnung ist ja auch ganz schön. Und sonst reichts auch. Aber Luxus stelle ich mir anders vor.

Hättet ihr denn gern öfter Besuch?
Amelie: Nee, bloß nicht! Das ist schon richtig, wie es ist.
Cleo: Wenn wir mehr Besuch haben wollten, könnten wir das ja machen. Dann müssten wir einfach öfter inserieren, das wäre sicher kein Problem. Aber wir wollen das gar nicht. Wir studie-

ren eigentlich, das soll ja nur nebenbei sein, um das Studium zu finanzieren.

Da gehen andere kellnern oder arbeiten im Callcenter.

Amelie: Hättest du dazu Lust? Ich nicht!

Cleo: Ich habe gekellnert, und zwar Jahre lang, in der Schule schon. Und soll ich dir mal was sagen? Das war viel krasser, von den Kunden her.

Amelie: Du musst sagen, dass das eine Disco war, wo du gearbeitet hast.

Cleo: Genau, das war eine Disco. Erst habe ich im Café gearbeitet und dann in der Diso. Da gabs mehr Kohle als im Café und mehr Trinkgeld und du konntest auch mehr Stunden arbeiten, halt die ganze Nacht. Aber da hat mich ständig einer angegrabscht. Da bist du nur damit beschäftigt, dass dich keiner angrabscht, dir in den Ausschnitt glotzt, einen dummen Spruch bringt oder sonst irgendwas. Und das fängt beim Chef an. Und was kriegt man dafür? Mit Trinkgeld hatte ich neun Euro. Für Nachtarbeit, Kistenschleppen, Lärm, Stress, Belästigung, alles.

Und das wolltest du nicht mehr?

Cleo: Natürlich nicht! Das kann man eine Weile machen, und das ist ja auch eine Zeit lang lustig, weil du auch Party machen kannst und alle kennen dich und so. Aber dass die einen wie Freiwild betrachten. Ich meine, ich mags ja, wenn ich den Männern gefalle, das ist mir wichtig. Aber die sollen respektvoll bleiben. Wer bin ich denn?

Amelie: Auf Distanz anhimmeln. (kichert)

Cleo: Genau. Auf Distanz anhimmeln und wenn sie mehr wolln, müssen sie zahlen. Und zwar nicht 50 Cent Trinkgeld.

Amelie: Cleo hat auch wirklich Schwierigkeiten mit dem Studium bekommen durch die Nachtarbeit.

Cleo: Ja, das kann man so sagen. Man ist eben auch fertig nach so einer Nacht. Am Ende trinkst du doch selbst auch was und dann ist der nächste Tag einfach gelaufen.

Und deinen jetzigen Nebenjob kannst du besser mit deinem Studium vereinbaren?

Cleo: Auf jeden Fall. Die kommen ja, wann ich es will. (beide lachen)

Amelie: Für eine Stunde bekommen wir 100 Euro. Oder man kommt nur eine halbe Stunde für 50 Euro. Oder anderthalb für 130.

Cleo: 100 Euro in einer Stunde ist doch super. Wir haben zur Zeit beide jeweils einen Stammfreier, meiner kommt zweimal im Monat, Amelies so einmal im Monat, sind schon mal 300, und dann noch mal zwei Stunden, dann ist die Miete drin. Und BaFög kriegen wir ja auch noch.

Das heißt also, ihr habt jede bloß zwei bis drei Gäste im Monat?

Cleo: Das kann man so nicht sagen. Manchmal haben wir auch fünf pro Person. Aber eigentlich finde ich, einmal die Woche reicht. Sonst wird das so dominant. Dann geht der Spaß auch verloren.

Machts denn Spaß?

Amelie: Sonst würden wir es ja nicht machen. Klar gehts ums Geld, aber wenn es sich schlimm anfühlen würde, dann würde ich das auch nicht für das Geld machen. Für 100 Euro mache ich mir meine Seele ja nicht kaputt.

Was macht denn daran Spaß?

Cleo: Na, Sex.

Amelie: Es ist toll, dass die auf uns stehen. Die bringen uns ganz viel Bewunderung entgegen. Und die sind eigentlich bisher auch fast immer respektvoll gewesen, also nicht übergriffig. Anderes als das, was ich von anderen Berufen höre, gerade wenn man kellnert oder auch, wenn man einfach einen blöden Job hat oder, wie du gesagt hast, im Callcenter, wo die Leute am Telefon alle unfreundlich zu dir sind.

Cleo: Und wir sind wie Prinzessinnen.

Amelie: Na ja, Prinzessin stelle ich mir anders vor. Aber wir sind unser eigener Chef und der Mittelpunkt des Geschehens und alles läuft, wie wir es wollen. Die Kunden machen uns Komplimente, manche bringen Blumen mit, wenn sie öfter kommen, oder Konfekt oder eine Flasche Champagner.
Cleo: Und du machst dafür was, was dir sowieso Spaß macht.

Macht euch denn Sex immer Spaß? Und mit jedem?
Amelie: Na ja, es geht jetzt vielleicht nicht immer um Orgasmen. Cleo hat öfter welche, ich nicht so oft, aber es ist eben trotzdem schön: Du wirst berührt, geküsst, du fasst jemand anderen an oder ziehst dich einfach nur aus und du merkst, was das für eine Wirkung bei ihm hat.
Cleo: Wir machen die Menschen glücklich.
Amelie: Auf eine Art, ja.

Seid ihr jedes Mal erregt? Und wenn nicht, fühlen sich die Berührungen der Männer dann nicht irgendwie schlimm an? Übergriffig?
Amelie: Wir können das ja auch steuern, wie die uns anfassen.
Cleo: Manchmal fühlt es sich gut an, und wenn nicht, dann denkst du eben an was anderes, is ja auch nicht schlimm. Eine Stunde ist echt schnell um, langweilig wirds einem da nicht.
Amelie: Ich denke, man muss eine prinzipielle Offenheit für Körper haben oder auch Körperkontakt. Vielleicht ist das bei uns auch anders, weil unsere Eltern aus der DDR kommen, die hatten ja die FKK-Strände und vielleicht auch einfach ein entspannteres Verhältnis zu Körpern, ich weiß nicht. Aber du muss jemand sein, der kein Problem mit körperlicher Nähe hat, wenn ihn jemand anfasst, oder dass man selbst jemand anfasst oder wie Körper eben so aussehen. Bei ganz vielen Berufen musst du ja Körperkontakt haben, zum Beispiel als Krankengymnastin oder Ärztin oder so.

Also passiert es euch nie, dass ihr euch missbraucht fühlt?

Cleo: Gar nicht. Wir haben ja alles unter Kontrolle und die Männer zahlen dafür. Da kann man jetzt nicht von Missbrauch reden bei 100 Euro für eine Stunde. Und das ist ja noch nicht mal eine Stunde Sex. Erst kommen sie an, fast immer wollen sie ein bisschen reden, manchmal was trinken, dann zieht man sich aus, also der Besucher und ich auch, schön langsam natürlich, und dann fasst man sich erst mal ganz behutsam an – ach ne, vorher, ganz am Anfang, bevor überhaupt irgendwas passiert, hat er ja gezahlt und dann bespricht man, was er machen will.

Amelie: Wir zögern es auch schon ein bisschen hinaus.

Was kann der Besucher denn machen wollen? Bietet ihr auch anal an oder Oralsex?

Cleo: Oralsex sind 10 Euro mehr und anal mache nur ich und das sind 20 Euro mehr. Und Anspritzen oder so is nicht.

Amelie: Es muss auch immer safe sein, das ist Voraussetzung.

Und was ist mit Bondage? SM?

Amelie: Das wollen wir unbedingt machen. Wir haben dazu keinen Bezug, aber ich glaube, man verdient dann viel mehr. Und es ist ja überhaupt kein Problem, jemandem den Arsch zu versohlen. Gar nicht.

Cleo: Ja, das müssen wir echt machen. Dass wir das in die Anzeigen reinschreiben.

Amelie: Also, krasse Sachen mache ich nicht, mit Blut oder Urin oder Gummi oder so.

Cleo: Nein, wir machen einfach nur bisschen Auspeitschen oder Poversohlen. Das kann ja nicht so schwer sein. Und hinknien können sie sich auch.

Amelie: Wir können ja vorher zusammen üben.

Cleo: Wie? Dass du mich schlägst? Niemals.

Amelie: Ja, irgendwie muss man doch übern.

Cleo: Was willst du denn da üben? Du schlägst dem einfach hintendrauf und fertig.
Amelie: Aber wie doll. Oder wenn wir Peitschen nehmen. Du hast doch Bücher über SM geschrieben, oder? Kannst du uns nicht was beibringen?

Ich kann es gern versuchen. Wollt ihr mir aber vorher mal erzählen, wie das alles losging?
Cleo: Ja, wie ging das alles los? Es waren einmal zwei junge, schöne Stundentinnen, die wollten sich Kleider kaufen und wollten abends essen gehen, weil sie vor lauter Unistress keine Zeit zum Kochen hatten …
Amelie: Nee, am Anfang wollten wir nach Mallorca fliegen, so war das.
Cleo: Genau, ja. Das war letztes Jahr im November, also vor einem Dreivierteljahr. Es war kalt und dunkel und hat tagelang geregnet und wir dachten: Oh Mann, so geht das jetzt monatelang weiter, Monate – wie schlimm ist das denn? Und da haben wir uns ausgemalt, wie es wäre, wenn wir einfach spontan, jetzt sofort zum Flughafen fahren und nach Mallorca fliegen könnten und da in ein Sternehotel, mit Swimmingpool und gutem Essen und Cocktailbar, und alles natürlich direkt am Meer.
Amelie: Wir hatten auch so viel Stress in der Uni damals. Wie sowieso immer.
Cleo: Genau. Aber wir hatten natürlich überhaupt keine Kohle, um mal eben nach Mallorca zu fliegen. Aber da dachten wir: Mensch, wie machen wir das? Wie sollen wir als Studentinnen jemals so viel Geld verdienen, dass das geht? Und da dachten wir beide: Na, eine Möglichkeit gibts ja.
Amelie: Wir hatten schon früher mal darüber geredet. Wir kennen uns ja noch aus der Schule, und zum Studieren sind wir zusammengezogen, und wir dachten schon öfter mal, wenn wir wenig Geld hatten oder hohe Handyrechnungen oder wenn am Ende

des Monats zwar schöne Schuhe im Flur standen, aber kein Geld mehr zum Einkaufen da war, da haben wir schon immer gesagt: Mensch, wir laden uns einfach eine Handvoll exklusiver Männer ein, die machen uns schöne Stunden und dann zahlen sie dafür.

Cleo: Das war mehr Spaß, aber letztes Jahr im November ist das eine richtig fixe Idee geworden. Da haben wir auf deinem Bett gesessen, weißt du noch, und im Netz erst nach Kurztrips nach Mallorca recherchiert.

Amelie: Genau, und ein Hotel fanden wir richtig geil.

Cleo: Und natürlich war es total teuer.

Amelie: Na ja, unerschwinglich ist Mallorca nicht.

Cleo: Aber für uns war es zu teuer. Und dann haben wir noch einen Wein aufgemacht und überlegt, wie wir das nun machen.

Amelie: Also, du musst dazusagen, dass wir besprochen haben, dass wir versuchen könnten, wie das ist, Sex für Geld. Mit halbwegs attraktiven Typen. Nur mal probieren.

Cleo: Genau, und wir waren ja beide schon in einem Forum, wo es in erster Linie um Sex geht. Und da kann man auch professionelle Dienstleistungen anbieten, wenn man möchte.

Amelie: Der Vorteil davon ist, dass du die Typen siehst, die dich anschreiben. Wobei das natürlich immer auch Fakes sein können, aber bei uns hat es immer gestimmt. Außer, dass die vielleicht zehn Jahre älter sind als auf dem Foto.

Also bezieht ihr eure Besucher aus diesem Forum?

Cleo: Genau.

Schaltet ihr zum Beispiel auch Annoncen in Zeitungen?

Amelie: Nein. Wenn wir mehr Kunden haben wollten, müssten wir das machen, aber so ist es besser, weil wir die Kunden sehen.

Cleo: Und weil man dann sicher sein kann, das man den nicht kennt. Das ist ein Alptraum von mir, dass plötzlich mein Onkel vor der Tür steht oder so!

Wissen eure Familien, was ihr macht?
Cleo: Keinen Schimmer haben die und das muss auch so bleiben. Meine Mutter würde mich umbringen.

Und eure Freunde?
Amelie: Niemand weiß, was wir machen. Das ist auch ein Grund, warum wir keine Annoncen schalten und auch mit den Kunden niemals in die Öffentlichkeit gehen würden.

Warum sagt ihr es niemandem? Habt ihr Angst vor deren Reaktionen oder ist es euch selbst unangenehm, dass ihr Sex verkauft?
Cleo: Mir ist das überhaupt nicht unangenehm. Sex verkaufen finde ich nicht schlimmer, als Autos zu verkaufen. Das ist ein Grundbedürfnis, auf das jeder ein Recht hat, und wir erfüllen es.
Amelie: Aber das kannst du niemandem sagen. Für die Öffentlichkeit ist man dann eine Schlampe. Und Eltern kannst du so was gar nicht sagen.

Habt ihr Partner?
Amelie: Nein.

Wenn ihr welche hättet, wie würdet ihr damit umgehen?
Amelie: Ich lerne ja sowieso nie jemanden kennen, da mache ich mir keine Sorgen.
Cleo: Natürlich lernst du jemanden kennen, Mann! Ich habe mich getrennt, bevor wir die Idee hatten. Vielleicht war ich deshalb damals auch so mies drauf, von wegen dunkel und kalt und so. Und wenn ich jetzt wieder einen Freund hätte, ich denke, ich würde es ihm auf keinen Fall erzählen, sonst würde ich mir die Sache mit ihm nachher noch verderben.
Amelie: Vielleicht würden wir dann ja auch aufhören.
Cleo: Wenn er Geld hat, auf jeden Fall.

Amelie: Na ja, in ein paar Jahren werden wir auch auf andere Weise Geld verdienen.

Vielleicht sitzt euch ja im Personalbüro später mal ein ehemaliger Kunde gegenüber.

Cleo: Das kann alles sein. Aber für den ist es dann noch peinlicher als für uns.

Man redet immer wieder darüber, ob man Prostitution verbieten soll.

Cleo: Wirklich?

Amelie: Ich weiß nicht, warum. Die Leute tun so, als würden wir vergewaltigt werden. Aber das ist ja wie gesagt nicht der Fall. Dann müsste man die Disco, wo Cleo gearbeitet hat, als Erstes schließen.

Ihr sagtet vorhin, fast alle Besucher seien respektvoll. Das klang so, als hätte es mal einen Zwischenfall gegeben.

Cleo: Ja, ich hatte mal einen Kunden, der wollte nicht gehen, als die Stunde vorbei war. Der hat dann noch immer weiter versucht, an mir rumzufummeln. Dann habe ich ihn weggestoßen und Amelie gerufen und dann konnten wir ihn relativ leicht rausschmeißen.

Amelie: Ich habe erst seine Schuhe und sein Hemd rausgeschmissen.

Cleo: Genau, das fand er ganz übel.

Amelie: Der hat gesagt, zu uns kommt er nicht noch mal. Als ob wir den noch mal reingelassen hätten!

Wenn eine Besuch hat, ist dann immer die andere auch in der Wohnung?

Amelie: Ja, genau, das muss so sein. Sonst wäre es mir zu gefährlich. Wobei ja noch nichts passiert ist, aber das weiß man ja nicht.

Habt ihr manchmal Angst?

Amelie: Am Anfang hatten wir schon ein bisschen Respekt vor der Sache. Deshalb haben wir auch beide ein Pfefferspray und ein Butterfly. Cleo macht inzwischen auch Kickboxen.

Habt ihr euch nach dem Vorfall noch mehr Sorgen gemacht?

Cleo: Komischerweise nicht.

Amelie: Vielleicht auch deshalb nicht, weil es gar kein Problem gab. Cleo hat ihn weggeschubst, ich habe seine Klamotten rausgeschmissen, wir haben beide gesagt, wir möchten, dass er sofort geht, und dann ging er ja auch. Das war eine Sache von wenigen Augenblicken. Wir hatten das im Griff.

Warum trefft ihr euch mit den Freiern bei euch in der Wohnung? Wäre ein Hotel nicht sicherer?

Amelie: Da könnte die zweite nicht dabei sein. Außerdem wäre es teuer und nachher würde uns jemand sehen.

Cleo: Die Leute denken schnell mal: Wenn einer Sex kauft, dann ist er auch ein Vergewaltiger. Das ist ja aber totaler Blödsinn. Da gibts doch gar keinen Zusammenhang. Der muss ja uns nicht vergewaltigen, wir schlafen ja auch so mit ihm.

Was sind das für Männer, die euch besuchen?

Cleo: Alles, einmal durch den Gemüsegarten. Wir hatten auch Professoren – zum Glück nicht unsere.

Amelie: Das könnte natürlich auch passieren, das wäre richtig mies.

Cleo: Aber für den Professor ist es dann schlimmer als für uns.

Was glaubt ihr, warum eure Besucher kommen? Sind sie einsam? Finden sie keine andere Frau? Betrügen sie ihre Partnerinnen?

Amelie: Dass man denkt, die finden keine andere, das hatten wir noch nie, oder?

Cleo: Nein, da war keiner dabei, bei dem man denkt: Na gut, umsonst macht das keine.

Amelie: Die würden wir aber auch nicht nehmen. Die Männer müssen jetzt nicht aussehen wie unsere Traummänner, aber sie müssen schon halbwegs okay aussehen.

Cleo: Wenn einer richtig süß ist, möchte ich ihn lieber privat treffen. Ich habe ja auch noch ein privates Profil.

Habt ihr das beide?

Cleo: Amelie nicht, nee. Aber beschwert sich, dass sie nie jemanden kennenlernt.

Amelie: Man kann ja auch offline jemanden kennenlernen.

Cleo: Klar kann man. Mach mal.

Aber wenn die Männer nicht abstoßend wirken, warum suchen sie sich dann nicht eine Frau, die sie umsonst bekommen?

Cleo: Du bekommst ja von einer Frau nie umsonst Sex. Irgendwas ist immer. Geschenke, zusammen Urlaub machen oder die Frau verliebt sich, aber der Mann nicht. Mein Eindruck ist, dass wirklich viele dabei sind, die viel Stress im Beruf oder auch sonst haben, und die haben gar keine Lust auf eine Beziehung. Und Frauen sagen ja vielleicht manchmal, sie wollen auch bloß einen One-Night-Stand, aber im Grunde wollen sie dann immer mehr, wenn sie schon mit einem Mann schlafen. Mit uns ist es total unkompliziert: Du kommst, zahlst, hast geilen Sex und danach gibts keine Probleme. Du musst auch keine Rücksicht nehmen, so nach dem Motto: Oh Gott, hält sie mich jetzt für pervers, wenn ich sie in den Arsch ficken will?

Amelie: Oder wenn sie wirklich eine Frau haben, mit der aber nicht mehr so viel läuft, dann ist es auch einfacher mit uns als mit einer Geliebten. Wir stellen sicher keine Ansprüche und wir rufen auch nicht nachts an oder sagen, sie müssen sich entscheiden, oder verraten sie oder so.

Cleo: Wenn man genug Geld hat, dann ist es echt das Einfachste.

Würdet ihr, wenn ihr genug Geld hättet, auch zu einem Callboy gehen?

Amelie: Sicher nicht. Das fände ich demütigend, wenn ich für Sex zahlen müsste.

Glaubst du, deine Kunden finden es auch demütigend?

Amelie: Das ist ja was anderes, weil das Männer sind. Es ist normal, dass der Mann die Frau umwerben muss und auch was zahlt. Aber andersrum – das fände ich demütigend.

Es gibt attraktive, erfolgreiche Frauen, die halten es so, wie die Männer, die ihr beschrieben habt: Kein Platz für Gefühle und Unwägbarkeiten, also leisten sie sich ab und zu einen attraktiven Callboy.

Amelie: Ja, wenn das gut für sie ist, dann ist das völlig in Ordnung. Ich verurteile das nicht. Aber ich könnte das nicht. Vielleicht ist es ja anders, wenn man älter wird.

Cleo: Also, ich habe gar kein Interesse bloß an Sex. Ich will Gefühle, Kino, Eis, Verlieben. Deshalb würde es gar keinen Sinn machen, zu einer männlichen Nutte zu gehen. Wobei – bei der Arbeit habe ich ja jetzt auch Sex ohne Verpflichtung oder Beziehung. Und eigentlich ist das auch schön.

Das Interview führte Cornelia Jönsson.

SIEBENUNDZWANZIG

KUNST UND SÜNDE

Julietta, 51 Jahre,
Partyveranstalterin, Berlin

Es ist kurz nach Mitternacht. Die Gäste tanzen schon seit einiger Zeit zu Swing oder Jazz, aber jetzt kommt der Höhepunkt des Abends. Die ersten Walzertöne erklingen, und die Gäste finden sich zu Paaren zusammen, um im Takt der Musik durch den Raum zu schweben. Sie sind alle festlich gekleidet, in Anzug und Abendkleidern, aber auch in Latex, Lack, Mittelalterroben, mit Miedern, oben ohne oder unten ohne. Hier tanzen keine klassischen Pärchen, bei denen die Frau geführt wird, sondern da führen Frauen wie Männer, und es tanzen auch gleichgeschlechtliche Paare und Menschen, bei denen man nicht so genau erkennen kann, ob sie nun weiblich oder männlich sind. Manche sind an den Armen gefesselt oder mit einer Leine gesichert. Es ist eine bunte Mischung an lebensfrohen Menschen jeden Alters, die hier zusammengekommen ist, nicht auf dem Wiener Opernball, sondern bei einer Party für hedonistische Menschen. Das Motto des Abends lautet: Wir wollen Orgien!

Seit fast acht Jahren gibt es diese Party-Reihe schon, entstanden ist sie dadurch, dass sich zwei Menschen kennen- und lieben gelernt haben. Die Veranstalterin Julietta ist eine Lebenskünstlerin. Sie kommt aus dem Osten Deutschlands und hat schon vieles in ihrem Leben gemacht. Sie hat eine Lehre als Schlosserin absolviert, hat gekellnert, tapeziert, im Messebau gearbeitet oder als Dolmetscherin, war in der Filmbranche unterwegs. Sie hat sich vor nichts gefürchtet, hat einfach immer zugegriffen, wenn sich etwas ergeben hat. Denn sie dachte, andere kochen auch nur mit Wasser.

2005 verliebte sie sich in einen Mann aus Hamburg, was glücklicherweise auf Gegenseitigkeit beruhte. Dieser Mann wurde neugierig auf Berlin und wollte dort Leute kennenlernen. Beide sind bekennende Sadomasochisten und so lag es nahe, zu einschlägigen Stammtischen oder Treffen zu gehen. Eines Tages aßen sie in einem französischen Restaurant und freuten sich über ein Hinterzimmer mit Ledersofas. Er schlug vor, dort einen Stammtisch abzuhalten, um endlich ein paar Leute aus der Szene kennenzulernen. Sie fragten die Betreiber und die sagten sofort zu.

Julietta und ihr Liebster dachten sich, wenn da 20 Leute kämen, wäre das prima. Beim ersten Mal waren es tatsächlich 20, beim zweiten Mal schon 35, beim nächsten Mal fast 50, und dann kamen regelmäßig um die 100 Leute. Weil das Hinterzimmer zu klein war für die vielen Menschen, bekamen sie das ganze Lokal, jeden ersten Dienstag im Monat. Das Publikum war völlig gemischt: Männer, Frauen, Transpersonen, Junge, Alte, Paare, Singles, Polygeflechte. Gemeinsamer Nenner war bloß die Leidenschaft für BDSM.

Auch viele Szene-Neulinge haben sich beim »Salon Noir« zum ersten Mal zu so einem Stammtisch getraut. Sie wussten, Julietta ist da, begrüßt sie, steht für Fragen zur Verfügung und macht sie mit anderen bekannt. Herzlich willkommen zu sein, ist bei Julietta nicht nur eine Floskel, sondern eine grundsätzliche Einstellung. Julietta bemüht sich auch bei 100 Gästen, den Überblick zu behalten und jeden Gast wirklich persönlich zu begrüßen.

Wenn man von außen dazukommt, fällt einem eigentlich nichts Besonderes auf, außer vielleicht dass die meisten komplett in

Schwarz gekleidet sind. Aber das kann einem auch auf einer Vernissage passieren, oder auf einem Journalistenstammtisch, wo sich auch nur alle unterhalten. Hier werden Freundschaften geschlossen, es finden sich Liebende, aber vor allem ist es ein Ort, an dem die Menschen sein können, wie sie sind. Der Stammtisch soll die Normalität dessen unterstreichen, was alle verbindet.

Nach einem Jahr wollten Julietta und ihr Partner als Dankeschön eine Party veranstalten für die Gäste des Salons. Sie stießen auf einen Club in Berlin, das gerade neu eröffnete »Insomnia«, und waren begeistert. Das war kein Keller, sondern ein alter Ballsaal mit hohen Decken, mehreren Ebenen, in Rot und Goldfarben gehalten, mit künstlerisch-erotischen Bildern und einer großen, übersichtlichen Tanzfläche. Sie wünschten sich nämlich eine richtige Party, mit Musik, zu der man tanzen kann – allerdings nicht Techno oder House, eher ein ausgelassener, fröhlicher Mix. Es sollte eine Mischung aus *Rocky Horror Picture Show* und *Blues Brothers* werden.

Die erste Party war der Knaller. Die Gäste tanzten wie die Wilden, zu Swing und Neo-Swing, Rock 'n' Roll, Soul und Latin.

Die Walzerrunde gibt es schon seit dem ersten Mal. Da geht Julietta jedes Mal das Herz auf, heute noch. Eine Domina führt ihren Sklaven im Walzertakt, eine junge Frau tanzt mit einem alten Mann oder umgekehrt, von nackt bis aufwendig kostümiert ist alles dabei. Alle strahlen, und wenn Julietta einen Tanzpartner hat, tanzt sie natürlich mit. Aber wenn nicht, schaut sie sich das gerne an und freut sich darüber, »schuld« zu sein daran, dass ihre Gäste so glücklich sind. Am Anfang gab es nur wenige, die den Walzerschritt beherrschten. Manche besuchten extra wegen der »Kunst und Sünde«-Party Tanzkuse. Tango, Walzer, aber auch andere Gesellschaftstänze.

Nach der ersten Party gab es in der *Sklavenzentrale*, dem größten deutschsprachigen SM-Forum, einen Partybericht. Die User waren völlig aus dem Häuschen. In den Kommentaren schrieben sie, Julietta und ihr Partner sollten unbedingt weitermachen. Und das taten sie. Eigentlich war geplant, jedes Mal auch etwas Künstlerisches vorzuführen, zum Beispiel Bühnenkunst oder Musik. Aber es stellte sich heraus, dass das nicht funktionierte, weil es die Party unterbrach.

Auf der dritten Party hatten sie die Idee mit Literatur auf Haut. Nackte Geschöpfe trugen Silbertabletts mit Süßigkeiten und waren beschrieben mit Gedichten und Texten, in denen Erotik eine Rolle spielt. Das kam so gut an, dass sie entschieden, es immer zu machen. Inzwischen tragen sie nicht regelmäßig Texte, manchmal sind sie nur bemalt, haben Flügel, sind Engelchen oder Teufelchen, da lassen sie sich immer wieder etwas einfallen. Und sie zeigen gebeamte Bilder von Künstlern aus der Szene. So ist doch wenigstens etwas Kunst geblieben.

Die Sünde herrscht allerdings wie erhofft vor. Sexuelle Handlungen sind explizit erwünscht. Bei dem Untertitel »Wir wollen Orgien« wäre es auch absurd, Sex auszuschließen. Natürlich gibt es auch Leute, die sich daran stoßen, aber die meisten haben unendlich viel Spaß damit. Die Gäste ziehen sich in Séparées oder zu den Bettenlandschaften auf der Galerie zurück, wenn sie die Lust überkommt.

Julietta erinnert sich gerne an eine besondere Szene: Fünf dominante Männer sitzen in einer Reihe und plaudern miteinander, die Frauen knien vor ihnen und blasen ihnen im Takt einen.

Ein Paar, das zum ersten Mal mit dabei war, ist nach einer Stunde wieder gegangen. Sie haben sich zu Hause mit einem heißen Kakao ins Bett gelegt und waren glücklich darüber, eine Welt gefunden zu haben, von der sie sich nie hatten vorstellen können, dass es die gibt. Beim nächsten Mal waren sie wieder dabei und sind geblieben. Und haben ordentlich mitgefeiert.

Auch für die Veranstalter sind die Nächte nicht ohne. Mittlerweile findet die »Kunst und Sünde«-Party ungefähr alle zwei Wochen statt, derzeit in Hamburg, Offenbach und Nürnberg, vielleicht irgendwann noch in anderen Städten. Julietta und ihr Partner fahren meist Freitagnacht los ins Hotel und schlafen Samstag aus. Nach dem Frühstück gehen sie Naschkram und Requisiten kaufen, manchmal bleibt noch Zeit für einen Spaziergang. Zwei Stunden vor Partybeginn treffen sie sich in der Location mit den Modellen, die bemalt werden möchten, mit den Malern, ziehen sich selbst um und anschließend gehts los. Sie feiern die ganze Nacht durch, sind zwischen fünf und sechs Uhr morgens im Hotel, schlafen aus und fahren wieder nach Hause.

Die Gastgeberin ist die ganze Nacht über präsent. Sie hält zu Beginn eine Begrüßungsrede, in der sie sich und die Regeln der Party vorstellt: Alles kann, nichts muss. Erst fragen, dann anfassen. Wenn man sich daran hält, kann nichts schiefgehen.

So gerne Julietta auch mit allen plaudert, manchmal gibt es Phasen, da ist alles anstrengend. Wenn sie selbst keine gute Laune hat, fällt es ihr schwer, jeden freundlich zu empfangen. Dann ist das richtige Arbeit. Aber ohne sie geht es einfach nicht, und ohne ihre Leichtigkeit würde der Zauber verloren gehen, das weiß Julietta. Glücklicherweise sind solche Phasen der Erschöpfung schnell vorüber.

Es gibt natürlich ab und zu auch Gäste, die über die Stränge schlagen. Wenn der – sie hasst diesen Begriff – sogenannte Einzelherr ankommt, der neu ist und bei dem die Hormone hochsteigen, stellt Julietta soziale Kontrolle her, in dem sie mit ihm spricht und ihn fragt: Bist du zum ersten Mal da, weißt du Bescheid, wie das hier läuft? Im Allgemeinen sind die Männer dankbar dafür. Schließlich wollen auch sie einen schönen Abend erleben. Bei so großen Partys kann man aber nicht vermeiden, dass da mal ein unangenehmer Gast auftaucht. Aber in all den Jahren mussten sie erst dreimal jemanden darum bitten, den Ort zu verlassen.

Stetig mehr Menschen sind neugierig auf das Spiel zwischen Macht und Hingabe. Manche probieren das eine Zeitlang aus, für andere ist es eine über viele Jahre andauernde Lebensrichtung. Manche sind sehr soft, andere wiederum sehr hart. Das Softe wird gerne als Mode-SM bezeichnet. Julietta ist das egal, ihr kommt es darauf an, dass die Leute vorurteilsfrei sind. Dass die Menschen entspannter geworden sind mit ihren Neigungen, das hat sich in den Jahren geändert, denkt Julietta, und dazu haben sie mit ihrer Party auch beigetragen. Ihre Party ist Teil dieser neuen BDSM-Strömung, die sich jenseits von Düsternis und Grabesstimmung bewegt.

SM hat in Juliettas Sexualität schon immer eine Rolle gespielt, ohne dass sie das so benennen konnte. Sie hatte es gern etwas härter beim Sex. Igendwann schlichen sich immer mehr Bilder in ihre Fantasien. Dann wollte sie es genauer wissen und hat geguckt, wo sich Menschen treffen und wo es Partys gibt, das war ungefähr zur Jahrtausendwende. Da war sie eine Zeitlang viel unterwegs auf Veranstaltungen. Mittlerweile jedoch geht sie privat kaum noch auf andere Events. Zum einen fehlt ihr die Zeit und zum anderen ist sie dort auch nicht mehr privat, da fast jeder sie kennt.

Ihre Beziehung hält und macht sie glücklich, die Liebe ist gewachsen. Eigentlich erlauben sie sich gegenseitig, auch mit anderen etwas Erotisches zu erleben, aber sie kommen vor lauter Arbeit gar nicht mehr dazu. Sie haben für sich erkannt: Es ist illusorisch, dass nur weil man jemanden liebt, man nie wieder jemand anderen begehrt. Dass andere Menschen Julietta begehren bzw. sie sich auch von anderen begehren lassen darf, findet sie wunderbar. Es gibt ihr eine Freiheit, die sich auf ihr ganzes Leben auswirkt. www.kunst-und-suende.de

Text verfasst von Silke Maschinger.

ACHTUNDZWANZIG

VON SCHNÜREN, PLASTIKROSEN UND DEM ZAUBER DER VIELFALT

Tonia Merz, Geschäftsführerin und Designerin der Korsettmanufaktur TO.mTo, Berlin

In der Küche von Tonia herrscht reges Treiben: Die PCs reagieren nicht so, wie die Mitarbeiterinnen wollen, die Kaffeemaschine rattert ihren eigenen Takt gegen das hohe Sirren der Schneidemaschine, deren Geräusch aus der Werkstatt zu uns dringt, und währenddessen unterhalten sich alle durcheinander. Gesprächsfetzen fliegen durch die Räume und finden ohne Problem ihren Adressaten. Während draußen der Abend dämmert und die Straßenbahn die Torstraße rhythmisch rauf und runter fährt, ist hier die Vielfalt zu Hause.

»Das siehst du schon an unserem Team. Da bin ich und Mona. Ich komme aus der Szene und Mona begleitet mich gelegentlich auf Partys. Wir hatten mal eine Mitarbeiterin, die war nebenbei auch Domina in einem Studio. Aber da sind auch meine Schneiderinnen, brave Mädchen, eigentlich. Und das meine ich nicht abwertend, überhaupt nicht.«

Wir sitzen auf der Kücheneckbank und trinken Kaffee. Zwischen den Doppelfenstern blüht eine Plastikrose und den Tisch ziert ein Korb mit künstlichen Narzissen und einem Osterei. Kurz nach Weihnachten gefällt mir diese Dekoration besonders gut.

Sinn fürs Außergewöhnliche hat Tonia allemal. Ihre Korsetts sind von ihrem hohen ästhetischen Stilempfinden geprägt. Es gibt sie als Unterbrustvariante, die sich auch als breiter Gürtel tragen lässt, und als Oberbrustkorsett, mal im Spezialdesign »Vanity Fair«, mal Basic. Tonia hat 250 Modelle. Jedes von ihnen ist einmal in allen Größen vorrätig.

»Es gibt ja Kunden, die wollen noch schnell ein Korsett für die Party am selben Abend. Diesen Wunsch können wir meistens erfüllen. Andere wiederum sind auf der Suche nach einem exklusiv auf sie zugeschnittenen Modell. Vom Stoff über die Schnüre und Einfassungen wählen sie aus, was ihnen zusagt.«

Tonia und ihre Mitarbeiterinnen stehen während dieses Prozesses beratend zu Seite. Am Ende soll der Kunde strahlen, weil er genau das gefunden hat, wonach er so lange suchte. Nichts kneift, die Vorzüge kommen voll zur Geltung, Problemzonen verschwinden geschickt.

»Wir verhelfen Menschen zu ihrem großen Auftritt«, sagt Tonia. »Manchmal geben wir ihnen sogar Selbstbewusstsein zurück.«

In einer Korsettmanufaktur wird maßgeschneidert, die Materialien sind von höchster Qualität. Tonia ist stolz, dass mittlerweile sogar »Art for Art« in Wien, die größte Kostümwerkstätte Europas, bei ihr ordert. »Die lieben unsere Korsetts.« Solche Empfehlungen sprechen sich auch bei den Promis herum. Für Kate Perry und Karl Lagerfeld hat Tonia schon gearbeitet, aber ihre normalen Kunden sind ihr mindestens genauso ans Herz gewachsen.

Nach zwölf Jahren TO.mTo kann Tonia Rückschau halten. Heute beschäftigt sie sechs festangestellte Mitarbeiterinnen. So blühend ging es ihr nicht von Anfang an.

»Die ersten sieben Jahre waren hart. Ich habe von der Hand in den Mund gelebt, aber ich wusste immer, dass das Korsett einen Markt hat.«

Tonia ist nicht nur Geschäftsführerin, sondern entwirft ihre Modelle auch selbst. »Die Schnitte sind alle meine Babys«, sagt sie, »auch wenn ich heute nicht mehr selbst nähe. Aber weil ich das Schneidern von der Pieke auf gelernt habe, bringe ich auch das technische Verständnis für meinen Beruf mit.«

Während ihres Modedesign-Studiums fliegt Tonia für ein Praktikum nach London. Nicht das Korsett zieht sie dorthin, sondern eine Frau, die sie tief beeindruckt und fasziniert. Dass ihr Vorbild Korsetts anfertigt, ist erst einmal ein Zufall. Ein glücklicher, wie sie heute sagt.

»Plötzlich war ich mitten im Geschehen, bekam Einblick in die Produktionsseite und fand mich mir nichts, dir nichts im Fetischbereich wieder. Erst da habe ich gemerkt: Das ist es. Ich will gar nicht in die normale Modebranche. Mir macht es große Freude, direkt mit ganz unterschiedlichen Kunden zu arbeiten, vom Brautpaar bis hin zu den Freaks mit ihren Geschichten. Fürs Korsett habe ich mich entschieden, weil die Bandbreite größer als bei Latex ist. Wenn ich mal keine Lust mehr auf die Szene habe, kann ich immer noch für ganz ›normale‹ Kundinnen oder für die Bühne arbeiten.«

Welche Kunden zu ihr kommen, will ich wissen.

»Es gibt eigentlich nichts, was sie miteinander verbindet, außer die Liebe zum Korsett. Nicht nur Frauen interessieren sich dafür, auch Männer. Da gibt es die Fetischkunden aus der BDSM-Szene neben der Frau, für die das Korsett einfach in den Kleiderschrank gehört, genau wie das kleine Schwarze. Es gibt Bräute und die ältere Kundschaft, die sich wieder jung fühlen will. Manche verlangen auch aus medizinischen Gründen nach einem Korsett. Es gibt aber auch den dominanten Mann neben dem Transsexuellen und dem, der es mal mit Crossdressing probieren will: aus Neugier oder aus Neigung.

»Unsere jüngste Kundin ist 14 Jahre jung. Sie wollte zur Konfirmation kein Kleid tragen. Da haben ihr die Eltern ein Korsett geschenkt, das sie zur Hose tragen durfte. Natürlich geht das im

Wachstum nicht täglich, aber für so eine Feierlichkeit ist das Korsett kein Problem. Unser ältester Kunde hat uns übers Internet gefunden. Wir lieben ihn alle. Ihn zeichnet ein solcher Lebenshunger aus, verbunden mit einem regen Interesse an der modernen Welt. Zwar kommt er wegen seines Bauchbruches, den er wegdrücken will, aber eindeutig ist das nicht der einzige Grund. Neulich hat er uns verraten, dass er extra aus Hamburg nach Berlin reist, um Shibariturnen zu machen. Shibari, das ist japanisches Seilbondage. Wir mussten alle innerlich kichern. Doch genau dafür mögen wir den Mann so sehr.«

Tonia kann viele dieser Geschichten erzählen. Alle berühren sie mich.

»Neulich«, sagt sie, »kam ein Pärchen zu uns. Sie mit einer eher schwierigen Figur, weil sie rund, dabei aber nicht kurvig war. Schlanke Beine hatte sie, aber die Mitte war eher kugelig geformt. Wir fanden aber schöne Stücke für sie und ihre Augen leuchteten mehr und mehr. Ich bin ja überzeugt davon, dass ich jede Frau – mal ausgenommen mich selbst – toll anziehen kann. Ich habe einen Blick für Formen. »Wenn du mich anguckst«, sagte die Frau zu ihrem Partner, »willst du eh wieder nur Sex mit mir. Wenn ich mich im Spiegel anschaue, denke ich nur, dass ich schön bin.« Daraufhin wurde der Mann sekundenlang ganz ruhig, bis er erzählte: »Seit wir uns kennen, ist es das erste Mal, dass du über dich sagst, dass du schön bist.« Natürlich kauften die beiden mehrere Korsetts. Ich war so froh, dass ich wieder jemanden glücklich machen konnte, denn das treibt mich an.«

Sicher, Tonia kennt die Berliner Szene, lange bevor sie nach London geht. Sie ist im »Kitkat« und in ähnlichen Clubs unterwegs. Aber erst in London erlebt sie, was das wirklich heißt: Szene. »Du kommst aus dem Staunen gar nicht mehr raus, so abgefahren sind die Designs, mit denen die Leute auf die Partys gehen. Nur sexuell passiert in London viel weniger als in Berlin. Kein Wunder, dass auch die Londoner über die Berliner Szene staunen: ›I know what you mean, they have sex on the dancefloor.‹«

»Wenn in London mal einer die Peitsche rausholt«, sagt Tonia, »wird gleich ein großer Kreis abgesteckt und alle sehen begeistert zu. Das hat was mit der Gesetzgebung dort zu tun. Eine Einwilligung zur Körperverletzung gibt es in England nicht. Ein BDSMer steht damit sofort unter Generalverdacht. Aber auch die Piercer fristen ein schwieriges Nischendasein. Da haben wir es in Deutschland gut. Nur in Bayern gibt es selten freizügige Clubs. Den Betreibern dort wird das Leben zur Hölle gemacht. Die müssen in die Sperrbezirke oder geben schon im Vorfeld auf. In Berlin hingegen bemüht sich der Bezirk Tempelhof geradezu um solche Läden und Lokalitäten.«

Das weiß Tonia von einer Freundin, die als Kulturbeauftragte Neuköllns für Kulturbetriebe zuständig ist. Nur in Mitte werden Läden gezielt zugemacht. Gut, dass Tonias Kundschaft da weiterhin für Abwechslung sorgt, so vielfältig und bunt sind sie. Einen Erotikladen betreibt sie nicht, auch wenn einige Korsetts erotische Fantasien beflügeln.

»Früher hatten wir eine C-, heute eine B-Lage, mindestens. Mir war immer wichtig, dass wir gut erreichbar sind. Das ist mir tausendmal lieber, als am Hackeschen Markt zu sitzen und ständig Kegelvereine zu meiner Kundschaft zählen zu müssen. Nichts gegen

Kegelvereine, aber dieses verschämte ›Hihi, schau mal, wir probieren ein Korsett, Herta‹, danach sehne ich mich nicht. Hier gibt es außerdem auch viel weniger Diebstahl.«

Tonia hat zwei Läden nebeneinander, in einem ist die Werkstatt, das Büro und die Küche, in der wir gerade sitzen, untergebracht, im anderen ist der Laden.

»Wer zu uns will, holt uns einfach. Wir nehmen uns Zeit für die Beratung. Im Schnitt dauert sie eine gute Stunde, manchmal mehr. Dann sitzt aber auch alles richtig und die Herren können währenddessen auf einer Sitzbank ihre Damen im 50er-Jahre-Ankleidezimmer bestaunen. Viele unserer Kunden kommen gezielt zu uns. Laufkundschaft gibt es selten, aber durchaus Stau- und Straßenbahnkundschaft. Wenn es Baustellen gibt, merken wir das sofort. Einmal hat sich sogar die Verlobte eines Straßenbahnfahrers bei uns zur Hochzeit eingekleidet. Sie wusste von TO.mTO, weil ihr Mann täglich bei uns vorbeigefahren ist.«

Die Korsetts kosten im Durchschnitt zwischen 250 und 500 Euro. Nach oben gibt es viel Luft. Bühnen zum Beispiel ordern deutlich im vierstelligen Bereich. Es gibt Tage, da verkauft Tonia fünf Modelle, an anderen gar keines.

Bei so viel aufgeladener Erotik könnte man meinen, Tonias Sexleben sei mindestens genauso ungewöhnlich. Dabei verändert ihre Tätigkeit hauptsächlich die eigene Lust am Korsett. »Das hat sich verlagert. Für mich ist Korsetttragen wie ein paar Schuhe anzuziehen. Das Korsett ist alltäglich geworden und büßt damit natürlich einen Großteil seines Reizes ein. Dafür macht es mir durchaus Freude, Menschen ins Korsett zu stecken. Selbst trage ich Korsetts in allen möglichen beruflichen Zusammenhängen: auf Messen, wenn wir öffentlich auftreten. Ich bin auch weniger in der Szene unterwegs als früher. Da spielt auch der Zeitfaktor rein.«

Wenn Tonia erzählt, wird schnell klar, dass sie ein sehr offener Mensch ist. Sie weiß andere in all ihrer Vielfalt zu schätzen und nimmt sie so, wie sie sind. Im Job hat sie schon Dinge erlebt, die andere erst gar nicht glauben können.

»Es ist wie bei dieser ersten Reality-Soap *Unter deutschen Dächern*. Dort können die Menschen in fremde Leben schauen. Ich darf in deutsche Schlafzimmer gucken und auch mitmachen, ohne dass ich mitmachen muss.«

Pia fördert die Erzählbereitschaft ihrer Kunden bewusst. Sie will wissen, was sie mit dem Korsett vorhaben. Das hat aber weniger private Gründe als vielmehr berufliche. Es geht immer auch um den praktischen Nutzen eines Kleidungsstücks.

»Ich hatte mal einen Kunden, der ein Korsettkleid für seine Partnerin wünschte. Ich musste alle Schnüre verdecken. Sie sollte sich möglichst gar nicht darin bewegen können. Kopfkino ist ja schön, dagegen habe ich überhaupt nichts. Nur musste ich die Frage aufwerfen, wie das denn gehen solle, wenn sie mal auf die Toilette müsse. Irgendwann kommt das echte Leben wieder dazu. Die beiden haben gelacht und wir haben eine praktikable Lösung gefunden.«

Tonia erzählt auch von den Ängsten der Transsexuellen und Transvestiten. »Wir haben viel mit Männern in Frauenkleidern zu tun.« Tonia bittet sie dann, ihre Brüste mitzubringen. Diese Männer sind oft sehr verschämt. Da muss sie erst einmal Überzeugungsarbeit leisten. Immerhin hat sie genau für diese Klientel extra Produkte entwickelt. Diese Menschen sind ihr tägliches Business. Tonia hat keine Probleme mit dem Themenkreis. Sie versteht aber die Ängste, die solche Männer ausstehen, gut. Selbst von emanzipierten Frauen werden weibliche Männer oft abgelehnt.

»Das ist ein totales Tabuthema in der Gesellschaft. Die Rolle von Männern ist in unserer Gesellschaft noch viel, viel stärker definiert. Wir Frauen können uns jeden Tag selbst zwischen männlich und weiblich positionieren. Mal mit Hosenanzug und Krawatte, mal im eng anliegenden Kleid. Auch eine Mischung geht gut. Wir dürfen spielen. Niemand würde sagen: Ihr seid »crossdressed«. Obwohl bei den Frauen, die mit ihrer Geschlechtsidentität spielen, oft eine erotische Komponente mitschwingt. Männer dürfen das nirgendwo, daher ist es kein Wunder, dass sich dieses Bedürfnis in heimlichen zweiten Ichs Wege sucht.«

Tonias VW-Bus ziert auf der einen Seite eine Frau im Korsett, auf der anderen Seite ist ein Mann im Korsett zu sehen. Er löst regelmäßig Diskussionen aus. Dabei ist er ein sehr maskuliner Schwiegermuttertyp im weißen Hemd.

»Das ist der Hammer, was dieser Bus für Reaktionen verursacht: Ich beobachte das oft vom Laden aus, wenn sich die Leute unbeobachtet fühlen. Homophobie und Intoleranz sind sehr weit verbreitet.«

In der Szene und am Messestand gibt es aber vorwiegend positive Reaktionen. Die Frauen finden ihre Männer sexy im Korsett, weil deren Bauch plötzlich weg ist und das Korsett in diesen Zusammenhängen nicht zwingend etwas mit Weiblichkeit zu tun hat.

»Da bin ich immer wieder überrascht«, sagt Tonia. »Das Männerkorsett ist in den letzten Jahren in der Szene ein großes Thema geworden und wir sind nicht unschuldig daran.«

Durchgesetzt hat sich bei Frauen, die auf dominante Männer stehen, die maskuline Variante, das Nadelstreifenkorsetts zum Beispiel. Taillierte Formen hingegen haben es schwer. Festgefahrene Bilder von Männlichkeit und Weiblichkeit dominieren bei der breiten Masse. Dominante Männer, durchtrainiert, maskulin und im Anzug dürfen zum Beispiel keine hohen Schuhe tragen.

»Dabei«, findet Tonia und ich stimme ihr zu, »ist doch genau das so interessant. Die Nicht-Zuordnung, das Spiel, die Irritation. Crossdressing heißt eben auch, immer etwas ganz und gar eigenes zu sein. Dazu gehört Mut.«

Umso schwieriger ist dieser natürlich aufzubringen, wenn Gefahren drohen. Die Scheiben des VW-Busses jedenfalls waren binnen drei Monaten eingeschlagen. Und das mitten in Friedrichshain. »Da waren Aggressionen ausschlaggebend, ganz bestimmt getriggert von meinem Korsettmann. Ich bin überzeugt davon.«

Spannend findet Tonia den Wandel, den das Korsett von den 1980er- hin zu den 2000er-Jahren erlebt hat. Galt das Korsett früher lediglich als Unterwäsche, als pervers oder im besten Falle medizinisch, ist es mit dem Film *Moulin Rouge* und Nicole Kidman zum Oberteil geworden. Unterbrustkorsetts trägt man über der Kleidung als eine Art breiten Gürtel und auch Oberbrustkorsetts können zum Partyoutfit werden.

Zur Eröffnung ihres Ladens, erinnert sich Tonia, galt ihrer Korsettmanufaktur gespanntes Interesse. Jedoch wurde oft hinterfragt, ob sie davon denn leben könne, wer so etwas denn kaufe. Heute werden diese Fragen seltener, dafür sind die Menschen oft inspiriert und begeistert. Das Korsett erlebt eine neue Kontextualisierung. Galt es früher als Instrument der Frauenunterdrückung und Inbesitznahme der Frau, ist es heute vielmehr sexy Partyoutfit, das die Körperform um mindestens zehn Zentimeter reduzieren kann.

Wenn vom Korsett die Rede ist, schwingt oft auch die Erotik mit. Was Tonia von dem von Alice Schwarzer geforderten Verbot von Sexarbeit hält, interessiert mich daher sehr. Ihre Antwort fällt klar und deutlich aus.

»Totaler Schwachsinn«, sagt sie. »Ich könnte diese Frau dafür an die Wand klatschen. Auch Prostituierte oder Dominas gehen bei mir einkaufen. Die arbeiten alle selbstbestimmt. Und selbst wenn es andere gibt, auf die das nicht zutrifft, die Illegalisierung würde daran rein gar nichts ändern. Ein großer rückwärtsgewandter Schritt wäre das.«

Und wenn sie sich was wünschen dürfte?

»Vorankommen müssten wir mal mit den Gender-Themen: Gleichgeschlechtliche eingetragene Partnerschaften müssen vor dem Gesetz gleichwertig mit der Ehe sein, auch im Adoptionsrecht. Aber Deutschland ist – alles in allem – ein verdammt freigeistiges und liberales Land. Das habe ich gelernt. Wir müssen uns gar nicht verstecken. Die Schweiz, England und Frankreich sind viel verklemmter als wir. Der Zukunftsforscher Matthias Horx hat vor einigen Jahren gesagt: »In Zukunft wird es nicht mehr wichtig sein, was getan wird, sondern unter welchen Umständen.« Das haben inzwischen selbst Lieschen und Heinz auf dem Dorf verstanden, denke ich, und das ist gut so. Ich hoffe, dass wir in unserem Leben keine Trendwende mehr rückwärts erleben. Das weiß man nie. Wenn du dir die deutschen Geburtenraten ansiehst und überlegst, wer hier Kinder bekommt, könnte sich das Rad in 30 Jahren noch einmal drehen. Auch wenn ich es nicht hoffe.«

Tonia erzählt noch viele kleine Anekdoten, herzerfrischend, zum Schmunzeln. Das kann sie gut. Zu guter Letzt steckt sie mich noch in ein weinrotes Unterbauchkorsett. Unter ihren geschickten Fingern verschwinden ganz schnell 15 Zentimeter meines Umfangs. Ein erhebendes Gefühl. Ich strahle. »Ja ich bin glücklich mit meinem Job«, sagt Tonia zum Abschied, und: »Ja , ich würde es sofort wieder tun.«

Ich bin sicher, ich komme wieder. Wer Tonias Korsetts einmal getragen hat, weiß, warum. www.tomto.de

Text verfasst von Tanja Steinlechner.

NEUNUNDZWANZIG

SM IST VIEL MEHR ALS NUR SEX

Leona Weber, BDSM-Coach und Sexualtherapeutin, Stuttgart

Menschen haben gerne einen Platz, an dem sie sich wohlfühlen. Doch manche finden keinen passenden Platz, sondern sitzen häufig zwischen den Stühlen. Einige entscheiden sich dann doch für einen Stuhl, aber andere lieben genau diese Zwischenräume. Leona Weber ist eine Frau, die sich auf nur einem Stuhl nicht wohlfühlt. Seit zwölf Jahren leitet sie ein SM-Studio, veranstaltet einen BDSM-Spieleabend und einen Stammtisch nur für Frauen. Sie hat sich der Verbindung zwischen kommerzieller und nichtkommerzieller SM-Szene verschrieben. Außerdem ist sie Initiatorin der »Zwischenräume«, einer Plattform für Seminare genau zwischen den Stühlen. Dort bietet sie zusammen mit anderen Dozenten unterschiedliche Workshops zum Thema Sexualität an, die nicht in eine gemeinsame Schublade gepackt werden können: Tantra, Spielerisches Raufen oder Trance. Lady Leona, wie sie sich auch nennt, arbeitet schon seit vielen Jahren als Domina, ist aber mittlerweile auch ausgebildete Sexualtherapeutin. Seit einem

Jahr leitet sie zusammen mit Norbert Elb das ISsP (Institut für Studien sexueller Paarbeziehungen). Dort beschäftigt sie sich vor allem mit langjährigen Beziehungen in der Paarberatung.

Warum bezeichnest du dich selbst ungern als Domina?
Der Begriff Domina ist mit bestimmten Assoziationen verbunden, und ich finde, dass das nicht zu mir und zu meiner Tätigkeit passt. Als Domina werde ich als Sexworkerin betrachtet, Sex wird als Hauptbestandteil angesehen. Ich lasse mich in meiner Tätigkeit jedoch auf ganz unterschiedliche und vielschichtige Situation ein. Das geht von Gesprächen in einer Beratung oder in den Seminaren bis zur Inszenierung von aufwändigen Rollenspielen, zum Beispiel gespielte Entführungen mit vielen Teilnehmern.

Auch unser Studio funktioniert nicht wie ein typisches SM-Studio. Bei uns gibt es keine Öffnungszeiten, man kann nicht einfach vorbeikommen und eine Session oder ein Spiel mit einer der wartenden Ladys kaufen. Wir vermieten das Studio eigentlich eher an Menschen, die BDSM haben wollen. Zum Beispiel eben an unsere Mitarbeiterinnen. Die Gäste müssen ganz konkret einen Termin absprechen. Genauso vermieten wir natürlich auch an Menschen, die BDSM privat erleben wollen. Auch manche Workshops ohne BDSM-Hintergrund finden im Salon statt. Hier arbeiten Frauen aus ganz verschiedenen Bereichen. Wir beschäftigen uns weit über das Thema BDSM hinaus mit unseren eigenen Angeboten, in Bezug auf ganz viele verschiedene Themen. Natürlich biete ich immer noch sehr gerne ganz traditionelle SM-Sessions für Männer und Frauen an.

Was bedeutet SM für dich bzw. für deine Gäste?
Für viele BDSMer ist ihre Neigung hauptsächlich ein Teil ihrer Sexualität. Darauf möchte ich mich jedoch nicht reduzieren lassen: SM ist viel mehr. Natürlich erfülle ich bei SM-Situationen auch erotischen Fantasien, arbeite in den Sessions mit Dominanz und Peitsche, es geht jedoch eigentlich vielmehr um die tiefen Emotionen, die in einer solchen Begegnung ausgelöst werden können. Die Zustände, die wir durch SM erreichen wollen, entsprechen oft einer Trance, sie sind eher auf emotionaler Ebene befriedigend als auf sexueller. Ein Mann, der zu mir kommt, erfüllt sich einen tiefen Wunsch, der vor der Session genau verhandelt worden ist. Er will sich in eine Situation begeben, die beispielsweise Dienen oder das Ertragen von Schmerzen zum Inhalt hat. Und er will auf eine Art zu etwas gezwungen werden. Dies ist die Herausforderung und bestimmt die Spannung der Begegnung: Unter der Illusion des Zwangs tut er Dinge, die er vorher abgesprochen hat. Und es ist meine Herausforderung, wie weit ich ihn zwingen kann oder muss, um diesem Wunsch zu entsprechen. Unter diesen Voraussetzungen entsteht eine Spannung, eine Energie, die weit über die sexuelle hinausgeht.

Die Gäste, die zu mir kommen – egal ob Männer oder Frauen – möchten etwas erleben, was im Alltag so nicht zu erleben ist. Sie wollen sich Kicks und Träume erfüllen, die sie manchmal schon lange mit sich herumtragen. Es geht darum, sich auf einer anderen Ebene zu begegnen, Menschen zu berühren und sich berühren zu lassen.

SM ist für mich ein großes Feld. Es geht dabei um vielseitige emotionale Erlebnisse wie zum Beispiel um Trance oder Flow, also meditative Zustände. In Sessions entwickelt sich oft fast eine Art Mystik. Der Zustand der Trance, dieses Fliegen, das Losgelöstsein von Verantwortung und Alltag, die Hingabe in einen anderen Zustand, das wollen die Menschen auf der passiven Seite spüren. Auch auf der aktiven Seite erlebt man manchmal eine Art Rausch durch die Macht über die Situation, über die Möglichkeit, den Partner zu lenken und zu unterwerfen.

Ich glaube, alle Menschen möchten irgendwann einen Zustand der Trance oder Loslösung erreichen, jeder sucht sich da seinen eigenen Weg. Sicher wäre das auch mit Karate oder Bergsteigen möglich. Genauso wie alle Menschen tiefe Gefühle von Liebe, Vertrauen, Schutz und Hingabe, aber auch vielleicht Macht, Größe und eher dunkle Gefühle erleben wollen.

Was hat sich durch deine Weiterbildung zur Sexualtherapeutin geändert?
Ich bin sicherer geworden mit dem, was ich tue. Vorher habe ich sehr viel aus eigener Erfahrung und intuitiv gearbeitet. Doch durch die Ausbildung hat sich Einiges verfestigt, ist bewusster geworden. Ich kann nun vieles, was ich mir irgendwie zusammengesucht hatte, konkret begründen. Ich arbeite mehr mit den sexuellen Skripten eines Menschen. Ein sexuelles Skript beinhaltet unsere sexuellen Vorlieben, Wünsche und Träume. Es ist sozusagen das individuelle sexuelle Profil. Ich habe meine Gäste schon immer gerne gefragt, wie sie ihrer Meinung nach zu ihren Neigungen gekommen sind. Mit dieser Ausbildung habe ich jetzt ein breiteres Verständnis für das, was die Menschen im Inneren antreibt.

Es buchen auch Paare eine Session mit dir, was machst du mit denen?
Paare buchen mich zum Beispiel für zwei bis drei Stunden; erst gibt es mit jedem einzeln ein Vorgespräch, dann gemeinsam. Hier wird entwickelt, was wir später tun. Anschließend versuchen wir die Wünsche der beiden in eine Session einzubringen. Die Situation

kann je nach Vorgaben Rollenspiele, Techniken oder bestimmte Praktiken zum Inhalt haben. Im Anschluss an die Session, in der ich mitagiere, können die beiden in den Studioräumen allein sein und ihr eigenes Spiel weiterverfolgen. Solange ich dabei bin, geht es um die Entwicklung der speziellen Kicks. Die Paare wollen mehr als eine Domina bei ihrem Spiel dabei haben, sie wollen weiterkommen in ihrer eigenen SM-Spiellust. Das Problem in Partnerschaften ist oft, dass sich die Partner in der Beziehung aufeinander eingespielt haben und den anderen in ihren Begegnungen genau zu kennen glauben. Jeder weiß genau, wann es dem Gegenüber wehtut, wie weit der dominante Part gehen kann und wann etwas zu viel wird. Das verhindert die Spannung in den Begegnungen. Aber wenn ich als neutrale Herrin mit meiner Erfahrung und den Inhalten, die wir zuvor besprochen haben, in die Situation dazukomme, kann das Paar vielleicht wieder neue Impulse bekommen.

Geht es denn nur darum, dem anderen immer mehr zuzumuten?
Es ist ein Vorurteil, dass SM immer härter werden muss. SM macht nicht süchtig. Es geht nicht um schneller, höher, weiter. Es geht vielleicht um eine Änderung des Blicks. Man könnte einfach in andere Richtungen gehen, also andere Verhaltensweisen oder Perspektiven ausprobieren. Frauen glauben manchmal, Dominanz bestünde darin, laut und hart zu sein, und fühlen sich damit nicht wohl. Dabei ist Lautsein kein Zeichen von Dominanz, sondern manchmal vielleicht eher von Hilflosigkeit. Macht und engagierte Dominanz spielen mit anderen Mitteln.

BDSMern gefällt an der dominanten Rolle, den Partner zu etwas zu bringen, was der nur für ihn/sie tut. Ganz genau an der Grenze dessen, was er eigentlich zu tun bereit ist. Und doch tut er oder sie etwas unter diesem Druck und ist vielleicht selbst stolz darauf, dass er mit der Hilfe des dominanten Parts die eigenen Grenzen überwunden hat. Das entspricht dem »Zwang«, den ich oben beschrieben habe. Für eine Frau auf der dominanten Seite kann das sehr beglückend sein, auf diese Weise geehrt zu werden. Beide Partner geben ins SM-Spiel eine bestimmte Energie. Auf der einen Seite steht die Bereitschaft, sich fallen zu lassen, Verantwortung abzugeben und sich auf den Zwang einzulassen, eben etwas für den anderen zu tun. Und auf der anderen Seite die Befriedigung, die Spannung halten zu können, den anderen zu führen und die tiefe Begegnung zu erleben.

Ist die Neigung zu SM deiner Meinung nach angeboren oder durch kindliche Erlebnisse geprägt?
Ich glaube nicht, dass SM angeboren ist. Das wäre ja auch seltsam. Man geht heute davon aus, dass in den ersten sieben Lebensjahren eine Prägung stattfindet, die darüber bestimmt, was man als Erwachsener erregend oder sexuell interessant findet. Ein Kind macht Erfahrungen, die positiv und lustvoll sind, und versucht, diese Situationen zu wiederholen. Natürlich sind damit nicht sexuelle Erfahrungen gemeint, sondern ganz verschiedene emotionale Erlebnisse, die erst mal nicht gedeutet werden müssen. Wenn ich Gäste oder Teilnehmer in den Workshops frage, ist den Befragten meistens schon bewusst, was sie in ihrem Erleben geprägt hat, woher die persönliche Neigung oder das ganz spezielle Interesse kommt.

Manche Menschen bezeichnen SM als krank, was denkst du als Sexualtherapeutin dazu?
Spezielle Vorlieben sind nur dann krank, wenn sie einen Leidensdruck erzeugen. Ob ein Mensch unter etwas leidet oder nicht, sollte jeder selbst entscheiden. Das könnte dann durchaus zu einer Psychotherapie führen. Es kommt natürlich auch darauf an, wie der Betreffende die Reaktionen seiner Umwelt empfindet. Oft geht es jedoch in erster Linie nicht darum, diese Neigung zu entfernen, sondern einen Weg zu finden, damit leben zu können. Ich will nicht beurteilen, was »krank« ist, weder die Fantasien, Träume und Wünsche der Menschen, noch deren sexuelle Praktiken. Natürlich habe ich meine eigenen Grenzen und mag nicht mit allen Themen

konfrontiert werden, mir nicht alles anschauen. Toleranzgrenzen sind aber auch durch unsere Umwelt, durch Zeitgeist und Kultur geprägt. Was hier als abseitig und krank gilt, wird an anderer Stelle durchaus akzeptiert. Da sollten wir ganz sensibel sein.

Was passiert in deinen Seminaren?
Bei meinen Seminaren zusammen mit Norbert Elb geht es in Gesprächen um die Entwicklung und die Erfahrung der eigenen Sexualität, es gibt jedoch keine praktischen sexuellen Übungen. Die Paare werden sich zuerst besser kennenlernen, sich selbst und auch den Partner. Sie können herausfinden, wie es für sie als Paar in ihrer Beziehung weitergehen kann. Es geht es um die Frage, was meine eigene Sexualität ist: Woher kommen meine Kicks, was gefällt mir, was ist da noch so außerhalb meiner gewohnten Spielarten, welche Einflüsse gibt es auf meine Lust? Wie kann ich mich entwickeln, mit meinem Partner oder trotz meines Partners?

Eines deiner Seminarthemen lautet »Leidenschaft auf Dauer?«. Worum geht es da?
Unserem Workshop liegt unter anderem die Idee des amerikanischen Sexualtherapeuten David Schnarch zugrunde, dass wir heute in einem Dilemma sind: durch unseren Wunsch nach Sicherheit und Geborgenheit einerseits und dem Sehnen nach abenteuerlichem Sex andererseits. Wir suchen nach der großen Liebe und landen in einer emotionalen Versorgtheit, die oft mit sexueller Langeweile einhergeht. David Schnarch sagt, dass wir uns daraus befreien können, indem wir uns differenzieren, uns selbst entwickeln, so wie wir eigentlich sind, und uns so dem Partner zumuten.

Wir versuchen also, bei den Teilnehmern die ganz eigenen Attribute, Wünsche und sexuellen Bedürfnisse hervorzubringen und dahingehend zu stärken, dass sie sich wieder trauen, sich zu zeigen – wie am Anfang der Beziehung. Langjährige Paare leiden daran, dass sich die Begierde in der sexuellen Begegnung scheinbar nicht erhalten lässt. Was am Anfang spannend war, scheint mit der Zeit langweilig und flach zu werden. Begehren kann man jedoch nur etwas, das man nicht hat, dessen man sich nicht sowieso schon sicher ist, also etwas, das noch ein Geheimnis oder eine Unsicherheit birgt.

Was können die Paare in deinem Seminar lernen?
Es gibt keine fertigen Lösungen, wir ermutigen die Partner, sich zu so zeigen, wie sie sich selbst fühlen, sich zu entwickeln, wie es sich richtig anfühlt. So zu sein, wie man gehört. Sich von den bequemen Wegen der scheinbaren Harmonie zu verabschieden, indem man sich differenziert und so dem anderen zumutet. Ohne zu viele Kompromisse und mit offenem Ausgang. Also nicht nach dem Motto: »Ich mach das jetzt mit, damit du zu zufrieden bist.« Zum Beispiel: Ein Mann steht darauf, Füße zu massieren, oder liebt Füße; vielleicht schämt er sich und traut sich nicht, diesen Wunsch vorzutragen. Es ist ihm klar: Das will ich! Damit muss er sich irgendwann seiner Partnerin zeigen. Um sich weiterzuentwickeln, sollte er sich zumuten, ohne vorher zu wissen, wie seine Partnerin reagiert, mit allem Risiko und mit offenem Ausgang. Dadurch kommt etwas Neues ins Spiel der Beziehung. Die Partner müssen das Wagnis eingehen, etwas Neues auszuprobieren. Etwas von sich zu zeigen, was der andere noch nicht kennt, das ist aufregend und bringt oft die Spannung des Anfangs wieder zurück. Dazu sollten wir natürlich herausfinden, was uns selbst ausmacht und welche Bereiche wir entwickeln können und wollen.

Glaubst du, dass ewige Leidenschaft möglich ist?
Ich glaube, dass sich unsere Bedürfnisse im Laufe unseres Lebens verändern. In jüngeren Jahren, die ja in der Gesellschaft anscheinend im Mittelpunkt stehen, haben wir oft andere Wünsche und Ziele als im späteren Lebensalter. Sexualität ist anfangs schnell, wiederholbar und kurzzeitig sehr aufregend. Das ändert sich, eigentlich

zum Besseren: Wir können in der späteren Lebenszeit ein tieferes und oft auch ein intensiveres Erleben haben, das jedoch nicht mehr so spontan sein muss. Wenn wir unsere Entwicklung und natürlich auch die unseres Partners miteinbeziehen, kann es diese lange Leidenschaft durchaus geben. Es geht jedoch nicht ohne die Bereitschaft, sich mutig dafür einzusetzen, zu kämpfen, zu fordern und sich zu zeigen.

Es gibt ja sehr viele körperorientierte Angebote wie zum Beispiel Tantra, warum gibt es so wenig psychologische Seminare?
Ein großer Punkt scheint zu sein, dass unsere Seminare nicht nur ein Wochenende voller Spaß und neuer Eindrücke sind, sondern Arbeit. Es gibt da keine Party, es ist kein Schmuse-Workshop. Uns geht es geht darum, hinzuschauen, etwas zu erkennen, wo man sonst vielleicht lieber wegschauen würde. Menschen bleiben gern bequem in ihren Sesseln sitzen. Vielleicht gibt es auch eine Scheu, so wichtige und persönliche Themen in einer Gruppe zu besprechen. Aber ich kann aus Erfahrung sagen, dass das gerade in dieser Gruppe gefördert wird. Die Teilnehmer haben als Paar ja im Prinzip alle ganz ähnliche Probleme, egal ob sie sich für BDSM interessieren oder nicht. Meist haben die Paare vergleichbare Konflikte und Erfahrungen, dabei sind es Paare, die schon lange zusammen sind, die sich also selbst auch schon auseinandergesetzt haben und Strategien für ihre Beziehung entwickelt haben. Sie wollen wirklich etwas für sich tun. Deshalb haben sie viel zu erzählen und teilen ihre Erfahrungen. So kann sich das oft gut ergänzen, das ist für alle Teilnehmer und auch für uns als Dozenten sehr befruchtend.

Auf deiner Webseite schreibst du in einem Artikel »Männer agieren aus der Potenz heraus«. Was meinst du damit?
Ich habe mit verschiedenen Leuten oft darüber diskutiert, warum Männer ins Studio oder zur Tantra-Massage nur gehen, solange es nicht nach Gesundheit oder Heilung aussieht. Warum müssen Bil-

der in anregender Kleidung auf den Webseiten sein? Warum wirkt hauptsächlich die sexuelle Aufmachung?

Wenn Männer diese Leistungen in Anspruch nehmen, könnte das etwas mit Potenz im sexuellen Sinne oder im Sinne von Macht zu tun haben. So scheint es zu funktionieren. Vielleicht mag ein Mann nicht zur Massage oder zu mir zu einer Session gehen, um für sein Wohlbefinden zu sorgen, oder weil er weiß, dass es ihm danach besser geht. Vielleicht will er sich eher selbst potent und mächtig fühlen. Ob der Mann in einer Session besonders viele Schläge oder Schmerzen für die Herrin aushält oder ob es seine Sexualität ist oder ob es darum geht, sich diesen Luxus leisten zu können, ist vielleicht verschieden. Wenn ein Mann ins Studio kommt, ist es oft so, dass er sich nach der Session wohler und runder fühlt und mir versichert, dass eine Session das ist, was er braucht, um wieder ausgeglichener und zufriedener zu sein. Es ist vielleicht eine Art seelischer Heilung, im Sinne von Zufriedenheit, die so stattfinden kann. Trotzdem scheint dieses Thema Macht, Potenz, Männern vordergründig wichtiger zu sein als Frauen.

Was ist denn den Frauen wichtig?
Frauen wollen ein gutes Erlebnis haben. Es gibt seit zwölf Jahren einen BDSM-Spieleabend, da ist es in der Regel so, dass Frauen zusammenkommen und sich gemeinsam überlegen, ob es vielleicht zu einer gemeinsamen Spielsituation an diesem Abend kommt. Wenn Männer ein Spiel entwickeln, wird es meist völlig anders, es geht auch hier schneller um Potenz, wer ist der Beste, wer stellt sich am besten dar. Frauen überlegen sich: Wie können wir alle Anwesenden einbeziehen, wie können wir das umsetzen? Sie wollen einfach einen guten Abend haben und ein emotional gutes Erlebnis.

Trotzdem erscheinen mir Männer und Frauen in ihren Wünschen gar nicht mehr so verschieden, wie ich früher dachte. Es scheint so, dass die Unterschiede zwischen den Geschlechtern nicht so groß sind. Wir alle wollen doch eigentlich dasselbe: Wir wollen geliebt werden und Anerkennung finden. Wir wollen anderen Menschen auf eine bestimmte Weise begegnen und diesen Begegnungen Tiefe und Bedeutung geben. Die Unterschiede zwischen den Geschlechtern kommen aus unserer Kultur und sind sicher nicht ganz fix vorgegeben.

Welche gesellschaftliche Entwicklung siehst du in Sachen Sexualität?
Sexualität wird heute in den Medien und natürlich auch im Internet von allen Seiten beleuchtet, und es wird gezeigt, was zu zeigen ist. Das Geheimnis und der Mythos dieses intimen Themas leiden sehr darunter. Es ist ein Umgang damit entstanden, der sämtliche Spannung verschwinden lässt. Jeder, auch junge Menschen, haben Zugang zu allen Bildern und Praktiken in Bezug auf Sex. Ich glaube nicht, dass das der Sache zuträglich ist. Man hat das Gefühl, dass es gar keine Chance mehr gibt, eine persönliche, individuelle Sexualität zu entwickeln.

Andererseits scheint es, dass die Tendenz zu steigender Freizügigkeit rückläufig ist. Vielleicht bedingt die Offenheit und die Flut oberflächlicher sexueller Eindrücke andererseits einen Rückzug auf traditionelle Werte. Und das könnte zu Entwicklungen führen, die uns in unserer Freiheit, so zu leben, wie wir leben wollen, wieder einschränken. Man sieht das beispielsweise am Umgang mit Homosexualität in verschiedenen Ländern und auch an der momentan so aufgeheizten Diskussion um Prostitution. Auch scheint die Freizügigkeit in unserem Lebensalltag eher abgenommen zu haben.

Sex wird funktionalisiert und auf das Oberflächliche reduziert. Natürlich haben Menschen einen großen Gesprächsbedarf, wenn es um die Entdeckung der eigenen Sexualität geht. Aber die eigene Sexualität entwickelt sich eben nicht bei YouTube. Sexualität ist ein starker und wichtiger Antrieb, sie hat sehr viel mehr Bedeutung und Tiefe. Es kann unter die Haut gehen, und das ist mir sehr wichtig.

Es wäre schön, wenn wir unsere Sexualität wieder mehr zu etwas Intimem werden lassen könnten, wenn wir das Geheimnisvolle daran wirken ließen und nicht mehr versuchten, jeden dunklen und persönlichen Bereich ans Licht zu zerren. Das könnte unsere Integrität stärken und würde vielleicht zu mehr Verständnis für andere Menschen und Ehrfurcht in den Begegnungen mit ihnen führen.

www.ladyleona.de

Das Interview führte Silke Maschinger.

DREISSIG

ICH BERÜHRE KEINE FASSADEN

Anna Felicis bietet sinnlich-erotische Massagen im eigenen Studio an, Berlin

Januar 2014: Draußen weht ein eisiger Wind, ich hülle mich in meinen schützenden Mantel und wickle den Schal um meinen Hals, dazu ziehe ich die Mütze tief ins Gesicht. Es sind nur wenige Meter von der U-Bahn-Station Westphalweg zu Anna. Über den typischen Berliner Hinterhof kämpfe ich mich die paar Stufen nach oben in eine andere Welt. Annas Lächeln empfängt mich mit einer Wärme und Aufgeschlossenheit. Sie bittet mich, meinen Mantel und meine Schuhe im Flur abzulegen, und bietet mir im Gegenzug Hausschuhe an.

Ihr Studio ist eher ein Wohlfühlzimmer: hohe Decken, kein unnötiger Ballast. Dafür erinnern der Stuck, ein Kronleuchter und ein vergoldeter Spiegel an längst vergangene Zeiten. In Verbindung mit dem vorherrschenden warmen Rotton der Vorhänge und einer Wand entstehen Assoziationsketten: Sinnlichkeit und Freude, ein Rückzugsraum von der Welt, der die Begegnung mit ebendieser möglich macht.

Anna schenkt mir Tee ein, das Licht ist gedämpft. Die Atmosphäre wirkt auf die Worte und ihren Klang. Sie formieren sich langsam, folgen keinem Muster und tasten sich vorsichtig an Annas Welt heran.

»Ich bin Betriebswirtin und habe im öffentlichen Dienst, im Handel und im Baugewerbe als Angestellte gearbeitet. Aber ich wollte sehr gern selbstständig tätig sein. Also habe ich nach einer Idee Ausschau gehalten, die mich erfüllt und Perspektive verspricht. Ich habe mich gefragt: Wofür wollen und können die Menschen heute und auch in Zukunft Geld ausgeben? Und da fiel mir die Erotik ein. Ich hatte schon lange im Hinterkopf, dass es doch reizvoll sein könnte, mit Erotik Geld zu verdienen. Dann stach mir ein Inserat eines Massagesalons ins Auge, das mich neugierig machte. Die suchten eine Mitarbeiterin. Da mir deren Internetseite gefiel, vereinbarte ich einen Termin und entschloss mich, dort zu arbeiten. Ich sammelte meine ersten Erfahrungen. Allerdings war mir schnell klar, dass ich nicht langfristig in einem größeren Massagesalon arbeiten wollte. Da gab es junge Frauen, die auch Extras angeboten haben, und deshalb sehr begehrt waren. Ich wollte mein Leben ja nicht mit Warten verbringen, um auf mein Honorar zu kommen. Aber das Massieren hat mir sehr gefallen. Ich wusste intuitiv, bevor ich den ersten Kunden hatte, dass ich das kann, dass ich dafür geschaffen bin. Also habe ich mich 2008 auf eigene Beine gestellt, eine Website gebastelt und Räume angemietet. Irgendwann wollte ich dann aber etwas Eigenes und voilà – hier sitzen wir.«

Anna nennt ihre Kunden Gäste, weil sie sich bei ihr wohlfühlen dürfen. Zu ihr kommen Männer, aber auch Frauen und Paare, die sich sowohl entspannen als auch aktiv werden wollen. Die meisten werden über ihre Internetpräsenz auf sie aufmerksam, mitunter wird sie auch per Mundpropaganda empfohlen. Menschen aus vier Generationen besuchen sie. Im Kern sind es Männer zwischen 40 und 60 Jahren. Aber genauso gibt es auch den 20-jährigen jungen Mann, der erste Erfahrungen sammeln möchte, oder den Mitte 80-Jährigen, dessen Frau schon verstorben ist, der aber auf Intimität nicht verzichten möchte.

»Sexualität und Erotik gehören doch zum Menschsein dazu. Da gibt es so viele Tabuisierungen. Über Zärtlichkeit und sexuelle Wünsche wird selten gesprochen, auch bei Paaren. Das führt oft zu Einsamkeit und Rückzug. Die Männer lieben ihre Frauen, kommen aber zu mir, weil sie zum Beispiel nach zig Jahren Partnerschaft keine Lust mehr haben, um die sexuelle Aufmerksamkeit ihrer Ehefrau zu kämpfen und das Ruder herumzureißen. Sicher, manche Männer sind nicht die Berührungsspezialisten. Aber alles kann sich entwickeln, wenn man miteinander redet und offen für Veränderungen ist. Doch für viele ist es noch ein Tabu, über ihre sexuellen Wünsche und Bedürfnisse zu reden. Daraus entstehen Missverständnisse und gegenseitige Verletzungen. Ich habe schon Männer erlebt, die dann beginnen, ihren Hobbykeller auszumisten, andere kommen eben zu mir. Es ist herrlich unkompliziert, Sinnlichkeit einzukaufen. Ich finde es gut, dass die Männer sich diesen Luxus gönnen und etwas für ihre Seele tun.«

Die Gäste haben die verschiedensten Berufe von A wie Arzt bis Z wie Zimmermann. Sie sind Angestellte, Unternehmer, Künstler, Weltenbummler. 90 Prozent sind Männer, 10 Prozent Frauen oder Paare. Anna liebt ihren Beruf und ihre Klientel.

»Es sind interessante Menschen. Viele von ihnen erzählen mir ihre Geschichten. Es ist immer wieder berührend, wenn ich erleben darf, wie Fassaden fallen und die echten Menschen dahinter zum Vorschein kommen. Da draußen begegnet man doch häufig nur Fassaden. Wenn ein Gast zu mir kommt und ich ihn frage, wie es ihm geht, bekomme ich eine Antwort, die tiefer geht. Die Menschen öffnen sich hier gern, es ist ein geschützter Raum, es gibt nichts zu verlieren. Genau deshalb liebe ich meine Arbeit. Ich berühre keine Fassaden.«

Bei Anna gibt es im Gegensatz zur Tantra-Massage keine festgelegten Rituale, kein Techniken und keinen spirituellen Hintergrund. Anna lässt sich jedes Mal neu auf den Menschen ein, der ihr gegenübertritt. »Zuerst gibt es Tee und ein Gespräch zum Ankommen und Warmwerden. Die Gäste schaffen es relativ schnell, vom Alltag und vom Stress abzuschalten, schon am Tischchen sitzend und Tee schlürfend. Schnell finde ich einen Anknüpfungspunkt oder ich erfahre etwas Interessantes.«

Nach dem Tee geht der Gast ins Bad, ums sich frisch zu machen und seine Kleidung abzulegen. Im Massageraum auf dem Futon beginnt die sinnliche Massage, die dann später in die Zwei- oder Dreisamkeit führt. Das ist von Gast zu Gast immer wieder verschieden. Anna sagt von sich selbst: »Ich bin natürlich, herzenswarm und authentisch.«

Dazu gehört für sie ganz selbstverständlich, dass sie kein Theater spielt. Sie gibt ihren Gästen Feedback, spiegelt ihnen, was sie selbst als schön empfindet und was ihr weniger gut gefällt. »Das geschieht sehr emphatisch und feinfühlig. Mal stelle ich nur Fragen oder gebe Impulse. Viele – gerade Männer – sind sehr dankbar, wenn ich ihnen mitteile, wie sich ihre Berührungen anfühlen. Manchmal geht es einfach nur um Entschleunigung. Berührungsqualitäten zu unterscheiden kann man lernen. Ein Gast hat einmal ganz fasziniert beobachtet, was mit seiner Freundin geschieht, wenn ich sie berühre, wie sie sich unter meinen Händen entspannt und zum Höhepunkt kommt. Er hat mich im Nachhinein angerufen und darum gebeten, von mir lernen zu dürfen. Das sind großartige Männer, die in den Austausch gehen und das Erspüren lernen wollen, für sich und für ihre Partnerin.«

Die Frauen, die zu Anna kommen, wissen oft sehr genau, was sie wollen. »Die sind tough«, sagt sie. »Sie haben meist genaue Vorstellungen, was sie wollen. Sie möchten einmal von einer Frau berührt werden, auch sexuell, und manche sind auch neugierig auf einen Frauenkörper. Dabei leben die meisten Frauen in einer festen Partnerschaft mit einem Mann. Ich finde es für eine Frau zur Selbstfindung wichtig, dass sie auch einmal eine andere Frau berührt, um zu sehen, was für zarte, weiche Wesen wir sind. Die Frau berührt ja meistens ihren Mann und Männer sind nun mal anders – größer, kräftiger und stoppeliger. Ich bin immer wieder fasziniert, wie schnell die Frauen den Schalter umlegen können. Am Anfang sind sie vielleicht noch aufgeregt und ein wenig distanziert, aber während der Massage genießen sie und öffnen sich. Es ist schön, dass diese Frauen nicht an alten Glaubenssätzen hängen, sondern ganz im Hier und Jetzt sind und genießen.«

So geht es Anna selbst auch. »Ich bin immer präsent. Ich schaue mein Gegenüber an, beobachte und drifte nicht in eigene Traumwelten ab. Deshalb fällt es mir auch leicht, meine Grenzen zu wahren. Grenzüberschreitungen? »Das ist bei mir kein Thema. Ich schreibe ja schon auf der Website, was ich anbiete und wo meine Grenzen sind. Ich bin klar. Das akzeptieren meine Gäste immer.«

So unterschiedlich die Menschen sind, die zu Anna kommen, so unterschiedlich sind auch die Paare. Sie haben das Bedürfnis, über den Tellerrand ihrer Zweisamkeit zu schauen, und suchen dafür einen sicheren Hafen. Viele sind schon lange Zeit zusammen. Manche leben nicht in der klassischen Partnerschaft. Meistens findet mich der Mann im Netz und zeigt seiner Frau, was ich anbiete. Gelegentlich setzt auch die Frau Impulse, und der Mann begibt sich dann auf die Suche nach umsetzbaren Möglichkeiten.«

Was die Paare eint, ist ihre Lust an der gemeinsamen Sexualität und an ihre Leidenschaft.

»Im Vorgespräch frage ich auch nach Wünschen und Grenzen für die Massage. In der Regel überlassen mir die Paare die Regie. Dann beginne ich meistens mit der Frau. Der Partner kann zuschauen, wie seine Frau entspannt und genießt. Dann beziehe ich ihn aber auch mit ein. Wir verwöhnen und streicheln die Frau zu zweit. So im Mittelpunkt zu stehen ist der Himmel auf Erden. Doch sie teilt ihn gerne mit ihrem Partner und lässt nun ihren Mann in den Mittelpunkt. Daraus entsteht eine sinnlich-erotische Atmosphäre, die sich häufig im gemeinsamen Sex des Paares entlädt, während ich sie dabei begleite.«

Es gibt Männer, die ihre Frauen überraschen und beschenken, und Frauen, die ihren Männern etwas Gutes tun wollen. »Einmal rief mich eine Frau an. Sie wollte ihrem Mann eine Massage schenken und nicht dabei sein, weil sie hochschwanger war. Das war spannend und neu, aber kein Hindernis. Also habe ich sie eingeladen, doch mitzukommen. Wir haben den Bauch ganz natürlich mit einbezogen. Das war eine wunderschöne Erfahrung. Das Paar war jünger, in den 30ern. Im Gespräch danach erfuhr ich, dass für die beiden der zärtliche Austausch unter Freunden ganz normal ist. Das ist eben eine andere Generation. Viel freier.«

Annas Umfeld weiß, was sie beruflich macht, und sie erlebt Akzeptanz und Interesse seitens der Freunde und der meisten Bekannten. »Bei Menschen, für die das Thema ›sinnliche Berührung‹ eher ein Tabu ist, wird es einfach umschifft – aber es gibt ja auch so viele andere Themen, die man vertiefen kann.«

Anna erfährt viel von ihren Gästen. »Ich bin ein neugieriger Mensch und tauche gerne für einen Moment in fremde Welten ein. Mit mir reden sie über alles Mögliche – was sie belastet oder nährt, was sie sich vornehmen oder Tabus, die sonst keinen Widerhall in der Gesellschaft finden.«

Auch schwere Themen wie der Tod bekommen in Annas Lebensraum Gehör. »Da ist ein Gast, dessen Frau war sehr eifersüchtig. Er kam selten und war fast immer angespannt. Auf die Frage

›Nehmen wir das neutralriechende oder das Aromaöl?‹ antwortet er immer hastig ›Das neutrale‹. Er hat eine schöne sexuelle Energie, trotz wenig gelebter Leidenschaft in der Ehe. Oftmals verkümmert diese mit den Abweisungen der Frau und dem daraus resultierenden Selbstzweifel. Nach einer längeren Pause kam er mich wieder einmal besuchen. Er erzählte, dass seine Frau verstorben war, und er wirkte sehr niedergeschlagen. Bei der ganzen Schwere, die ein Hinterbliebener erlebt, ist es auch mal schön, etwas anderes zu spüren als die Trauer. Er konnte sie mit seiner Kleidung an den Haken hängen und einfach Mensch sein, mit seinen ursprünglichsten Bedürfnissen – angenommen, gewärmt und gehalten zu werden. Neben diesen schönen Gefühlen des Genusses streue ich auch gerne etwas Humor ein. Erotik ist ein Spiel, wo auch mal gelacht werden kann. Denn auch Lachen befreit. ›Na, nu könn wa ja mal dat Aromaöl nehmen, wa?‹, habe ich zu ihm gesagt. Nun ist er weit wegezogen, zu seinem Sohn. Alle halbe Jahre besucht er seine Frau auf dem Berliner Friedhof, später kommt er zur Massage vorbei. »So ist es doch schön. Erst die Frau auf dem Friedhof besuchen und dann zu mir, die Seele auftanken. Das Leben ist Veränderung.«

Anna hilft ihren Gästen, mit solchen Veränderungen umzugehen. »Ich spiegle die Gefühle meiner Gäste und bringe meine Gedanken und Erfahrungen ein. Ich weiß, wie es ist, verheiratet zu sein, eine Familie zu haben, Single zu sein, in ›wilder Ehe‹ zu leben oder Affären zu haben. Ich bin Mutter und habe einen erwachsenen Sohn. Und früher als Angestellte habe ich in den unterschiedlichsten Bereichen gearbeitet. Da gibt es viele Anknüpfungspunkte mit meinen Gästen. Ich bin ein vielseitig interessierter Mensch. Viele finden es auch sehr inspirierend, zu mir zu kommen. Manche Gäste bekommen auch mal ein Zettelchen mit Literaturtipps oder Ähnlichem in die Hand gedrückt. Dafür sind wir doch Menschen, um uns auszutauschen.«

Und sie ergänzt: »Einen therapeutischen Anspruch habe ich aber nicht, sonst dürfte ich meine Gäste gar nicht so berühren. Dennoch gibt es erstaunliche Veränderungen im Leben mancher Gäste. Ein

Gast zum Beispiel hatte eine Affäre und als die Schluss machte, kam er niedergeschlagen zu mir. Erst ganz häufig. Langsam haben wir einen Rhythmus gefunden, der für beide gut ist. Er hat die Malerei für sich entdeckt und bereits eine kleine Ausstellung gemacht. An die Affäre denkt er nur noch ganz selten, aber es zerreißt nicht mehr sein Herz. Es ist schön, wenn ich so positive Entwicklungen erzählt bekomme.«

Dass Annas Tätigkeitsfeld in der Debatte um Prostitution so verteufelt wird und die Frauen, die solche Dienste anbieten, zu Opfern degradiert werden, regt sie sehr auf. Dazu sagt sie: »Ich will mich nicht in eine Schublade stecken lassen. Bin ich eine Prostituierte? Ich biete sinnlich-erotische Massagen an und habe ein eigenes Studio seit nunmehr sechs Jahren. Ich berühre meine Gäste sehr liebevoll und einfühlsam und verführe sie in die Welt der Erotik und ich bin berührbar. Bei meinen Begegnungen steht der Mensch im Vordergrund, nicht das Geld. Der Mann bestimmt nicht, was gemacht wird, und GV biete ich nicht an. Ich habe mir einen Rahmen gesteckt, in dem ich mich wohlfühle, und der wird von meinen Gästen akzeptiert. Ich mache ausschließlich das, was ich will. Mir macht meine Arbeit Spaß. Wie viele Frauen in einem ›normalen‹ Beruf können das behaupten?«

Ich lächle. Die so besonnene Anna redet couragiert weiter. »Eigentlich möchte ich mich in die Anti-Prostitutions-Debatte gar nicht vertiefen. Da regt mich so vieles auf. Ich spüre da ganz viel Machtgehabe und eingestaubte Moralvorstellungen der Frauenrechtlerinnen, die keine Gegenmeinung von Menschen, die unmittelbar betroffen sind, einbeziehen oder respektieren. Stattdessen wird ins Wort gefallen, beschimpft und beleidigt. Es werden von Politikern und Frauenrechtlerinnen Zahlen verfälscht und Klischees bedient, die nicht der Realität entsprechen. Aufschluss gibt auch die *Panorama*-Sendung der ARD vom 19. Dezember 2013 mit dem Thema: ›Die verlogene Kampagne gegen die Prostituierten‹. In dieser Debatte sehe ich keinen Respekt voreinander oder ein

Begegnen auf Augenhöhe, was den Frauenrechtlerinnen eigentlich wichtig ist. Das ist Bevormundung und Diskriminierung und deshalb für mich unerträglich.«

Ich nicke. Anna fährt fort. »Ich möchte stattdessen arbeiten – und zwar genau in dem Segment, das ich jetzt schon bediene. Für mich ist es meine Berufung, und was ich biete, ist wichtig für die Menschen, die zu mir kommen. Ich liebe es, Menschen zu berühren, ich liebe die Körperlichkeit und die Begegnung auf Augenhöhe und ohne Fassaden. Und ich sehe, was es meinem Gegenüber bringt. Sie gehen erfüllt von mir und viele kommen wieder. Sexualität ist ein Grundbedürfnis des Menschen und nicht alle Menschen leben diese so aus, wie sie es möchten.«

Annas Worte wirken in mir nach, während sie weitererzählt. »Durch das Gesetz kann ich meine Arbeit frei tun, da sie legal ist, und in meinem Familien-, Freundes- und Bekanntenkreis muss ich nicht lügen. Ich erfahre Respekt, Achtung und auch viel Interesse. Die Arbeit gibt mir finanzielle Sicherheit. Ich bestreite meinen Lebensunterhalt, bin krankenversichert, spare für meine Altersvorsorge und zahle meine Steuern. Das ist mir wichtig.

Wichtig finde ich auch, dass die Prostitution in Deutschland differenziert gesehen wird. Es gibt viele Prostituierte, die selbstbestimmt ihrer Arbeit nachgehen und es gibt auch Zwangsprostituierte. Zwangsprostitution und Ausbeutung von Frauen ist ein absolutes No-go, und es ist traurig, dass Männer diese Dienste in Anspruch nehmen. Da sollte vom Gesetzgeber ein Riegel vorgeschoben werden. Für alle anderen Prostituierten, die freiwillig diese Arbeit tun, wünsche ich mir mehr Akzeptanz und Toleranz seitens der Politik und Gesellschaft, auch von den Frauenrechtlerinnen. In den 70ern gingen sie auf die Straße mit der Parole ›Mein Körper gehört mir‹. Dieses Recht haben wir ebenso und auch unsere Würde, die unantastbar ist.

Ärgerlich werde ich, wenn ich von ›*Emma*-Frauen‹ zu einer Fünf-Prozent-Minderheit degradiert werde, die in unserer Gesellschaft nicht ins Gewicht fällt, eine ›Lachnummer‹, wie Frau Schwarzer schreibt. Sie behauptet, dass diese Frauen oftmals traumatisiert seien und daher diesen Beruf ausüben, abgestempelt als nichtssagende Minderheit und psychisch angeknackst. Die Zahl stimmt bei Weitem nicht und egal, wie viele wir sind, wir sind Teil der Gesellschaft und verdienen deren Respekt – auch den der Frauenrechtlerinnen. Stattdessen nehme ich viele Anfeindungen und Unterstellungen wahr.

Und zum Thema Traumatisierung: Viele Menschen in unserer Gesellschaft sind traumatisiert. Viele Traumatisierungen hängen mit dem Zweiten Weltkrieg zusammen, Traumata, die im Kindesalter erlebt werden, und Traumata, die später hervorgerufen werden, zum Beispiel durch einen erlebten Unfall, den Tod eines Nahestehenden oder durch einen Schwangerschaftsabbruch. Jeder geht damit anders um. Es ist ein langer Weg, der in verschiedene Richtungen führen kann. Von Verdrängung, In-sich-Reinfressen oder Wegschieben, Aggressivität, Extrovertiertheit bis hin zur Integration. Es betrifft sehr viele Menschen und sie arbeiten in allen Bereichen unserer Gesellschaft.«

Zum Abschluss frage ich Anna, was sie sich wünsche. »Viel Energie und Gesundheit, viele erfüllende Begegnungen und … einen richtig netten Millionär auf meinem Futon – aber nur zum Massieren. In guten festen Händen bin ich schon.« www.anna-beruehrt-mich.de

Text verfasst von Tanja Steinlechner.

EINUNDDREISSIG

MEINE MISSION IST DAS EROTISCHE SELBSTBEWUSSTSEIN

Andrea Stark, 43 Jahre, Sextoyparty-Veranstalterin und Sexualberaterin, Salzburg

In unserer übersexualisierten Gesellschaft scheint es kaum noch eine Frau zu geben, die nicht mindestens einen Vibrator besitzt oder schon einmal in einem Swingerclub war. Seit *Shades of Grey* scheint auch das Spiel mit Macht und Hingabe zum normalen Sexualleben eines jeden Pärchens dazuzugehören. In jeder Frauenzeitschrift finden sich Sextipps, wie frau ihr Sexualleben aufpeppen kann, im Internet kann man zu allem und jedem Informationen finden und sich anonym in Foren und Chats darüber austauschen. Und doch gibt es immer noch Frauen, die mit all dem sehr unsicher sind. Sie waren noch nie in einem Erotikshop, sind überfordert von der ungeheuren Vielfalt im Internet oder trauen sich einfach nicht, mit jemandem darüber zu sprechen.

Gut, dass es Andrea Stark gibt, eine Sexualberaterin aus Salzburg, die zu den Frauen nach Hause kommt, Sextoys mitbringt und ihnen all die Fragen beantwortet, die die Frauen sich sonst nicht zu stellen trauen.

Die Österreicherin ist eigentlich sehr behütet aufgewachsen. In ihrer Jugend war sie extrem brav, hatte nie One-Night-Stands oder eine wilde Zeit. Sie war nicht verklemmt, hat schon gerne geflirtet, aber irgendwie hat sie immer gedacht, es müsste Liebe mit im Spiel sein. Mit ihrem Mann ist sie jetzt seit fast 19 Jahren zusammen und verheiratet. Die beiden haben zwei Kinder. Nachdem das zweite Kind zur Welt gekommen war, hat Andrea Stark gemerkt, dass der Sex in ihrer Ehe nicht wieder richtig in Gang kommt, dass sie mehr Lust hatte als ihr Mann. Es ist eben doch nur ein Klischee, dass es immer die Männer sind, die angeblich mehr Sex wollen. Sie wollte nicht, dass das jetzt bis zum Ende ihres Lebens so bleibt. Für ihn war es eigentlich kein Problem, dass sie nach den beiden Kindern weniger Sex hatten als am Anfang ihrer Beziehung. Es ist nicht leicht gewesen, ihren Mann davon zu überzeugen, dass sie etwas tun müssen. Aber irgendwann hat er den Ernst der Lage erkannt und sagte: »Ich habe damit kein Problem. Aber wenn du eines damit hast, dann müssen wir das ändern.« Und sie haben viel geredet. Über das, was sie möchte, über das, was er möchte, und was sie gemeinsam ausprobieren könnten. Es war nicht immer ganz leicht, aber sie haben sich gemeinsam weiterentwickelt.

Das Paar geht offen und ehrlich miteinander um und hat auch seine Einstellung zur Monogamie überdacht. Lügen finden sie schlimmer, als wenn der Partner mit jemand anderem ins Bett geht.

Wie in ihrem privaten Leben hat sich auch in ihrer Berufswelt Einiges geändert. Nach der Schule hatte sie eine Kombination aus Recht, Wirtschaft und Sprachen studiert. Danach arbeitete sie zehn Jahre in der Privatwirtschaft als stellvertretende Direktorin einer Sprachschule. Berufsbegleitend hat sie eine Ausbildung als Persönlichkeitstrainerin und Coach gemacht. Wenn sie dann andere Menschen gecoacht hat, hat sie festgestellt: Es ist ganz egal, ob man jemanden aus dem Bankenbereich oder der Wirtschaft berät, irgendwann kommt es immer darauf zurück, dass es im Privaten auch irgendwo hakt. Andrea Stark stellt fest: »Darüber reden nur die meisten Coaches nicht so gerne und ich schon. Mir ist das gleich, ich habe da keine Hemmungen. Im Gegenteil, ich finde das sehr spannend.« Deswegen hat sie eine weitere Zusatzausbildung zur sexuellen Paarberaterin absolviert.

Von der Existenz von Toypartys hatte die Salzburgerin zum ersten Mal im Fernsehen erfahren. Ähnlich wie bei den Tupperpartys organisiert eine Frau für sich und ihre Freundinnen einen Abend bei sich zu Hause und es werden ihnen Produkte vorgestellt. Nur eben kein Plastikgeschirr, sondern Spielzeuge für Erwachsene: Vibratoren, Dildos oder Analplugs. Damals gab es so etwas in Salzburg noch gar nicht und sie dachte sich, das wäre doch eine lustige Idee. Andrea Stark fand eine Partyberaterin, die zwar 200 Kilometer weit entfernt in Deutschland lebte, aber bereit war, für einen Abend nach Salzburg zu kommen. Leider kam sie wegen Verkehrsproblemen zwei Stunden zu spät. In der Zwischenzeit hatte Andrea Stark mit ihren Freundinnen schon den ganzen Prosecco ausgetrunken und alle waren in sehr guter Stimmung. Den Rest des Abends fanden sie aber nicht so spannend. Die Beraterin hat die Vibratoren und Dildos einfach auf den Tisch gestellt und nur wenig erklärt. Da dachte sich die damals 36-Jährige: »Das kann ich besser!«

So fing sie an mit Toy-Abenden und kleinen Seminaren, sie hat von Anfang an mit Erotik-Boutiquen in Wien, München und Zürich zusammengearbeitet. Das hat sie erst mal nebenberuflich gemacht, zu dieser Zeit war sie hauptsächlich zu Hause mit ihren zwei Kindern beschäftigt. Als die Rückkehr in die alte Firma anstand, wurde ihr klar: »Da bekomme ich nur noch so kleine Projekte, nichts Gescheites mehr.« Das wollte sie nicht und somit stand eine Entscheidung an: Mache ich es ganz, lasse ich es sein oder tanze ich auf mehreren Hochzeiten?

Sie entschied sich für eine komplette Umorientierung. Sie hatte die Seminare als ein Standbein, die Partys als zweites Standbein und wollte dem Ganzen dann ein Dach geben und eine Erotik-Boutique eröffnen. Einer Partykundin gefiel die Idee. Sie orientiere sich beruflich gerade neu und wollte gerne in das Projekt einsteigen. Aber es kam anders als geplant Also hat Andrea Stark ihr Geschäft wie anfangs gedacht allein eröffnet und dreieinhalb Jahre geführt. Sie findet es zwar wichtig, dass es solche Erotik-Geschäfte als Anlaufpunkt gibt, aber es hat sich wirtschaftlich einfach nicht gelohnt. Zum einen lag es vielleicht an der nicht perfekten Lage, denn es kam kaum Laufkundschaft. Aber vielleicht lag es auch an der recht konservativen Stadt Salzburg, denn viele haben sich in den Laden einfach nicht hineingetraut. Wenn sie sich erst mal hineingewagt hatten, sind sie gerne immer wieder gekommen. Ihre Kundinnen, vor allem Frauen, waren von der angenehmen Atmosphäre begeistert. Leider waren es insgesamt aber zu wenige.

Die Partys bei den Frauen zu Hause sind jedoch schon immer gut gelaufen. Sich in einem vertrauten Rahmen gemeinsam mit Freundinnen diesem Tabuthema zu nähern, das scheint den Salzburgerinnen besser zu gefallen.

Am spannendsten findet die ehemalige Ladenbesitzerin, mit den Menschen über das Thema Sex zu sprechen. Sie kennt es ja auch aus der eigenen Erfahrung: Im Alter zwischen 35 und 45 Jahren stellen sich viele Frauen neue Fragen. Zuerst war der Mann wichtig, dann die Kinder, der Beruf und dann haben sie das erste Mal im Leben Zeit, um hinzuschauen: Und was ist mit mir? Die Mutter von zwei Kindern möchte ihre Erfahrungen an andere Frauen weitergeben: Es ist okay, eigene Wünsche zu haben und dafür zu sorgen, dass sie erfüllt werden. Es ist okay, wenn eine Frau Zeit für sich selbst nimmt, um sich neu zu entdecken. »Dieses erotische Selbstbewusstsein den Frauen mitzugeben und ihnen dabei Entwicklungshilfe zu leisten, das ist eigentlich meine Mission«, bekräftigt die engagierte Partyveranstalterin. Durch die Partys kommt sie gut an die Frauen heran, weil die Frauen einen unverbindlichen und lustigen Abend erwarten. Und natürlich auch bekommen! Doch quasi durch die Hintertür bringt die Sexualberaterin viel an Informationen herein, an Wissen und an Selbstermächtigung. Das macht ihr Spaß.

Es kommen viele Gespräche zustande, bei denen die Kundinnen ihr oft berichten, dass es das erste Mal gewesen wäre, dass sie die Gelegenheit hatten, so offen zu sprechen.

Bei so einem Partyabend geht es um leichte Themen. Bei den Seminartagen, wo Frauen zusammenkommen, die sich untereinander gar nicht kennen, geht es schon eher mal ans Eingemachte. Die Seminarleiterin hat es erlebt, dass ältere Damen von Missbrauchserfahrungen innerhalb der Ehe erzählt haben. Oder aber auch davon, wie sie damals aufgeklärt wurden. Das ist auch für die jüngeren Frauen spannend.

Bei dem Seminar »Abenteuer Erotik«, das die Beraterin seit Jahren regelmäßig hält, kommen zwischen fünf und zehn Frauen zusammen. Inhaltlich geht um Fragen wie: Was ist Tantra? Wie geht Bondage? Wie geht es in einem Swinger-Club zu? Das finden die Frauen unglaublich spannend. Dann kommen eben auch ihre persönlichen eigenen Fragen, ganz oft zum allerersten Mal. Das Seminar ist eigentlich eine Informationsveranstaltung mit ein bisschen Selbsterfahrung. Um zu erklären, was Tantra eigentlich ausmacht, führt Andrea Stark mit den Teilnehmerinnen eine Atemübung durch. So können die damit unerfahrenen Frauen einfach mal ausprobieren, wie sich so eine Übung anfühlt und ob das etwas für sie wäre. Dazu gibt es noch sachliche Empfehlungen über die unterschiedlichen Tantra-Richtungen. Auch beim Thema Bondage geht es zur Sache. Die Frauen fesseln sich gegenseitig die Hände, um einmal am eigenen Leibe zu erfahren, was es bedeutet, gefesselt zu sein.

Auch Swinger-Club-Erfahrungen haben die Frauen, die zu dem Seminar kommen, meistens nicht. Aber gerade das fasziniert sie sehr. Sie haben davon in den Magazinen gelesen, kennen aber niemanden, der wirklich einmal dort war und davon berichten kann. Sie würden vielleicht gerne mal mit ihrem Mann dorthin gehen, trauen aber auch den Informationen aus dem Internet nicht so recht. Deswegen ist es so gut, dass Andrea Stark selbst schon im Swinger-Club war und aus erster Hand darüber berichten kann.

Manchmal muss sie ihr Konzept auch einfach umschmeißen: »Ich hatte letztens eine Gruppe, die war unglaublich. Die Teilnehmerinnen waren zwischen 55 und kurz vor 70. Ich dachte schon, okay, das wird interessant. Gleich in der Vorstellrunde sagten sie, dass sie mit Sex ein Riesenproblem haben, übergriffige Männer hatten und gar nichts mehr davon wissen wollten.« Da hat sie eigentlich nur noch als Moderatorin eines Austauschs fungiert. Aber das war in dieser Situation dann genau passend.

Manchmal war Andrea Stark selbst überrascht über das Unwissen der Frauen, vieles scheint in dieser Gesellschaft selbstverständlich. Aber selbst in ihrem Laden hat sie Kundinnen gehabt, die vorher noch nie einen Vibrator in der Hand hatten. Die wirklich an einem Punkt sind, wo sie komplett neu anfangen, sich mit dem Thema Sexualität und Sextoys zu beschäftigen. Deswegen ist ihr Angebot so niedrigschwellig, weil sie die Frauen dort abholt, wo sie sind. Auch wenn das ganz woanders ist, als man erst mal denkt.

Das Problem fängt eigentlich schon vorher an. Es geht darum, dass die Frauen sich nicht eingestehen wollen, dass sie an dem Thema überhaupt Interesse haben. Sich einzugestehen, ein sexuelles Wesen zu sein, das Wünsche und Bedürfnisse hat, ist für viele Frauen ein großer Schritt. Früher war Sexualität in der Erziehung selten ein Thema. Auch heute ist es zum Teil immer noch so, dass Frauen eigene Lust nicht zugestanden wird. Da wird es eher so vermittelt, dass der Mann will und die Frau mitmacht. Da kommt die humorvolle und leichte Art einer gestandenen Frau, über Sex zu reden, sehr gut an.

Andrea Stark ist dabei aber nie platt oder niveaulos, dazu ist sie zu alt, sagt sie. Sie kommt den ganzen Abend aus, ohne ein explizites Wort in den Mund zu nehmen. Was in den Köpfen der Teilnehmerinnen vorgeht, ist viel intensiver und expliziter, als das, was sie jemals sagen könnte. Die Frauen schätzen es, wenn Lust und Erotik als schön und sinnlich dargestellt werden.

Wer sich intensiver mit den eigenen Konflikten beschäftigen möchte, kann die Beratung von Andrea Stark in Anspruch nehmen. Da ist es von Vorteil, dass sie keine Psychologin ist. Viele befürchten, man gehe nur dann zu einem Psychologen, wenn man krank ist oder verrückt. Eine Beratung klingt dann eher normal. In der Paarberatung arbeitet Andrea Stark mit dem Paar an der konkreten Situation. Was ist es denn genau, was stört? Wie sieht er es, wie sieht sie es? In einem geschützten Rahmen an einem anderen Ort als zu Hause fällt es den Paaren meist leichter, sich über die schwierigen Themen ruhiger und sachlicher auszusprechen.

Es kommt vor, dass sich nichts mehr retten lässt. Die Paarberaterin hat mal ein Paar begleitet, da war nach der ersten Stunde klar, dass sie sich scheiden lassen werden. Trotzdem ist dieses Paar noch zehn Mal zu ihr gekommen, um diese Trennungsphase sinnvoll abschließen zu können. Und wenn sie das Gefühl hat, dass der Konflikt über ihr Können hinausgeht, schickt sie sie weiter zum Psychologen.

Langweilig wird der ehemaligen Ladenbesitzerin nicht. Wegen ihrer Kompetenzen in Sachen Sexualität wurde sie für ein anderes Projekt angefragt, das sich gerade in der Planungsphase befindet: Sie wurde von zwei medizinischen Masseuren angesprochen, die sich auch viel mit Erotik und Sinnlichkeit beschäftigen und den Plan haben, eine Liebesschule zu gründen. Dabei handelt es sich nicht um eine Sex- oder Tantra-Schule, sondern es geht darum, die Sinne zu schärfen, wieder spüren zu lernen oder den Umgang miteinander zu verfeinern. Bei diesem Projekt wurde die Sexualberaterin gebeten, als Vortragende mit dabei zu sein. Ein halbfertiges Konzept für ein Drei-Wochen-Programm gegen Liebeskummer liegt auch schon in der Schublade und wartet auf Umsetzung.

Außerdem schreibt sie gerade an einem erotischen Roman, mit dem sie auch ein wenig ihre eigenen Erfahrungen der letzten Jahre aufarbeitet. Eine Bestsellerautorin will sie damit nicht unbedingt werden und auch um das Geld geht es ihr nicht, bestätigt die angehende Autorin. »Ob ich es in einem Verlag veröffentliche oder selbst herausgebe, das ist zweitrangig, Ich schreibe, weil diese Geschichte geschrieben werden will.« http://sinnlicheboutique.at

Text verfasst von Silke Maschinger.

ZWEIUNDDREISSIG

AUS DEM NICHTVERSTEHEN BRÜCKEN BAUEN

Mara Morgen, 34 Jahre, arbeitet als Subescortdame, gibt experimentelles Fetisch- und Sexualcoaching für Männer und Frauen und leitet Workshops unter anderem in der Schwelle 7, Berlin

Mara lebt in einem ausgebauten Loft in Berlin. Als ich ankomme, flackert das Kaminholz im Ofen, der Espresso blubbert und ein Baby strahlt mich an. Ich fühle mich augenblicklich wohl. Maras wacher Blick folgt meinem, der nach und nach die Umgebung abtastet. Wir stehen in einem großen Wohnraum, dem Herzstück der WG. An den Wänden hängt Gemaltes, vielleicht von Freunden, vielleicht eigene Versuche. Einen Beamer gibt es, aber keinen Fernseher, und für das Baby ihrer Mitbewohnerin ein Schaffell. Die großen Fenster geben den Blick auf die Hinterhöfe und den Himmel frei. Wir machen es uns im Nebenraum gemütlich. Der Espresso dampft, auf einer großen Coach sitzen wir uns gegenüber.

Mara erzählt ruhig und unaufgeregt, mit einer großen Präsenz. Sie kommt eigentlich aus dem Kulturbetrieb und ist über die Beschäftigung mit Kunst und Nachhaltigkeit auf ihre heutige Tätigkeit gestoßen. Was erst einmal fremd klingt, findet in Maras Erzählung schnell Assoziationen und Verbindungen. Der Künstler Joseph Beuys ist Teil ihrer Recherchearbeit. Durch seine Werke und sein Denken zur sozialen Plastik findet sie über die Beschäftigung mit sozialen Missständen und Zusammenhängen wieder zurück zur Gestaltungskraft des Individuums und damit zum Spannungsverhältnis zwischen gesellschaftlich vorgegebenen Normen und Werten und der Frage, wie man ganz persönlich leben will. Wie ist eine freie Entwicklung des Selbst möglich und wie lässt sich zugleich Verantwortung leben? Wie lassen sich Brücken schlagen, vom sozialen und ökologischen Organismus zum individuellen Körper? Wie nehmen wir wahr und was ist eine ganzheitliche Lebensweise?

»Sexualität und insbesondere Fetisch hat mich immer schon interessiert«, erzählt Mara. »Ich habe das aber zunächst nicht als meine eigene Möglichkeit gesehen. Doch ich fand Fetisch immer bewundernswert, weil Menschen ihr Innerstes nach außen tragen, auch ihre Schattenseiten, und dem einen Ausdruck geben, was gesellschaftlich tabuisiert wird und auch ästhetisch nicht der gängigen Norm entspricht. Gerade aber das Absurde, Skurrile, Komische und vermeintlich Hässliche trägt eine kraftvolle Schönheit in sich, da es mutiger Ausdruck einer einzigartigen Persönlichkeit und zugleich ehrlicher Menschlichkeit ist. Mich hat immer das interessiert, was der Normalbürger als abnorm, seltsam oder beängstigend empfindet. Ich wollte von jeher das ergründen, was unter der Oberfläche liegt, was unter die Haut geht sozusagen. Ich finde es spannend zu erkunden, welches Innenleben Menschen mit sich tragen, was sie davon ausleben und was nicht. Schon in meiner Jugend hatte ich bei One-Night-Stands immer das vage Gefühl, dass sich in der Sexualität am meisten von einem Menschen zeigt. Da offenbart sich in der Intimität ein Bild, das sich sonst erst nach langer Zeit des Kennens einstellen würde, wenn überhaupt. Manchmal ist der Mensch ganz anders als in bisher bekannten sozialen Bezügen oder es finden sich neue Facetten der Persönlichkeit. Plötzlich zeigen sich Unsicherheiten, aber auch Stärken, die man sonst nicht zeigt. Ich habe schon früh gespürt, dass Sexualität ein wichtiges Thema für mich ist, weil sich darin letztlich alle Themen wiederfinden lassen, die uns persönlich und gesellschaftlich prägen und begleiten. Trotzdem ist Sexualität in unserer Gesellschaft stark tabuisiert.«

Nach einigen Jahren, in der Sexualität nicht im Mittelpunkt ihres Forschens stand, nähert sie sich dem Thema wieder und hat den Mut, auch Wagnisse einzugehen. Sie entwickelt eine Vorliebe für harten Sex, liebt Pornos. Und damit meint sie nicht nur die feministischen und queeren Filme, die sie als Kunstform schätzt und als Beitrag für eine sexpositive Kultur wichtig findet.

»Sex ist dort verkürzt dargestellt, das stimmt schon. Aber das macht für mich einen Porno auch aus, mehr brauche ich da nicht. Ich will gar keine Pseudostory, das mag ich schon bei Hollywoodfilmen nicht, ein Gefühl vorgegaukelt bekommen, ich will nicht in der Geschichte verschwinden, sondern mir geht es vor allem um ganz simple Stimulation. Bei allem anderen komme ich mir verarscht vor. Heute langweilt mich die Ästhetik im amerikanischen Mainstreamporno, die bleibt sich zu sehr gleich. Dennoch bin ich weiterhin ein großer Porno-Fan.«

Pornos und One-Night-Stands allein reichen Mara aber nicht aus, wenn es darum geht, einen Erfahrungsraum aufzuschließen. Und genau das erhofft sie sich, als sie schließlich Anzeigen aufgibt, in denen sie sich als Prostituierte zur Verfügung stellt. Sie verlangt nicht viel Geld. Es geht um die Erfahrung, fremde Männer zu treffen und nicht zu wissen, was dann geschieht. Es geht um das Erleben des Nichtwissens.

»Wenn mich ein Thema interessiert«, sagt sie, »dann gehe ich dem auch nach. Beim Thema Sexualität erst recht. Ich hatte zwar lange Partnerschaften, aber ich bin nie von Freund zu Freund gehüpft. Es ist für mich eher normal, allein für mich zu sein, und das empfinde ich auch nicht als bedauerlich. Ich schätze diese Zeit,

mein eigenes Leben zu leben und mich wirklich kennenzulernen. Das ist kein Zweck per se, aber es hindert mich eben auch nicht daran, mich selbst zu erforschen, auch im Sexuellen. Ich wollte einfach wissen, wie das ist, eine Prostituierte zu sein, was steckt hinter diesem Klischeebild dieses Tabus? Wie fühlt sich solch eine Sexualität an? Für mich, aber auch für die Männer? Es war schon ein bisschen riskant. Ich kannte die Männer nicht, und immer wieder war ich an fremden Orten. Aber auch das war eine Möglichkeit, die Dinge nicht aus bloßer Gewohnheit zu tun, sondern sich auf das Unbekannte einzulassen. Ich sehe in Unsicherheit und Angst einen guten Freund, den es lohnt kennenzulernen. Das ist Herausforderung und Anspruch zugleich, nicht einschätzen zu können, was passiert, und sich dennoch auf die Qualität des Moments einzulassen. Ich habe durchaus auch Männer getroffen, die nicht meinem privaten Geschmack entsprachen und deren sexuelle Wünsche auch nicht deckungsgleich mit meinen waren. Der faire Deal war und ist dabei die Bezahlung. Sie eröffnet ein Setting für beide, Kunde und Prostituierte. Du kannst etwas erforschen, das du im Privaten vielleicht nicht ausprobieren würdest, und der Kunde würdigt den Wert dessen mit einem fairen Ausgleich. Auch wenn ich damals nicht als Sub unterwegs war, gab es da schon Überschneidungspunkte mit der Rolle der Hure. Für mich ist die Hure von Natur aus nahe an der submissiven Rolle, weil du dich jemandem zur Verfügung stellst. Du dienst dem Mann und es geht nicht primär um deine Wünsche. Als Sub ist dieser Aspekt deutlich und klar benannt, aber vorhanden ist er in beiden Identitäten.«

Später spezialisiert sich Mara auf Fetisch-Escort, weil sich ein klares Interesse an BDSM entwickelt und sie zugleich besser bezahlt wird.

»Es gibt schon Sachen, die ich nicht mache, zum Beispiel Kaviar, Natursekt in den Mund und alles, was mit Blut zu tun hat. Weil es auch um körperliche Sicherheit geht, spielt Vertrauen eine große Rolle. Ich kann schon weit vertrauen, obwohl mir klar ist, dass natürlich immer ein Restrisiko besteht. Aber wenn es um körperlich sehr intensive Erfahrungen und Praktiken geht, gehört dazu doch sehr persönliche Emotionalität. Da braucht es eher einen Raum, den ich lieber privat in einem rituellen Setting öffne. Sonst kann ich mich aber auf ziemlich vieles einlassen und sehr weit mit meinem Gegenüber mitgehen.«

Der Job macht Mara auch heute noch Spaß. Mittlerweile jedoch hat sie so viel Erfahrung mit dem Thema Sexualität, BDSM und Bewusstsein gesammelt, dass die Diskrepanz zwischen dem, was passiert, und dem, was passieren könnte, immer größer wird. »Unermesslich geradezu«, sagt sie und lacht.

Hinter der devoten Rolle verbirgt sich Maras ganz eigene Philosophie. »Ich habe den Anspruch, mich so weit zu öffnen, dass ich zum einen immer ganz bei mir bin, aber zum anderen auch in der Lage, mit allem, was mir geschieht, umzugehen, auch in meinem privatem Leben. Dazu gehört, ganz bewusst zu erspüren, was mit mir passiert, und was das mit mir zu tun hat. Auch als Sexualcoach ist das ein wichtiges Thema. Denn Sex ist zwar Kommunikation, aber diese erreicht eine bestimmte Qualität gar nicht, wenn ich nicht erst einmal gelernt habe, ganz mich selbst zu spüren. Diese Nähe, Intimität und Aufrichtigkeit mit sich selbst fehlt vielen Menschen. Damit kann man erst mal arbeiten.«

Mara ist heute unabhängig von Agenturen tätig. Sie verlangt 300 Euro pro Stunde und weiß, was ihre Arbeit wert ist. »Es klingt zwar nach leicht verdientem Geld, wenn es dir Spaß macht, aber es ist auch eine sehr anspruchsvolle Arbeit, weil sie dir eine ständige

Präsenz abverlangt, ob im Spiel oder im Gespräch. Dies bringt eine besondere Qualität für den Klienten, aber ist auch für mich selbst nötig, damit der Job selbstbestimmte Arbeit ist. Ich mache zwar, was die Männer mit mir anstellen wollen, aber gleichzeitig eigne ich mir die Erfahrung voll und ganz an. So wird sie zu meiner Welt und nur deshalb kann ich mich auch auf alles einlassen.«

Immer wieder wird Mara gefragt, warum sie sich von fremden Männern schlagen und benutzen lässt.

»Das ist ja zunächst eine Frage der Perspektive, ob ich das selbst als Abwertung verstehe oder nicht. Ich glaube außerdem«, sagt sie, »dass im Fetischbereich der Respekt voreinander noch größer ist als in manch anderen Bereichen der Prostitution, weil man doch sehr viel von sich zeigt und es gegenseitiges Einverständnis und Vertrauen voraussetzt. Ich habe ja auch eher luxuriöse Verhältnisse, weil ich nicht zum Beispiel auf der Straße arbeite.«

Meist logiert sie in Hotels mit gehobenen Businessmännern. Da gibt es von Anfang an in der Regel ein gewisses Niveau. »Der Durchschnittskunde ist kein klassischer BDSMer und zwischen 40 und 60 Jahren alt. Wenige haben wirklich viel Erfahrung mit BDSM, die meisten nur ein bisschen, oder aber auch gar keine. Meist sind sie beruflich stark eingespannt oder sie trauen sich nicht, in einen Club zu gehen, weil sie Angst haben, gesehen zu werden. Die Verbindung zur Szene, befürchten sie, könnte sich rufschädigend auswirken. Manche können ihre Neigung auch mit der Partnerin privat nicht ausleben oder sie sind Single und finden keine Frau, mit der diese Form der Sexualität möglich ist. Und wie soll man auch wissen, was man mag, wenn man es nicht kennt, weil es eben auch so sehr mit Vorbehalten belastet ist?«

Viele Männer wissen daher gar nicht so genau, was sie von Mara wollen, weil sie ihre Vorstellungen noch nicht ausprobiert haben. Manche glauben auch, gängige Bilder bedienen zu müssen, wie zum Beispiel das des peitschenden Mannes, der sich nimmt, was er möchte. Wie so ein Setting aber konkret aussehen kann, welche kreativen Spielräume sich öffnen lassen und wie sich aus Machtspielen dennoch ein achtsames und bewusstes Miteinander gestalten lässt, davon haben viele keine Vorstellung.

Mara ist eine Projektionsfläche für die Wünsche und Fantasien ihrer Kunden. Zeit spielt eine große Rolle, die meisten Treffen dauern mindestens drei Stunden. Mit manchen Männern verbringt sie auch ein oder zwei Tage. »Wir spielen natürlich nicht die ganze Zeit, das wäre fast langweilig. Eine meiner Qualitäten besteht darin, meinen Kunden die Sicherheit zu geben, dass sie ganz die sein dürfen, die sie sein wollen, dass sie sich das trauen können. Einerseits habe ich gelernt, dass das Buchen einer Escort doch sehr verbreitet ist, vor allem im Businessbereich. Aber nicht allen fällt es leicht, zu einer Escortdame zu gehen und für ihre Wünsche einzustehen, das ist doch gesellschaftlich tabuisiert. Dazu gehört durchaus Mut. Auch zum Dominieren. Im realen Leben sprechen die meisten Männer mit niemandem über ihr tatsächliches Sexleben, weder mit der Ehefrau noch mit ihren besten Freunden. Sie haben Angst, als Perverslinge dazustehen. Und so redet man auch nicht über sexuelle Sehnsüchte, ungelebte Träume oder gar Probleme. BDSM ist trotz all der Bücher und Filme dazu ein Tabuthema. Das Experimentieren damit reicht oft nicht über die Handschellen und die Augenmaske im Schlafzimmer hinaus.«

Hier verläuft auch die Grenze zu Maras zweitem Job, dem Coaching. Dort lauscht sie den Geschichten, die ihre Klienten zu erzählen haben. Es ist ihr wichtig, dass sie sich dabei vollkommen normal fühlen dürfen, ohne bewertet zu werden. Mara gibt auch praktische Hilfestellung, erklärt zum Beispiel, wie welche Gerätschaften genutzt werden können, wie sich Intimität mit dem Partner vertiefen lässt und was Lust mit Kopf und Körper zu tun hat.

Als Subescortdame vermengen sich manchmal auch beide Rollen. Das ist oft paradox, weil sie sich ja erst einmal ausschließen. »Aber ich bin eben auch eine Sub, die sagt, was sie denkt und fühlt. Wenn jemand etwas tut, das ich wirklich nicht mag oder beispielsweise auf eine Weise peitscht, die sich nicht so toll anfühlt oder gar riskant ist, dann sage ich das auch. Allerdings achte ich darauf, dass es uns nicht aus dem Spiel wirft. Ich kann die Situation immer auch mitgestalten oder gar anleiten, nur eben etwas subtiler als im Coaching. Es sei denn, der Mann fragt explizit nach einer Einführung oder hätte gerne mein Feedback. Das gibt es auch.«

»Partnerinnen haben oft Vorbehalte gegen BDSM-Praktiken«, erzählt Mara weiter. »Ich erkläre dann den Männern die richtige Handhabung von Klammern und Peitschen, was sie beachten müssen. Wenn der dominante Part Einfühlungsvermögen und das Wissen um den Körper hat, kann er so ein Erlebnis zu einem gemeinsamen machen. Er ist mit verantwortlich dafür, wie weit er seine Partnerin bringen kann. Wenn ich zum Beispiel den submissiven Part erst einmal aufwärme, kann ich ihm auch mehr zumuten. Oder ich setze gezielt auf Überraschung oder Schock, das sollte aber nur ganz bewusst passieren und nicht aus Versehen.«

Ihre Ausbildung in Sexological Bodywork und die Beschäftigung mit anderen Bewusstseinspraktiken wie Meditation und Atemarbeit hilft Mara bei ihrem Fetisch-Coaching. Sie weiß um energetische Prozesse und Körperwahrnehmung.

»Wenn man anfängt, mit Schmerz zu spielen, setzt man starke Energien frei, ähnlich der sexuellen Energie. Auch wenn es ein Spiel ist, muss man erst lernen, mit diesen Erfahrungen umzugehen, gerade wenn man ein Neuling auf diesem Gebiet ist. Da spielen verschiedene Techniken und Geisteshaltungen eine Rolle und viel Körpergewahrsein. Schmerz lässt sich wie eine Komposition über den Körper verteilen und aufbauen. Jeder Schmerz ist ein energetischer Input, der einen Akzent setzt und weiter wirkt. Nach einem Schlag ist die Energie nicht sofort wieder verschwunden. Es ist auch sinnvoll, die einzelnen Materialien der Instrumente zu kennen. Sie sprechen auf ganz unterschiedliche Weise die Sinne an.«

Für Mara ist die persönliche Ebene zu ihren Kunden von großer Bedeutung. »Das sind oft Menschen, die ich sonst nicht kennenlernen würde, weil sie ein so anderes Leben führen. Ich schaue gerne hinter die Fassade und nicht zuletzt auch über meine eigenen Vorurteile hinweg. Ich bin eine gute und leidenschaftliche Zuhörerin. Auch ist es erstaunlich, welche Aspekte eine Person offenlegt, wenn sie in ihre Lust geht. In der sexuellen Begegnung öffnet sich mein Herz. In diesem Moment bin ich ganz bei der anderen Person. Mit einem großen Respekt, den ich genauso von ihr erwarte, damit wir uns wirklich begegnen können.«

Wer über BDSM nachdenkt, denkt auch immer über ein hierarchisches Gefälle nach. Dazu sagt Mara: »Die Themen Macht und Sexualität sind öffentlich so unbearbeitet und verdrängt, dass sie direkt mit Gewalt und Unterdrückung assoziiert werden und leider auch oft so hervorbrechen. Dadurch sind sie zugleich mit Scham und Angst belastet, was eine ganz persönliche Auseinandersetzung damit noch viel schwieriger macht, obwohl sie doch überall präsent sind und unser Leben beeinflussen. Wenn man als Gesellschaft so tut, als gäbe es Gewalt, Macht und Unterdrückung nicht bzw. sich vorsagt, dass das immer nur die anderen sind, nimmt man sich selbst die Chance, besser zu verstehen und einen neuen Umgang damit zu lernen. Man denkt ja immer gerne, damit hat man selbst nichts zu tun, aber sobald zwei Menschen zusammenkommen, entsteht eine Hierarchie, mal mehr, mal weniger offensichtlich. Familie, Freunde, Arbeitswelt und Weltgeschehen. Wer kennt da keine Themen von Ausgeliefertsein und Beherrschung, von Führung und Folgen oder gerade dem Widerstand dagegen? Besonders Paare wissen oft nicht, wie sie mit damit umgehen sollen und sprechen deshalb wenig über die eigentliche Beziehungsrealität. Ich begleite Menschen darin, ihre eigenen Facetten von Dominanz und Submission und die positiven, als auch schwierigen Seiten davon zu erforschen. Dominieren kann ja auch heißen, in seine Kraft und in unterstützende Führung und Verantwortung zu gehen, genauso wie Sub heißen kann, Schwäche zuzulassen. Beides hat seine Qualität, letztlich geht es um Selbstannahme. In die Schwäche zu gehen ist Vorbedingung, um auch mal loszulassen und Kontrolle aufzugeben, Verantwortung vertrauensvoll abzugeben, mich hinzugeben und auch zu genießen. BDSM widmet dem Spiel eine große Aufmerksamkeit. Persönlichkeitsaspekte, für die wir uns schämen, oder Themen, die uns Angst machen, können ins Spiel einfließen und dort Anerkennung erfahren. In einer Beziehung ist es vielleicht nicht so schön, wenn man sich selbst oder der Partner sich in ein kleines unsicheres und hilfsbedürftiges Wesen verwandelt. Im Spiel kann ich aber dieses Bedürfnis ausleben oder mir meine Angst lustvoll aneignen. Auch für meine Wünsche einzustehen und sie einfach durchzuziehen kann ein großes Lernfeld sein. BDSM eröffnet einen Raum, der solche Wünsche erfüllen kann, ohne die ganzen Probleme, die im Alltag damit zusammenhängen. Plötzlich werden diese Themen im realen Leben dann auch weniger schwierig. Auch wie sehr jemand bei sich selbst ist, sagt viel über das Spiel aus. Viele Menschen rasen durch ein Spiel durch. Dabei ist es doch schön, sich Zeit zu nehmen, auch mal nur zu schauen, den Moment zu genießen, die Stille. Ganz langsam vorzugehen und zu erforschen, was der Moment bringt. Auch ich ertappe mich immer wieder in Vorurteilen gegenüber Männern wie Frauen. Die zeigen im Spiel dann oft ganz viel Kreativität, haben Mut, auch skurrile Sachen zu probieren. Darum geht es: die eigene Sexualität, fernab von Vorstellungen, Klischees und Bildern zu leben und sie nicht als etwas Festgelegtes zu begreifen. Sie ändert sich mit uns und unseren Erfahrungen. Ich habe mal einen ganz schüchternen Kunden gehabt, der war im Alltag ganz bestimmt kein Draufgänger. Gleichzeitig hatte der eine unglaubliche Sinnlichkeit in seinen Wahrnehmungen. Wir haben stundenlang damit verbracht, unsere Instrumente auszupacken. Ich habe sehr lange beschrieben, welches meine Lieblingssachen sind, und wir haben gemeinsam assoziiert, was damit zusammenhängt, welche Geschichten. Über die Wahrnehmung des Materials, aber auch über unsere Erinnerungen und unsere Gedankenwelt haben wir eine große Sinnlichkeit aufgebaut. Mit Assoziationen zu spielen braucht Neugier und Mut, auch die eigenen Geschichten und den Moment selbst ins Spiel einzubinden, aus sich selbst heraus zu schöpfen. Das macht letztlich die Qualität und Tiefe aus, nicht die Attraktivität eines Menschen.«

Mara hat einige Stammkunden. Sie sieht manchmal nur einen Kunden alle zwei Monate, manchmal bis zu vier. Das ist ihr lieb so. Sie mag ihre Tätigkeit. Das Geld erlaubt ihr, ihren Projekten und beruflichen Träumen so nachzugehen, wie sie es für richtig hält. »Ich erarbeite mir immer mehr auch die Verbindungen von Sexological Bodywork und meinem experimentellen Fetisch-Coaching. Ich gebe außerdem Workshops, die auf Gruppenerfahrungen basieren. Da schauen wir, was für Dynamiken sich entwickeln, auch ohne vorher festzulegen, wer devot und wer dominant ist. Oft sind das die schönsten Momente, wenn Menschen in der Lage sind, jede Vorstellung sein zu lassen. Sie wachsen über sich hinaus, das bekommt etwas Magisches. Mut paart sich mit Ehrlichkeit und Stärke, meine Teilnehmer zeigen etwas sehr Intimes von sich. Daraus entwickelt sich Kreativität. Das ist etwas sehr Kraftvolles, dem zu folgen, was sich in mir regt, der Grundimpuls von Kreativität und Kunst. In meinen Workshops nehme ich – wie im Tanz oder Theater – den Raum ernst. Meine Teilnehmer haben Zeit, sich im Raum zueinander zu positionieren. Sie erlauben sich Distanzen. Der submissive Part hat es nicht immer leicht. Er übt auf viele einen großen Reiz aus, ist aber oft sehr negativ besetzt. Ich zeige im Coaching auf, wie eine submissive Rolle positiv erfahren werden kann. Werfe Fragen in den Raum: Wie gehe ich mit Schwäche um? Traue ich mich, schwach zu sein? Es gibt ganz unterschiedliche Formen, diesen Part auszufüllen. Zum Beispiel kannst du eine aufsässige, herausfordernde Göre sein, mit der der dominante Part fast kämpfen muss, oder aber eine dienende Geisha, die eine große Würde und einen großen Stolz besitzt. Ob du dabei Mann oder Frau bist, spielt keine Rolle, denn jeder trägt entsprechende Anteile in sich. Oder du unterwirfst dich ganz bewusst, sagst: Ich folge dir, mach mit mir, was du möchtest, ich bin in deiner Obhut. Das hat etwas Kindliches und Hilfloses und ist ein Eingeständnis: Ich suche Stärke und Schutz, du musst auf mich aufpassen. Oder du willst dich dem Schmerz, dem Leiden und Trauern widmen, sei es zu einer persönlichen Erfahrung oder über den Schmerz der Welt. Diese Facetten aufzuspüren, ist Teil meiner Workshops. Es schafft Freiheit, zu spüren, ich bin all das und kann all das sein, wenn ich es nur zulasse. Im Spiel ist das möglich.«

Unterwerfungsspiele gehen auch ohne Schmerz, aber die Möglichkeiten werden größer, wenn man ihn integrieren kann. Schmerz ist Maras Auslöser gewesen, sich näher mit BDSM zu befassen.

»Schmerz«, sagt sie »ist etwas, das jeden Menschen angeht. Jeder trägt seinen ganz eigenen Schmerz mit sich herum, im Kleinen wie im Großen. Schmerz gehört zum Leben dazu, den will keiner, aber niemand kommt um ihn herum. Wir versuchen immer, ihn zu umgehen. Aber wenn wir uns dem Schmerz entgegenstellen, hinterlässt er wirklich seine Spuren. Auch Beuys hat sich mit Schmerz und seinem Transformationspotenzial befasst. Ich selbst habe die Erfahrung gemacht, wenn ich in der Lage bin, die Dinge zu sehen, denen ich mich am allerwenigsten stellen möchte, dann löst das einerseits zwar sehr intensive Gefühle aus, aber andererseits liegt dort auch meine größte Kraft. BDSM ist für mich mentale, emotionale und körperliche Arbeit mit mir selbst und der Welt. Zum emotionalen und mentalen Aspekt von Schmerz gibt es eine Entsprechung auch auf körperlicher Ebene, denn es geht um Durchlässigkeit und Fluss. Wenn ich schmerzende Gefühle zulasse oder mich darin übe, Gefühle wahrzunehmen, ohne mich von meinen Erwartungen und Prägungen bestimmen zu lassen, verwandeln sie sich, weil ich spüre und akzeptiere, was im Moment ist. Das bedeutet Selbstbestimmung. Wenn ich offen mit allem umgehe, was mich ausmacht, wenn ich sage: Ja, es mag sein, dass ich mich dafür schäme, oder ja, da war ich ein Arschloch, stimmt, dann ist das zwar wenig schön, aber ich mache mich unangreifbar, denn ich habe mich ja schon selbst entblößt. Dann verwandelt sich die Situation, weil sie an Schwere verliert. Plötzlich wird mein Leben reich, weil jedes Gefühl ein Ausdruck meiner selbst ist und mich mit mir in Verbindung setzt.«

Ob das etwas Therapeutisches ist, will ich wissen.

»Viele Menschen, die eine Therapie machen, brauchen vielleicht gar keine Therapie. Es soll doch nicht darum gehen, dem Menschen seine Fehler auszutreiben. Es ist auch zu fragen: Was ist ein gesunder Mensch? Ich glaube, wir müssen davon weg, immer alles verstehen zu wollen, und auch begreifen, dass Verstehen nicht immer vom Kopf kommt. Es hat auch etwas mit Intuition zu tun, die durchaus nichts Vages und Willkürliches ist, wenn wir uns darin üben und unsere Wahrnehmung und unsere Sinne schulen, mit uns und anderen in Verbindung treten. Wir sind paradoxe Wesen und das ist auch schön, solange wir uns in diesem Paradox ausdrücken können. Nicht alles, was ich mache, ist von außen rational nachvollziehbar, es muss nicht jeder verstehen. Das ist das Schöne an der Körperarbeit, dass ein Setting festgemacht wird, aber wir uns auch wieder davon lösen können, weil der Körper sich seinen eigenen Weg sucht. Nicht alles, von dem wir glauben, dass es unser Thema ist, ist auch unser Thema. Wir müssen Gefühle nicht immer verstehen, sondern sie vor allem spüren und sie annehmen können. Gerade das Nichtverständliche ist doch das Schöne. Wenn man mir, zum Beispiel in der Kunst, genau erklären kann, was ein Bild bedeutet, verliert es seinen Reiz. Schön ist es, als Mensch nicht begreifbar zu sein, und damit umgehen zu können. Wir werden uns nie wirklich verstehen können, es ist ja schon ein Wunder, dass wir überhaupt miteinander kommunizieren können. Jeder lebt in seiner Welt und wir verstehen uns nicht wirklich, sondern nur teilweise, knüpfen an bestimmte Punkte an. Im Grunde hat jeder sein vollkommen eigenes Empfinden. Das will ich zulassen können. Dazu gehört, dass ich Verstehen auch gar nicht erst erwarte. Ich will aus dem Nichtverstehen etwas Gemeinsames bauen und dabei genießen, dass der andere so anders ist. Daraus entwickle ich mich selbst auch weiter. Der andere mit seiner Andersartigkeit verändert mich und ich habe wieder ein Stück mehr Weltverständnis errungen. Das geht nur mit Offenheit, auch in der Sexualität. Die wird ja nicht dadurch gut, dass ich weiß, was wir tun, sondern indem ich schaue, was im Zusammenspiel passiert, und ich mich meiner Lust und Sinnlichkeit hingeben kann, wo man sonst doch im Alltag so viel zurückhält. Vielleicht mag der andere etwas, das ich gar nicht so mag. Das gibt mir aber die Möglichkeit, etwas zu entdecken, das bisher jenseits meiner Vorstellungen lag.« www.opensecrets.eu

Text verfasst von Tanja Steinlechner.

DREIUNDDREISSIG

DER MENSCH IST EIN WÜSTES UNTIER

Marlen, 36 Jahre, Performerin, Physiotherapeutin, Sexarbeiterin, Berlin und Hamburg

Du warst ursprünglich Physiotherapeutin, oder?
Ja, und ich habe diese Arbeit sehr gern gemacht. Es ist aber leider so, dass dieser Beruf inzwischen unter Bedingungen stattfindet, mit denen ich nicht leben kann. Man soll drei Patienten in einer Stunde behandeln, und das für 10,50 Euro.

Das ist wirklich schade. Und was machst du inzwischen?
Seit ungefähr vier Jahren begreife ich mich als Sexarbeiterin. Konkret biete ich tantrische Massagen an, dominantes Spiel, Bondage. Ich fasse das unter dem Begriff ›sinnliche Dominanz‹ zusammen.

Du bietest sowohl Tantra als auch SM an? Widerspricht sich das nicht?
Ich finde, es gibt ganz zentrale Parallelen. Tantra ist eine hinduistische Praxis und Philosophie, die seit ungefähr 2.000 Jahren existiert. Wenn wir aber heute von Tantra sprechen, meinen wir meistens das in den 70ern entstandene Neotantra. Dabei geht es in

erster Linie darum, Sexualität als vitale Lebensenergie zu begreifen und auch zu begrüßen. Das finde ich gut und das sehe ich auch bei SM. Außerdem geht es in beiden Praktiken um Rituale.

Man hat so ein Bild von Tantra als etwas sehr Sanftes. Aber so ist das nicht unbedingt. Ein Grundgedanke von Tantra ist die Non-Dualität, dass es also sehr wohl Gegensätze gibt, nicht nur das Schöne, Helle, und dass es darum geht, das, was ist, auch das Hässliche, das Finstere, anzunehmen, anstatt es zu negieren. Der Mensch ist nun mal ein wüstes Untier.

Ein wüstes Untier – das klingt interessant.
Ja, ist es auch. Ich glaube, dass wir wirklich sehr viele Seiten in uns haben, wütende und ängstliche und lustvolle und gierige und schmerzhafte und traurige. Und es geht darum, all das anzunehmen, es liebevoll zu integrieren.

Was bedeuten dir Rituale?
Rituale haben ihre eigene Magie. Jeder rituelle Raum kreiert ein Mehr an Aufmerksamkeit. Und diese Aufmerksamkeit bedeutet eine höhere Rezeptivität, mehr Präsenz. Das ist ein Geschenk für die Sexualität.

Wo ist der Zusammenhang zwischen Physiotherapie und Sexarbeit?
Manchmal gibt es keinen Zusammenhang, wenn jemand zum Beispiel einen Meniscusriss hat. Aber mich interessiert, wie Menschen in ihrem Körper leben. Wie sie sich empfinden, wie sie sich betreten. Wo sie dissoziieren oder wo sie sich wiedererobern. Ich habe mich als Physiotherapeutin am Ende selbstständig gemacht und in längeren Sessions mit Berührungen, aber auch Gesprächen, mit Bewegungslehre gearbeitet.

Bewegungslehre?
Ja, Übungen beibringen. Wobei es mir nicht darum geht, dass je-

mand soundsoviele Bauchmuskelübungen macht, sondern vielmehr darum, dass er versteht, dass er diesen Bauchmuskel hat und warum und was er damit machen kann, und wie er lernen kann, ihn zu lieben. Das wird ihm helfen.

Und was hat das mit Sex zu tun?
Mir hat die Beschäftigung mit Sexualität bei dieser Arbeit gefehlt. Ich denke nicht, dass alles auf Sexualität zurückzuführen ist, aber es ist Teil von allem und Teil unserer Körperlichkeit. Ich fand es bei meiner Arbeit einfach oft seltsam, mit Körperlichkeit zu arbeiten, aber Sexualität auszuklammern. Deshalb habe ich angefangen, erotische Massagen zu geben.

Wie war dieser Anfang für dich?
Ich bin ziemlich feministisch aufgewachsen. *Emma*-Abo, eine Mutter, die in der Frauenpolitik tätig ist. Mit 13 hatte ich einen PorNo-Sticker am Rucksack. Ich hatte ganz klare Meinungen. Und dann war es sehr verwirrend für mich, festzustellen, dass mich meine erste erotische Massage weder traumatisiert noch gedemütigt zurückgelassen hat, dass ich mich nicht als Opfer des Patriarchats fühlte.

Also war es ein positives Erlebnis, das dich zum Weiterforschen animiert hat?
Ja. Ich habe weiter erotische Massagen angeboten. Weil mich jemand darauf angesprochen hatte, habe ich dann auch einen Tantra-Workshop besucht.

Wie kommt der Faktor Dominanz ins Spiel?
Na ja, ich greife gern fester zu und ich lange auch gern mal zu. Streicheln ist schön, aber nicht eine Stunde am Stück. Gleichzeitig ist es mir wichtig, in den BDSM-Sessions diese Magie, das Rituelhafte und Aufmerksame des Tantras zu übernehmen. Ich bringe meine Kraft mit ins Spiel ein, die ich ja nun mal habe. Ich bin groß

und stark und viele lieben das, ich auch. Sehr gut gefällt mir erotisches Ringen. Das liebe ich.

Kann man dich ganz klassisch in Fetischklamotten im Studio haben?
Ja, mehr oder weniger. Ich bin kräftig, und ich mag es, hart zuzupacken. Ich übernehme natürlich auch gern die Führung, damit mein Kunde sich fallen lassen kann. Aber Domina zu sein, ist ein ganz eigener Beruf, da muss man viel lernen und spezielle Dinge mögen. Ich biete also keine Klinik- oder Stromspiele an. Ich weiß aber, an wen ich jemanden empfehle, der das buchen möchte.

Dürfen dich deine Kunden bei erotischen Massagen auch berühren? Vielen Sexarbeiterinnen, gerade aus dem Bereich Tantra und Dominanz, ist es ja wichtig, genau das auszusparen.
Ich weiß, aber mich dürfen die Kunden dabei berühren. Ich mag es, Dinge auszuprobieren, die andere nicht tun, einfach um zu probieren, wie es sich für mich anfühlt.

Machst du nur, was dir gefällt?
Nein. Das wäre nicht professionell, oder? Außerdem lerne ich Neues kennen, indem ich mich öffne. Jemand äußert einen Wunsch

und ich denke: Das kenne ich noch nicht, das kann ich mir nicht richtig vorstellen, aber ich möchte es gern ausprobieren. Wenn ich mir aber etwas gar nicht vorstellen kann, dann mache ich es nicht. Diese krassen Demütigungsspiele zum Beispiel, dass jemand meine Toilette sein möchte oder mein Aschenbecher, das ist nicht meins. Ich beschimpfe auch niemanden. Es ist eher gebend, was ich mache, auch wenn ich dominant bin. Ich habe eine sadistische Ader, aber ich bin auch einfach sehr herzlich. Wer am Boden zerstört sein will nach der Session, den verweise ich an eine Kollegin.

Bietest du auch diesen herkömmlichen Geschlechtsverkehr, dieses Rein-raus, an?
Das ist eine klassische Frage, die momentane Diskussion zu diesem Thema kennzeichnet, finde ich. Weil es nämlich für die meisten so ist, dass Sex eben gleichbedeutend mit diesem heteronormativen Penetrationsakt ist. Wenn ich sage, ich biete sinnliche Massagen an, bei denen aber Penetration keine Rolle spielt, dann winken die Leute ab und sagen: ›Ach so, na, dann ist es ja gar keine richtige Sexarbeit.‹ So ist diese Debatte gerade. Die Frauen, die ein bisschen was anderes machen, die Telefonsex anbieten oder mit einer Webcam arbeiten oder eben tantrische Massagen geben, die fallen hinten runter. Was ist das denn für ein Bild von Sexualität?

Findest du nicht, es macht einen Unterschied, ob du jemanden anfasst oder ob du dich anfassen und sogar penetrieren lässt?
Ich habe mich viel mit dieser Frage beschäftigt. Auch mit der damit zusammenhängenden Frage, warum ich mich nach manchen Sessions schlecht oder gedemütigt fühle und nach anderen gut und gestärkt. Die Quintessenz für mich ist: Es hat nichts mit den Praktiken zu tun. Sondern es hat eher damit zu tun, wie verhandelt wird, ob es gleichberechtigt abläuft, und wie Dinge erfragt werden, ob sie sich jemand einfach nimmt oder ob man sie großzügig schenkt oder ob sie aufgedrängt werden …

Hat Penetration etwas mit Macht zu tun?
Nein, der Akt an sich gibt in meinen Augen kein Machtverhältnis her. Das ist doch absurd, von einem physischen Akt – etwas gleitet in etwas anderes hinein – Machtstrukturen abzuleiten. Wenn ich jemanden fessle, bis zur Bewegungslosigkeit, dann ist er doch völlig machtlos in seiner Erregung. Und wenn ich mich dann auf ihn drauf setze, auf sein Gesicht oder sein Geschlecht, dann ist das doch Ausdruck meiner unglaublichen Macht.

Wobei es dann wieder weitere Aspekte gibt. Es ist etwas anderes, wenn er genau das vorher von mir eingefordert hat, und ich mich seinem Wunsch beuge. Das ist eine andere Geschichte, als wenn ich selbst bestimme, ob ich das möchte oder nicht, und wenn ja, wann und wie. Es gibt viele verschiedene Macht-Achsen in diesem Spiel, wie überhaupt im gesellschaftlichen Raum.

Deine Erfahrungen lassen sich nicht auf die Erfahrungen der Sexarbeiterinnen generell übertragen, oder?
Natürlich nicht, jede Erfahrung ist individuell. Und natürlich ist es so, dass Sexarbeit als solche im Großen und Ganzen immer noch ganz stark patriarchalen Strukturen unterliegt. Wie könnte es auch anders sein, wo doch unsere gesamte Gesellschaft nach wie vor patriarchal organisiert ist? Wie kann man ausgerechnet hier eine Ausnahme erwarten? Und wie kann man denken, mit einem Verbot ließe sich in der Sexarbeit etwas ändern, was sich gesamtgesellschaftlich nicht ändert? Was ist das für ein absurder Ansatzpunkt?

Welcher Ansatz wäre deiner Meinung nach besser?
Na, Sexarbeit zu machen, die anders ist. Die feministisch ist, die selbstbestimmt ist. Die sich eben mit all diesen Fragen beschäftigt. Wer wann wie die Macht hat. Hat der Mann die Macht, der reglos in den Seilen liegt, mir aber vorher Geld gegeben hat, oder habe ich die Macht, da ich mein Wissen, wie man jemanden fesselt, ein-

gesetzt habe und meine Freiheit nutze, um mich auf ihn zu setzen oder nicht?

Passiert Geschlechtsverkehr bei dir also nur, wenn dir danach ist?
Ich kann tatsächlich nicht gut damit leben, das liefern zu müssen. Deshalb sage ich immer im Vorgespräch, dass ich mich mit meiner gesamten Sexualität einbringe. Wie das dann konkret aussieht, ist eben unterschiedlich. Aber es ist in der Regel auch gar nicht so wichtig. Denn das ist auch ein Vorurteil, dass es immer um Penetration ginge. Das ist ja überhaupt nicht der Fall, ganz im Gegenteil. Es ist so breit gefächert, was Menschen suchen und als lustvoll erleben.

Für manche Frauen ist es sehr wichtig, Penetration in ihrer Arbeit auszusparen.
Ich finde, ob ich jemandem einen Handjob gebe oder ihn in mich reinnehme, macht keinen großen Unterschied. Ich weiß aber, dass manche Frauen mit Penetration Schwierigkeiten haben oder dass es für sie einfach ein Thema ist. Das ist bei mir nicht so. Manchmal ist Penetration einfach sportlich, manchmal macht es Spaß, manchmal ist es unglaublich toll oder sehr romantisch – ich kann Penetration genießen und dann aber auch ziemlich unspektakulär wegstecken. Und das hat nichts Dissoziiertes, da bin ich mir ziemlich sicher, weil ich mich aufmerksam dabei beobachte.

Aber irgendwelche Tabus wirst du haben, oder?
Natürlich! Zum Beispiel könnte ich nie einen Blowjob machen. Ich denke zwar wie gesagt, dass es nicht die Praktiken sind, die Machtverhältnisse definieren. Aber manche Dinge sind trotzdem so stark aufgeladen in unserer Kultur. Diese urpatriarchale Sache: Frau bläst Mann einen im Knien. Diese unglaublich klassische Hetero-Mainstream-Porno-Fantasie – das schaffe ich einfach nicht. Früher dachte ich, das könnte doch absolut niemand toll finden – aber inzwischen kenne ich Frauen, die finden Blowjobs absolut geil.

Machst du mit deinen Klienten das, was du auch privat gut findest?
Nein, Professionalität bedeutet schon, dass ich in meiner Arbeit Dinge mache, die mir dann zwar Spaß machen, die ich aber in meiner Freiheit und unbezahlt nicht unbedingt machen würde. Aber das gilt doch für jeden Beruf. Du kannst noch so gern Webdesignerin sein – wenn du Sonntagmorgen wach wirst, schreist du trotzdem nicht sofort nach deinem Computer. Aber im Großen und Ganzen passt es. Ich bin tendenziell eher dominant in meiner privaten Sexualität – obwohl ich das gern auch mal anders hätte … Un dich würde auch sehr gern mal wissen, wie das ist, einem Klienten als Sklavia zu begegnen.

Ist das nicht wirklich gefährlich?
Die Leute haben diese komischen Ideen, als sei der Freier als solcher ein potenziell gewaltbereiter Mann, der nichts anderes im Sinn hat, als eine Frau halbtot zu rammeln. Und das für ganz wenig Geld. Was haben wir denn für ein Männerbild? Das ist doch haarsträubend! Meine Klienten sind überhaupt nicht so! Für die meisten meiner Klienten ist mein Genuss sogar wichtiger als ihr eigener.

Was machst du, wenn ein Mann zu dir kommt, der ganz schlimm aussieht?
Es gibt natürlich manchmal Männer, die mir gar nicht gefallen. Aber ich mache das ja professionell. Das heißt, ich lasse mich auf den Menschen, der da kommt, ein und öffne ihm mein Herz. Und dann ist das der Körper, mit dem ich arbeite und den ich so annehme, wie er ist. Es klingt irre, aber in einem liebevollen Kontakt werden Menschen schön. Das ist so. Das hat für mich auch etwas mit buddhistischer Praxis zu tun.

Es muss doch aber Menschen geben, die dich abstoßen.
Während meiner Ausbildung zur Physiotherapeutin musste ich ein Praktikum in einem Pflegeheim machen. Das fiel mir schwer. Diese

alten Körper, die Morbidität. Mit Sperma und Körperflüssigkeiten habe ich aber deutlich weniger Probleme.

Wie denn deine Klienten so?
Na, erst mal unterschiedlich. Es geht quer durch alle Bildungsschichten und Berufe, durch alle Altersgruppen. Meistens weiß. Aber immer sehr respektvoll. Die haben nicht das Interesse, eine Frau zu demütigen oder zu missbrauchen. Manchmal üben sie auch nur mit einer Sexarbeiterin für ihr Privatleben. Gerade, wenn sie vielleicht zu einer submissiven Frau gehen. Manchmal haben sie eine Ehefrau, die sie lieben und respektieren und nicht mit einer Geliebten betrügen möchten. Auf ihre Sexualität, die in der Ehe nicht mehr befriedigt wird, möchten sie aber trotzdem nicht verzichten. Manchmal haben Männer riesige Wünsche, was sie nicht alles machen wollen. Und dann ist es in der Situation aber gar nicht so wichtig. Dann ist alles halb so wild und trotzdem toll.

Ich weiß, dass es auf dem Straßenstrich anders aussehen kann. Da möchte ich nicht sein. Ich möchte allerdings auch nicht im Supermarkt an der Kasse sitzen.

Was hältst du von einem Verbot von Sexarbeit?
Ich glaube, jedes Verbot in dieser Richtung wirkt sich zwangsläufig zum Nachteil der Sexarbeiterinnen aus. Ich glaube auch, das diese Debatte, die wir gerade führen, in Wahrheit weniger um Sexarbeit kreist, sondern sie beschäftigt sich im Kern mit der Frage nach Verhaltensoptionen in dem kapitalistischen System, in dem wir nun mal leben.

Ich vermute, es gibt ein starkes Gefälle in deinem Erleben deiner Arbeit und den Erfahrungen einer Frau, die auf der Straße steht.
Ja, und das ist total ungerecht. Es ist ungerecht, dass ich weiß bin, dass ich gebildet bin, dass ich aus einem Haus komme, in dem ich gelernt habe, mich zu artikulieren, in dem mein Selbstbewusstsein

gestärkt wurde, dass ich die finanziellen Ausstattung habe, so zu arbeiten, wie ich es tue. Das ist alles ungerecht. Mein Ziel wäre, dass jede Person, die sexuelle Dienstleistungen anbietet, das in einer ähnlich selbstbestimmten Art tun kann, wie ich es tue.

Also möchtest du etwa nicht gerettet werden aus deiner Situation?
Um Gottes willen, nein! Und da bin ich auch nicht allein. Selbst die osteuropäischen Frauen, die in Bordellen oder auf der Straße arbeiten, sehnen sich nicht alle nach Errettung. Die haben manchmal andere Motivationen. Wenn eine Frau, die aus Osteuropa hierher kommt und hier an einem Tag so viel verdienen kann wie in einem Monat bei sich zu Hause und sie entscheidet, das machen zu wollen, dann muss man meiner Meinung nach ihre Entscheidung erst mal akzeptieren. Das ist doch eine haarsträubende Form der Selbstentmündigung, wenn die Wünsche der Frauen einfach ignoriert werden.

Es gibt Stimmen, die mutmaßen, dass es irgendwie energetisch schlecht für eine Frau ist, wenn sie mit vielen Menschen Sex hat.
Solchen diffusen Quatsch kann ich nicht mehr hören. Klar fühle ich mich manchmal schlecht. Das liegt dann aber daran, dass ich nicht in meiner Mitte war, dass ich nicht auf mich aufgepasst habe oder dass ich schlicht überarbeitet bin. Ich glaube, alles, was man wie am Fließband macht – unter Zeitdruck und mit wenig Möglichkeit, sich selbst einzubringen, entfremdet, dissoziiert, stereotyp –, kann zu Burn-out oder Depressionen führen. Aber das gilt für Sexarbeit genauso wie für absolut jeden anderen Beruf. Glücklicherweise muss ich aber nicht acht Stunden am Stück arbeiten oder drei Klienten in einer Stunde durchschleusen wie damals in der Physiotherapie.

Kommen auch Frauen zu dir?
Ja, und das ist mir sehr wichtig. Es sind noch weniger Frauen bislang. Weil unsere Auffassung von Sexualität, nämlich dass Männer das brauchen und es sich demzufolge auch nehmen, Frauen aber

nicht, einfach so inkorporiert ist, es ist so eingeschrieben in unsere Körper. Das kann man aber auch ändern, bloß nicht so schnell.

Ich könnte mir vorstellen, dass Frauen sich eher fragen: Bin ich wirklich so hässlich, dass ich Sex kaufen muss?
Ja, das ist aber der falsche Ansatzpunkt. Diese Art zu denken sollte man nicht fördern, indem man sagt: Du bist aber total schön. Darum gehts ja nicht. Es geht darum, seine eigenen sexuellen Wünsche wahrzunehmen, ernst zu nehmen und zu befriedigen. Man geht nicht zu einer Sexarbeiterin, weil man sonst niemand findet für Sexualität. Es geht eher darum, dass man vielleicht gerade nicht die Zeit oder die Nerven für Beziehungen oder auch nur Affären, für die Bedürfnisse und Ansprüche des anderen hat. Du gehst zur Massage, wenn du Rückenschmerzen hast oder entspannen möchtest. Und so gehst du zu einer Sexarbeiterin, wenn du deine Lust feiern willst, unkompliziert, ohne Folgen.

Was sind das für Frauen, die zu dir kommen?
Das kann ich so nicht sagen, sie sind unterschiedlich. Viele kommen, weil sie zum Beispiel sehr starke BDSM-Neigungen haben und sich wünschen, das einmal in einem sicheren Rahmen auszuprobieren. Oder sie fühlen sich zu Frauen hingezogen, finden sich aber in der Frauenszene nicht wieder. Oder es gibt da, wo sie leben, keine entsprechende Szene. Meine Kunden beiderlei Geschlechts kommen ja aus ganz Deutschland oder auch aus Europa. Das Besondere an den Frauen, die zu mir kommen, ist, dass sie selbstbewusst sind, weil sie sich holen, was sie sich wünschen. Weil sie sich auf eine Reise durch ihre Lust begeben.

Wollen Frauen hauptsächlich massiert oder gefesselt werden oder wünschen sie sich auch Orgasmen oder Penetration?
Das gibt es alles. Einer meiner Träume wäre ja, mal einen queeren Puff aufzumachen. Das fänd ich toll!

Wirkt sich deine Arbeit auf deine private Sexualität aus?
Manchmal bin ich durch meine Arbeit so stark in ein sexuelles Feld eingespannt. Deshalb mache ich das auch: weil ich Sexualität so liebe. Wie jemand, der verrückt nach Schokolade ist und dann beruflich Pralinen herstellt. Man muss die Schokolade gar nicht mehr essen, weil alles Schokolade ist, der Geruch, das gesamte Umfeld. So geht mir das manchmal auch, dass ich einfach so tief drin bin in meiner Sinnlichkeit und das aus der Arbeit mit nach Hause nehme. Manchmal ist aber auch das genaue Gegenteil der Fall, dass ich sage: Lass uns ins Kino gehen oder wohin auch immer, aber bitte jetzt kein Sex!

Was wünschst du dir für deinen Beruf?
Ich fände mehr Ausbildung wichtig. Nicht nur, was Anatomie oder Körperlichkeit betrifft. Sondern zum Beispiel zu lernen: Wie setze ich Grenzen, wie wahre ich meine eigenen Grenzen und die des anderen? Oder: Wenn jemand etwas will, was ich ihm nicht geben will, wie wende ich die Situation auf eine charmante Weise, ohne ihn vor den Kopf zu stoßen? Im Weiteren kann dann nämlich Sexarbeit auch eine Form von Sexeducation sein. Das hat eine lange Tradition.

www.marlen.me

Das Interview führte Cornelia Jönsson.

ANSTELLE EINES NACHWORTS

WARUM WIR SELBST MIT EROTIK ARBEITEN

Tanja Steinlechner

Meine berufliche Auseinandersetzung mit Sexualität hat nach meinem Studium des Kreativen Schreibens und mit meinem Umzug nach Berlin begonnen. Ich war auf der Suche nach einem Volontariat im Verlag und bekam stattdessen vom Schwarzkopf & Schwarzkopf Verlag die Möglichkeit, für die Reihe »Anais« einen erotischen Roman zu schreiben. Er erschien im Frühjahr 2009 unter dem Titel *Wahrheit oder Lüge*.

Danach ging alles sehr schnell. Ich hatte Feuer gefangen, es gab so vieles zu entdecken. Wenig später arbeitete ich als Lektorin bei einem Start-up-Verlag in Berlin und durfte dort erotische Anthologien herausgeben. Eine wunderbare und sehr kreative Zeit in meinem Leben. Auch privat beschäftigte mich das Thema Sexualität sehr. Meine Kollegin Cornelia Jönsson, die ihre Sexualität in verschiedenen Facetten lebt – BDSM, Polyamorie und Bisexualität spielen eine bedeutende Rolle in ihrem Liebesentwurf –, wurde zu einer Freundin. Da mein Lebenspartner und ich selbst bisexuell sind, befasste ich mich intensiv mit verschiedenen Lebens- und Liebeskonzepten.

Die Auseinandersetzung mit den Verknüpfungen der Themen »Erotik«, »Arbeit« und »Frauen« in diesem Buch war daher nur folgerichtig und hat mich jedes Mal aufs Neue überwältigt. Ich habe es als Geschenk erlebt, eine Innensicht auf die Berufe und Berufungen der unterschiedlichen und faszinierenden Frauen gestattet zu bekommen.

Für das Vertrauen all meiner Interviewpartnerinnen und die berührenden Gespräche mit euch ein von Herzen kommendes Dankeschön! Ihr habt mich inspiriert und mir Einblicke in Welten gewährt, die ich sonst nicht kennengelernt hätte.

Heute schreibe ich Liebesgeschichten von Paaren auf, die mich mit ihrem ganz persönlichen Buch beauftragen, und gebe gemeinsam mit Cornelia Jönsson auch Workshops zum Thema erotisches Schreiben. Diese wenden sich einerseits an Autoren und Autorinnen, die in diesem Segment Fuß fassen wollen, andererseits aber auch an Menschen, die ihre erotischen Fantasien zunächst auf dem Papier erforschen und ausleben wollen. Mehr unter: www.schreibhain.de.

Silke Maschinger

Bis ich 30 war, war mein Leben relativ normal. Ich hatte Sozialwissenschaften studiert, arbeitete im Bereich Erwachsenenbildung und hatte mehr oder weniger glückliche Beziehungen. Dann saß ich eines Tages allein in meiner Wohnung, frisch getrennt und arbeitslos, und wusste nichts mit mir anzufangen. Da entdeckte ich das Internet und die Chats in den zahlreichen Communitys für mich. Irgendwie ergab es sich »rein zufällig«, dass ich immer wieder erotische Gespräche führte und mich mit anderen über Sexualität unterhielt. Auch wenn es mir damals nicht bewusst war, war das die Initialzündung für grundlegende Veränderungen in meinem Leben. Ich habe in der Zeit danach viele sexuell aufgeschlossene Menschen kennengelernt, selbst einige erotische Abenteuer ausgelebt und erfahren, wie befreiend und aufregend Sex sein kann.

Im Laufe der Jahre reifte in mir die Erkenntnis, dass all das nicht einfach nur eine persönliche Phase bleiben würde, sondern dass ich mich auch beruflich mit Erotik und Sexualität beschäftigen wollte. Ich wusste zwar noch nicht so ganz genau, was das werden sollte, aber eines war mir klar: Dafür musste ich nach Berlin. Mein Leben dort begann am 1. Januar 2005, als ich in eine WG zog. Schon nach zwei Monaten lernte ich meinen heutigen Mann kennen. Weitere zwei Monate später veranstalteten wir gemeinsam den »Erotischen Salon«, eine Veranstaltungsreihe rund um Erotik und Sexualität, die auch heute noch regelmäßig stattfindet. Ich fing an zu schreiben und Sexual- und Paarberatung anzubieten. Seit 2009 gibt es auch noch *erosa.de*, ein Erotikmagazin im Internet mit »schmuddelfreien« Adressen, Buchrezensionen, Filmtipps und anderen Artikeln.

Mich selbst treibt immer wieder eine Neugier an, mehr über das tabubesetzte Thema Sexualität zu erfahren. Und je mehr ich mich damit beschäftige, umso mehr erkenne ich, dass es nicht die eine Wahrheit gibt. Dass es ganz viele unterschiedliche Perspektiven gibt, die in unterschiedlichen Lebensphasen unterschiedlich »wahr« sein können. Mit meinen Veranstaltungen, dem Erotikmagazin und auch mit dem, worüber ich schreibe, möchte ich Räume schaffen, in denen man sich entspannt über Sexualität unterhalten und informieren kann. Denn die Welt der Sexualität ist unendlich groß, viel größer, als wir zurzeit denken können.

Cornelia Jönsson
Ich bin Autorin. Ich schreibe, seit ich schreiben kann. Immer ganz egoistisch über das, was mich selbst am meisten interessierte. Früher waren das Fantasiewelten, Elfen und Zyklopen. Später der jugendliche Kampf gegen die Erwachsenen, das System. Dann Erotik. Mit 28 veröffentlichte ich meinen ersten Roman, *Spieler wie wir*, über polyamore, queere, sadomasochistische Lieben. Daraus entwickelte sich die *Spieler*-Triogie. Es folgten weitere Bücher wie *Lust auf Schmerz* und *111 Gründe, offen zu lieben.*

Warum erotische Literatur machen? Und wenn schon, dann: Wie?

Muss das immer so explizit sein? Geht das nicht dezenter? Doch. Das geht. Dezent, angedeutet. Manchmal sind Sätze, die das Eigentliche aussparen, ungemein erregend. Manchmal ist das Konkrete, das Passierende auch nicht das Eigentliche.

Manchmal ist ein bestimmter Blick, eine Geste, ein Geruch ja viel erotischer als eine eindeutige Berührung. Mich persönlich erregt nichts mehr als die Erregung.

Spüre ich die bei einer Figur, packt es mich. Was das ist, was da triggert, ist fast zweitrangig.

Es geht auch metaphorisch. Ich bemühe Vampire und Meerjungfrauen, um erotisches Begehren, Begierden zu erzählen. Sehnsucht, Gier, Verzweiflung, Wut, Machthunger, Unterwerfungstrieb, Liebe auf Leben und Tod, Lust gegen alle Vernunft, das lässt sich wunderbar erzählen mit den Bildern unserer Träume, unserer Märchen, unserer Fabelwesen.

Aber genauso gut ist es explizit. Konkrete, ehrliche, direkte Beschreibungen von Körpern, Genitalien, Berührungen, Reibungen, Stößen. Von lecken, saugen, schlucken, spritzen, streicheln, stoßen, sabbern, schlagen, schlecken, schlürfen.

Explizites erotisches Schreiben ist nicht nur da, um zu erregen. Es ist auch da, um zu sagen, was ist. Wirklichkeit abzubilden. Das ist uns doch allen wichtig, alles sagen, schreiben zu dürfen, dafür haben sich andere mit all ihrer Kraft eingesetzt, dafür wird in den meisten Regionen der Welt immer noch gekämpft.

Und dann sollen wir jetzt und hier, wo kein Staat und keine Kirche unsere Texte zensieren, das selbst übernehmen, indem wir auf explizite Darstellung dessen, was wir alle machen und lieben, verzichten? Schämen wir uns etwa für uns selbst?

Warum also nicht erotische Literatur machen? Weil man über diese Dinge nicht spricht? Weil man das macht oder zumindest machen möchte, aber nicht thematisiert? Und warum nicht? Weil sie uns so unerhört nahekommt, die erotische Literatur? Kafka sagt: »Ein Buch muss die Axt sein für das gefrorene Meer in uns.« Und vielleicht kann sie genau das sein, die gute erotische Literatur, und vielleicht ist das der Grund, warum die einen sie meiden und die anderen sie lieben. Die Distanz zum eigenen Körper fällt am schwersten. Und dann kommt da ein Buch daher und macht, dass unser Körper – im völlig falschen Moment vielleicht, in der U-Bahn oder im Redaktionsbüro oder am Weihnachtstisch – reagiert. Und uns damit klarmacht: Das betrifft mich. Da will ich. Das bin ich. Gut, ließe sich sagen, wir alle wollen Sex. Ist das so interessant? Ja, sage ich, weil es beim guten Schreiben über Sex niemals »nur« um Sex geht. Weil es nämlich bei gutem Sex niemals nur um Sex geht. Sondern um uns. Um alles. Wer sehnt sich nicht zumindest zuweilen so sehr nach dieser obsessiven Leidenschaft, diesem absoluten erotisch-romantischen Hingegeben-Sein? Wer kennt das nicht, das schnelle Vergehen der Zeit im Normalzustand und wie dann Zeit und Raum plötzlich stehen bleiben in diesen bewussten, gewichtigen Momenten? Haben wir nicht alle diese Augenblicke gespeichert, die aus dem Fluss der Zeit herausstechen, weil sie uns so tief getroffen haben und weil wir in diesen Augenblicken LEBENDIG waren? So lebendig wie nie? Ist es uns nicht allen schon einmal passiert, dass wir in einer Umarmung – uns selbst begegnen? Und uns plötzlich gesehen fühlen, erkannt, so klar wie nie? Sehnen wir uns nicht alle danach, manchmal aus allem hinauszufallen? An einen Ort, wo nichts zählt außer uns? Diese Konferenz ausfallen zu lassen, die Kinder im Kindergarten zu lassen, alles an den Nagel zu hängen, um endlich wieder einmal »wesentlich« zu werden, wie Konstantin Wecker es nennt? Wissen wir nicht alle, dass sich Leben nur im Hier und Jetzt abspielt, und finden wir dieses Hier und Jetzt nicht in der erotischen Begegnung? Und finden wir dort nicht gleichzeitig endlich Antworten auf all die uralten Fragen? Begegnen den Themen, Verletzungen, Sehnsüchten und Genüssen der frühesten Tage? Entdecken, erzählen die Chronologie unseres Seins, während wir unser Sein feiern? Mit allem, was wir haben, nämlich Körper, Geist und Herz?

Warum überhaupt schreiben, frage ich mich manchmal. Und das ist eine dieser Fragen, auf die sich schwerlich dauerhaft befriedigende Antworten finden lassen. Aber wenn schon schreiben, dann nicht an der Oberfläche, über die Oberfläche für Oberflächige, nicht über den Alltag, die Pflichten, das Heute wie Immer, nicht in staubigem Grau. Wenn schon schreiben, dann will ich schreibend den Ausbruch probieren aus dem, was uns fesselt, um Zauber zu suchen. Und Zauber finde ich in der Erotik. Wenn ich schreibe, dann um Axt zu sein für das eine oder andere gefrorene Meer. Und wenn es klappt, auch nur ein einziges Mal, dann hat es sich gelohnt.

Cornelia Jönsson | Silke Maschinger | Tanja Steinlechner
SEXWORKER
33 Frauen, die mit Lust arbeiten –
Porträts und Interviews

ISBN 978-3-86265-391-1

Lektorat: Nadine Landeck | Titelbild: © Mayer George / shutterstock.com | Fotos im Innenteil: Seite 23: © Ines Borchart; Seite 203: © Dirk Schmidt/ dsphotos.de; Seite 305: © Andreas Fux; alle anderen: © privat

KATALOG
Wir senden Ihnen gern kostenlos unseren Katalog
Schwarzkopf & Schwarzkopf Verlag GmbH / Abt. Service
Kastanienallee 32 | 10435 Berlin
Telefon: 030 – 44 33 63 00
Fax: 030 – 44 33 63 044

INTERNET | E-MAIL
www.schwarzkopf-schwarzkopf.de
info@schwarzkopf-schwarzkopf.de